主 编 简 介

　　谢忠新，男，上海浦东新区教育发展研究院信息技术推广部主任，华东师范大学教育技术专业博士，上海市计算机特级教师，上海市计算机中学高级职称评审专家。曾获"全国优秀教师"、"上海市三学状元"等荣誉称号。除多次参加中小学信息技术教材的编写外，亦有主编的专著《网络环境下的课例研究》于2007年出版。撰写了几十篇有关教育信息化的论文在中国教育核心期刊《中国电化教育》、《现代教育技术》、《中国教育信息化》、《中小学技术教育》等杂志上发表。主持中央电教馆"十一五"重点课题《信息技术支持下的教师专业发展》，是全国教育科学"十一五"规划教育部重点课题"有效应用信息技术促进新课程教与学的研究"的主要研究人员之一。

（第三版）

信息技术基础

主审 肖诩 主编 谢忠新

编写（按姓氏笔画为序）

王玉琪　成　戈　吕宇国　吴　强　单　贵

钟一兵　黄　军　谢忠新　程征宇

复旦大學出版社

内 容 提 要

　　本书是为中等职业学校以及高职高专学生编写的信息技术文化基础课程教材。全书依据教育部颁发的有关职业教育的精神，参照上海市教委的审查意见，在大量学校调研的基础上，集中汲取多数学校的使用经验和教学实际，以就业为导向，以能力为本位，是对原版教材进行的第三次修订。

　　本书由九个项目贯穿而成，这些项目或创设了模拟工作环境，或模拟学校环境，每一项目的设计力图贴近工作实际或校园实际生活，让学生在校园生活之外，还能置身于公司运作的情境之中，在学习过程中扮演着销售、技术、人事、文秘等角色，激发学生学习的兴趣与求知欲，培养学生解决真实问题的综合能力。通过学习并完成所有创设的项目，使学生具备信息的获取、传输、处理、发布等信息技术应用能力，从而达到面向21世纪人才培养的目标。

　　全书体例设计独特新颖，内容真实有用，教参配套齐备，具备很强的可读性、可操作性和可用性，适合中等职业学校、高职高专以及岗位培训使用。

第三版前言

随着中等职业技术学校课程教材改革的深化,加强信息技术教育,培养学生的信息技术应用能力,已经成为教学改革的重要任务之一。依据教育部颁发的《中等职业学校计算机应用与软件技术专业领域技能紧缺人才培养培训指导方案》的精神和教育部《关于进一步深化中等职业教育教学改革的若干意见》,根据上海市教委教研室颁发的《上海市中等职业学校信息技术基础教材编写方案》,在《信息技术基础》第一版和第二版(复旦大学出版社出版)的基础上,经过对使用过该教材的学校的大量调研,组织专家、学者和教师对《信息技术基础》进行了第三次的修订。

在中等职业技术学校信息技术课程教学过程中,如何改革传统的教学模式,使学生改变单纯的接受式的学习方式,学会自主、探究式的学习,培养学生信息素养,培养学生分析问题和解决问题的能力,是目前十分需要解决的问题。本教材的修订力求在"以就业为导向,深化中等职业教育教学改革"指导下,进一步体现通过"基于项目的学习",更加有效地培养学生信息素养的同时,重点关注学生利用信息技术分析问题、解决问题能力的培养,为学生的终身学习和持续发展打下扎实的基础。因此,本教材分为九大项目,这些项目的主题与中等职业学校学生的学习、生活和今后的工作情景贴近。本次教学修订力求体现先进的教与学理念,具体表现为:

1. 通过"项目活动"培养学生综合应用信息技术的能力

教材的项目除了创设学生熟悉的校园学习环境外,还创设了模拟工作环境,每一项目的设计力图贴近学习和今后工作的实际,让学生置身于学习和工作情景中,在学习的过程中扮演销售、技术、文秘等各种不同角色,综合运用多种知识与技能来完成项目任务,激发学生学习的兴趣与求知欲,培养学生综合应用信息技术的能力。

2. 通过"项目活动"引导学生自主探究学习,改进学生的学习方式

教材的每一个项目包含了若干个活动,每个活动包括了活动情景描述与要求、活动分析、方法与步骤、知识链接、提醒、自主实践活动等栏目,通过这些栏目帮助学生有效地开展自主探究学习活动,完成活动任务,从而改进学生的学习方式。

其中"活动要求"描述了活动的情境、活动具体的要求和需要完成的作品的样例;"活动分析"从学生已有的生活经验出发,引导学生讨论与分析完成本活动的大致方法与过程,指出了通过本次活动需要掌握的相关信息技术知识与技能;"方法与步骤"详细地描述了完成本次活动的具体操作方法与步骤;"知识链接"系统地阐述了本活动所涉及的相关信息技术知识与技能。"提醒"是对本活动所涉及的知识与技能、过程与方法、情感、态度、价值观

等方面进行提示或警示，"自主实践活动"是运用本次活动学习的知识与技能解决新情境下的问题和任务。

3. 通过"项目活动"培养学生分析问题和解决问题的能力

本教材十分注重项目中每个活动的具体分析，注重每个活动完成具体的任务、解决具体的问题；另外，每个项目最后设计了一个综合实践活动，让学生综合运用学过的信息技术知识与技能解决身边的问题，从而有效地培养学生分析问题和解决问题的能力。

4. 通过"项目活动"培养学生的情感、态度、价值观

在项目活动的过程中，让学生去体验与人合作、表达交流、尊重他人成果、平等共享、自律负责等行为，树立信息安全与法律道德意识，关注学生判断性、发展性和创造性思维能力的培养。

本册教材内容包括九个项目，项目一由单贵老师编写；项目二由成戈老师编写；项目三由程征宇老师编写；项目四由吕宇国老师编写；项目五由王玉琪老师编写；项目六由谢忠新老师编写；项目七由黄军老师编写；项目八由钟一兵老师编写；项目九由吴强老师编写。全书大纲、体例由谢忠新主编制订，并完成统稿，由肖诩老师主审。最后全书由上海市教委教研室有关专家审定。

通过本课程的学习，希望读者能掌握信息技术的知识与技能，初步具备21世纪信息社会的生存与挑战能力，用信息技术这把金钥匙打开智慧与科学的大门，以适应社会就业和继续学习的需要。

2009 年 12 月

编 者

上一版前言

随着中等职业技术学校"10181"课程教材改革的深化，加强信息技术教育，培养学生的信息技术应用能力，已成为教学改革的首要任务。我们依据教育部颁发的《中等职业学校计算机应用与软件技术专业领域技能紧缺人才培养培训指导方案》的精神，根据上海市教委教研室颁发的《上海市中等职业学校信息技术基础教材编写方案》（试行稿），参照上海市教委2005年4月的审查意见，在大量学校调研的基础上，以就业为导向，以能力为本位，引进了美国富创天智（FUTUREKIDS）信息技术教育机构的教学设计理念，组织编写了这本《信息技术基础》（试用本第一版）教材，供中等职业学校选用。

本教材的编写力求体现先进的教学理念和学习理念，其表现在：

1. "项目设计"培养学生综合掌握信息技术的能力。教材除了创设学生熟悉的校园环境外，还创设了模拟工作环境，每一项目的设计力图贴近工作实际，让学生除了作为熟悉的学生角色外，还能置身于公司运作的情境之中，在学习过程中扮演着销售、技术、人事、文秘等各个不同角色，激发学生学习的兴趣与求知欲，培养学生解决真实问题的综合能力。

2. 以"栏目设置"引导学生自主探究学习，改变学生的学习方式。

每一个项目由若干个活动组成，每个活动栏目包括：

活动背景：描述活动的情境；

活动分析：从学生已有的生活经验出发，引导学生讨论完成本活动的大致方法与过程；

方法与步骤：完成本活动的具体方法与步骤；

学习支持：系统地归纳本活动所涉及的相关的信息技术知识与技能；

提醒：对本活动所涉及的知识与技能、过程与方法及情感、态度、价值观等方面进行小结；

自主实践活动：运用学过的知识与技能解决新情境下的问题。

归纳与小结：对本项目所运用知识点做全面归纳整理，以图形方式让操作过程一目了然。

3. 以"综合活动"拓展应用信息技术的能力。综合活动的设计以贴近学生的生活实际为主，让学生综合运用学过的信息技术知识和技能解决身边的问题。

4. 在活动过程中，让学生去体验与人合作、表达交流、尊重他人成果、平等共享、自律负责等行为，树立信息安全与法律道德意识；培养判断性、发展性和创造性思维能力；提高发现问题、分析问题、解决问题的能力。

5. 以过程评价促使学生学会运用信息技术表达自己的观点，采用自评和互评的方法，加强交流与评价，及时反馈。学习过程的评价包括：学习态度、合作方式、实施途径、解决方法、对新技术的兴趣、选择工具的原则、可靠与有效程度等等，在评价的过程中学会学习。

本册教材内容包括九个项目，在编写过程中得到了上海市教委教研室以及上海市中专计算机协会李振东、肖诩等有关专家的指导，在此表示衷心的感谢！

愿同学们通过本课程的学习，掌握信息技术的知识与技能，初步具备21世纪信息时代的生存与挑战能力，用信息技术这把金钥匙打开智慧和科学的大门，以适应社会就业和继续学习的需要。

教材编写组

2005年7月

目 录

	项目名称	活动一
项目一 计算机技术初步 Pages 001-029	计算机系统的 组装与维护	组装台式计算机 001-012
项目二 文字处理 Pages 030-064	"星光计划"校园 特刊的制作	制作卷首语"跨越 星光，走向成功" 030-037
项目三 因特网应用 Pages 065-118	商品的选购与使用	微型数码播放器的 信息调查 065-076
项目四 多媒体信息处理 Pages 119-144	中国传统节日宣传 短片制作	制作春节习俗影视 短片的策划和准备 119-128
项目五 演示文稿 Pages 145-176	节能减排宣传演示 文稿的制作	"地球在呻吟"宣传 演示文稿的制作 145-151
项目六 电子表格 Pages 177-218	销售业绩的统计与 分析	销售员个人销售业 绩的统计与分析 177-186
项目七 网页设计与制作 Pages 219-250	旅游活动的实施	制订旅游计划 219-227
项目八 网络初步 Pages 251-272	简易局域网的构建 与应用	创建小型办公室对 等网络 251-259
项目九 程序设计初步 Pages 273-290	机器人应用	为2010年上海世博 会设计引导机器人 273-284

活 动 二	活 动 三	活 动 四	综合活动与评估
让计算机动起来 012-019	文件管理 019-024	常见故障处理 024-029	
编辑"参赛感言" 038-044	制作校刊目录页 044-050	制作校刊封面 051-059	制作求职自荐材料 059-064
反馈调查情况 取得技术支持 077-089	魅力网上购物 090-099	正确获取网络信息 与备份信息 100-114	上海城市轨交发展 的调查与分析 115-118
为春节习俗影视 短片增色添彩 128-133	精彩影视——完成 影片制作 134-140		建国60周年国庆宣 传展板制作 141-144
"节约用水"宣传 演示文稿的制作 151-156	"节能产品"宣传演 示文稿的制作 157-165	"节能减排小贴士"宣 传演示文稿的制作 165-172	"让感恩走进心灵" 主题班会演示文稿 的制作 173-176
各种商品年度销售 情况的统计与分析 186-194	各销售部门每月销售 情况的汇总与分析 194-204	各销售部门不同商品月 销售情况的汇总与分析 204-213	上海人口发展的 统计与分析 214-218
设计旅游活动线路 227-235	旅游活动的总结 235-239	旅游活动反馈 240-247	学校网站的创建与 维护 247-250
在对等网络中实现 资源的简单共享 259-263	共享ADSL无线上网 264-272		
家庭机器人灭火 比赛 284-290			

项目一　计算机技术初步

——计算机系统的组装与维护

情景描述

　　创新集团公司为了谋求更大的发展,需要不断提高办公效率,公司决定为每个员工配备一台计算机。为了提高计算机的性价比,经过论证决定购买散件,自己组装计算机。通过对计算机组装、软件安装、文件管理和计算机维护,加深了对计算机组成结构知识的理解,并在实际操作中不断培养分析问题、解决问题的能力,不断提高信息技术素养。

活动一　组装台式计算机

活动要求

　　为了不断提高办公效率,并本着节约办公成本的原则,作为公司的新员工,要求自行组装一台多媒体计算机。

活动分析

一、活动计划

　　1. 在组装多媒体计算机前,应熟悉计算机的组成。在组装计算机过程中,应处于断电状态。

　　2. 要防止人体所带静电对电子器件造成的损伤。在安装前,先消除身上的静电,比如用手摸一摸自来水水管等接地设备;如果有条件,可佩戴防静电环。

　　3. 正确选择工作台和工具。

　　4. 正确选择计算机各种部件,并进行正确排放。

　　5. 安装主板一定要稳固,同时要防止主板变形,不然会对主板的电子线路造成损伤。

　　6. 应熟练掌握组装操作步骤和操作规程,对各个部件要轻拿轻放,不要碰撞,尤其是CPU与硬盘,不要进行野蛮装拆。

二、相关技能

1. 能够从外观上认识计算机的各个部件,如主机、显示器、键盘、鼠标等。

2. 能够识别主机内的各种硬件,如硬盘、光驱、CPU、主板、内存等。

3. 能够看懂并自己动手连接计算机外部的各种连线。

4. 能够正确选择和设置各种部件。

5. 能够独立完成整机的安装。

方法与步骤

一、熟悉计算机的组成

一台计算机从外观上来看,包括主机、显示器、键盘、鼠标、音箱,如图1-1-1所示。其中显示器和音箱属于输出设备,键盘和鼠标属于输入设备。主机是计算机最重要的组成部分,由机箱及机箱内的CPU、主板、存储器等设备组成。

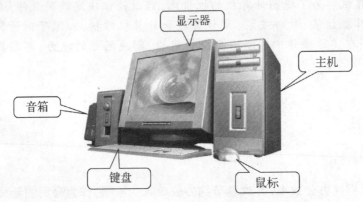

图1-1-1　计算机的组成

二、计算机硬件的组装

1. 认识主机内的零部件

如图1-1-2所示。

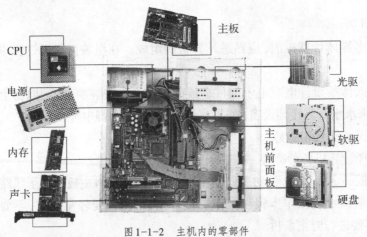

图1-1-2　主机内的零部件

① CPU（中央处理器，Central Processing Unit），进行计算并控制计算机各部分正常工作，是计算机的"大脑"。

② 主板（Mother Board），提供各种接口用来连接计算机各组成部件。

③ 光驱（CD-ROM Disk Drive），用来读取光盘中的数据。

④ 软驱（Floppy Disk Drive），用来读取存放在软盘中的数据。

⑤ 硬盘（Hard Disk Drive），用来存储数据和程序，其内容不会随断电而消失。

⑥ 声卡，采集和播放声音。

⑦ 内存（Memory），用来存放当前正在使用的或者随时要使用的程序或数据。

⑧ 显卡，用来控制显示器的输出信号。

⑨ 网卡，用来将计算机和网络或其他网络设备联网。

⑩ 电源，将220 V交流电变压成计算机所需的各种低压直流电。

⑪ 机箱，用来固定主机内的各部分设备，并提供一定的电磁屏蔽功能。

2. 计算机的组装

① 拆卸机箱。将机箱立放在工作台上，拆下机箱两边的侧面板，取出附件；将机箱垫脚安装在机箱底部。如图1-1-3所示。

② 安装电源。先将电源放进机箱上的电源位置上，对正螺钉孔位置，拧上螺钉，固定住电源。如图1-1-4所示。

图1-1-3　机箱

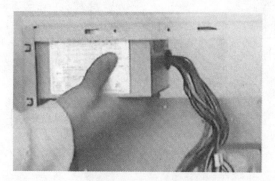

图1-1-4　安装电源

点　拨

上螺丝的时候先不要拧紧，等所有螺丝都到位后再逐一拧紧。在安装其他配件时也是如此。

③ 安装CPU。第一步：把主板的插座旁杠杆抬起至垂直位置；将CPU对准插槽插入；将杠杆复位，锁紧CPU。如图1-1-5所示。

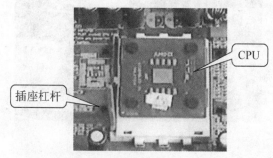

图1-1-5　安装CPU

第二步：将CPU风扇安装到CPU上，卡紧夹头；将CPU风扇的电源线接到主板上3针的CPU风扇电源接头上。如图1-1-6所示。

图 1-1-6　CPU风扇

点　拨

CPU风扇用来降低CPU温度，防止由于CPU温度过高而造成死机。

④ 安装主板。将固定主板用的螺钉柱和塑料钉旋入机箱的对应位置；将主板对准I/O接口放入机箱；然后拧紧螺钉，将主板固定好。如图1-1-7所示。

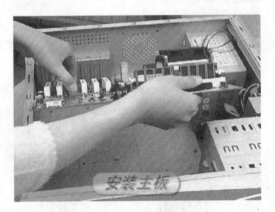

图 1-1-7　安装主板

点　拨

主板应与支撑架保持平行。

⑤ 安装内存条。将内存插槽两端的白色固定杆向两边扳动，将其打开；对准插槽插入内存条；紧压内存插槽两端的白色固定杆，确保内存条被固定住。如图1-1-8所示。

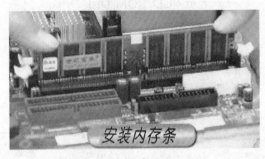

图 1-1-8　安装内存条

点　拨

内存条的1个凹槽必须直线对准内存插槽上的1个凸点（隔断）。

⑥ 安装驱动器。驱动器的安装包括硬盘、软驱和光驱的安装。

● 安装光驱：拆下机箱前面的光驱面板；将光驱装入机箱；拧上两侧的螺丝，固定光驱。如图1-1-9所示。

图 1-1-9　安装光驱

● 安装软驱和硬盘：

第一步：安装软驱，将软驱放入硬盘架中；拧上螺丝，固定软驱。

第二步：将硬盘放入硬盘架中；拧上螺丝，固定硬盘。

第三步：装上硬盘架；拧上螺丝，固定硬盘架。如图1-1-10所示。

图1-1-10 安装软驱和硬盘

⑦ 安装显卡。从机箱后壳上移除对应AGP插槽上的扩充挡板及螺钉，将显卡准确地插入AGP插槽中；按下AGP显卡；拧上螺丝，使显卡固定在机箱上。如图1-1-11所示。

图1-1-11 安装显示卡

⑧ 安装声卡。从机箱后壳上移除对应PCI插槽上的扩充挡板及螺钉，插入声卡；拧上螺丝，使声卡固定在机箱上。如图1-1-12所示。

图1-1-12 安装声卡

⑨ 连接机箱内部连线。电源指示灯的连线，如图1-1-13所示。

图1-1-13 连接电源指示灯连线

机箱各指示灯接头连接，如图1-1-14所示。

图1-1-14　各类接头连接

机箱散热风扇电源线的连接如图1-1-15所示。主板电源线的连接如图1-1-16所示。

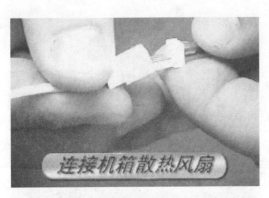

图1-1-15　连接机箱散热风扇电源线

图1-1-16　连接主板电源

奔腾4 CPU专用电源线的连接如图1-1-17所示。软驱电源线的连接如图1-1-18所示。

图1-1-17　连接CPU专用电源

图1-1-18　连接软驱的电源线

硬盘电源线的连接如图1-1-19所示。光驱电源线的连接如图1-1-20所示。

图1-1-19　连接硬盘的电源线

图1-1-20　连接光驱的电源线

主板接口的连接如图1-1-21所示。软驱数据线的连接如图1-1-22所示。

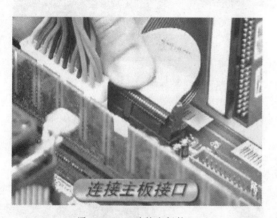

图1-1-21　连接主板接口

图1-1-22　连接软驱的数据线

连接主板的硬盘接口如图1-1-23所示。硬盘数据线的连接如图1-1-24所示。

图1-1-23　连接主板的硬盘接口

图1-1-24　连接硬盘的数据线

主板光驱接口的连接如图1-1-25所示。光驱数据线的连接如图1-1-26所示。

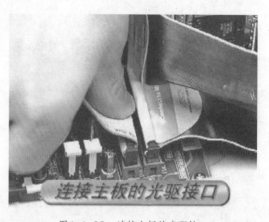

图1-1-25　连接主板的光驱接口

图1-1-26　连接光驱数据线

CD音频线的连接如图1-1-27所示。

图1-1-27　连接CD音频线

⑩ 整理内部连线。机箱内部连线连接完毕后，应当将它们做一整理，将多余长度的线缆和没有使用的电源插头折叠、捆绑，使机箱内部整洁、美观，以利散热。

⑪ 装上机箱盖。主机内部的设备安装正确以后，就可以装上机箱盖以便和外部设备连接。

⑫ 连接外设。

外设的连接主要包括显示器、键盘、鼠标及音箱的连接。

● 连接显示器

安装显示器的底座；连接显示器的信号线与主机上显卡的接口；连接显示器的电源。如图1-1-28所示。

● 连接键盘、鼠标

键盘、鼠标与主机上的相应接口的连接如图1-1-29所示。

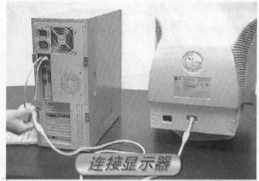

图1-1-28　连接显示器

图1-1-29　连接键盘、鼠标

● 连接音箱或耳机

音箱或耳机的连接如图1-1-30所示。

图1-1-30　连接音箱或耳机

知识链接

一、信息的概念

广义地说，信息（Information）就是人类的一切生存活动和自然存在所传达出来的信号和消息。一切存在都有信息，信息无处不在，无处不有。信息的积累和传播是人类文明进步的基础。信息同物质、能源一样重要，是人类生存和社会发展的三大基本资源之一。

二、信息技术

一般认为，信息技术（Information Technology，IT）就是能够提高或扩展人类信息能力的方法和手段的总称。这些方法和手段主要是指完成信息的产生、获取、检索、识别、变换、处理、传输、控制、分析、显示及利用的技术。

三、信息技术的发展

在人类的整个历史发展中，信息的表达手段经历了五次大的变革。

1. 语言和手势：信息活动通过语言、手势和图形进行，通过叫喊和烽火传播。

2. 文字符号进入人类生活：信息活动通过语言、文字进行，通过信使来获取和传播。如

中国古代蔡伦发明了造纸术。

图1-1-31　蔡伦及造纸术

果没有文字,就没有人类文明,更没有现代文明。

3. 印刷术的发明:信息活动通过语言、书籍进行,通过邮政和出版传播。中国古代的发明——造纸技术和印刷术,为信息传播铺平了道路,如图1-1-31所示。

4. 电磁波传播信息:信息活动通过电报、电话、收音机、传真、电视等进行,通过通信广播来获取和传播。

5. 计算机网络的出现,使人类进入一个崭新的信息社会和一个崭新的信息时代。

归纳起来,信息技术的发展经历了三个发展时期:

● 以人工为主要特征的古代信息技术,从远古时期到19世纪20年代,信息技术从简单到复杂缓慢地发展着。

● 以电信为主要特征的近代信息技术,自19世纪30年代至20世纪30年代,近代信息技术是在电信革命的基础上实现的。

● 以网络为主要特征的现代信息技术,20世纪40年代以来,从计算机的问世到高速信息传输网络的建设,信息技术得到了空前的发展。

信息技术发展各阶段的主要技术手段如图1-1-32所示。

图1-1-32　通信手段

四、现代信息技术的应用

信息的采集、处理、存储的最终目的是为了应用信息,使信息为生产和生活服务。如今,信息技术的应用已经渗透到人类社会的各个领域,人类的生存和发展越来越依赖于信息技术的发展。

1. 教育信息化

现代信息技术的发展为教育培养模式从应试教育向素质教育转变提供了可能。网

图1-1-33　教育信息化

络教育、远程教育、计算机辅助教学的实施,使教育超时空开放,不仅在空间上打破师生必须在同一教室的限制,同时在时间上可以不受任何束缚,促进了教育社会化和终身化的发展,如图1-1-33所示。

2. 管理信息化

各行各业都有管理问题,管理信息化也是一个带有普遍意义的问题,因此人们提出一个创新的概念:电子管理(e-Management)。电子管理的对象可以是企业,也可以是政府、学校和科研单位,甚至任何性质的组织机构。现代化道路监控系统和自动化仓库,如图1-1-34所示。

图1-1-34　道路监控系统和自动化仓库

3. 生产信息化

现代工厂、企业单位的生产已经愈来愈离不开信息科技,从新产品设计、开发到产品的生产、销售;从原材料的采购、进仓,半成品的管理到成本的核算等等,都离不开计算机技术、网络技术、信息技术。如计算机辅助设计(Computer Aided Design,CAD)、计算机辅助制造(Computer Aided Manufacture,CAM)和计算机集成制造系统(Computer Integrated Manufacturing System, CIMS)。

CAM领域大量使用机器人。机器人具有电脑的"思维",配有"感官"来了解外部信息,且还能控制"手脚"的动作。工业机器人汽车焊接生产线如图1-1-35所示。

图1-1-35　工业机器人

4. 电子商务

电子商务(Electronic Commerce,EC)是中译名,一般而言,电子商务的概念是在以通信网络为基础的计算机系统支持下的网上商务活动。而商务活动一般包含三个要素:发布商业信息、交换意见及订货、费用结算。

电子商务不仅是一种商业运作模式,而且正成为我们日常生活的一部分。例如:

① 电子货币:以各种金融交易卡为介质的电子货币的广泛应用,省去携带大量现金的麻烦,如图1-1-36所示。

图1-1-36

② 网上购物: 购物者进入相应网站,浏览网上超市,自由选择所需要的商品,商家把商品送到顾客家中,同时收取货款或通过电子转账方式从顾客那里获得货款。关于网上购物详见项目三。

五、3G时代

3G是英文The 3rd Generation的缩写,指第三代移动通信技术,即是指支持高速数据传输的蜂窝移动通讯技术。3G服务能够同时传送声音(通话)及数据信息(电子邮件、即时通信等)。3G的代表特征是提供高速数据业务,即将无线通信与国际互联网等多媒体通信结合的新一代移动通信系统。

3G标准: 它们分别是WCDMA(欧洲版)、CDMA2000(美国版)和TD-SCDMA(中国版)。3G的核心应用包括: 宽带上网、视频通话、手机电视、无线搜索、手机音乐、手机购物、手机网游。

 自主实践活动

通过本活动,掌握了组装计算机的基本知识与技能,感兴趣的同学可以尝试组装一台计算机,或者可以通过网络或其他渠道进一步了解计算机各部件(如CPU、硬盘等)的分类、性能及生产厂家等情况。

活动二 让计算机动起来

活动要求

硬件组装完成后,计算机还不能进行工作。为了使计算机按照人们的要求进行工作,还必须安装必要的软件。同时,作为一名使用者,必须掌握一定的计算机操作常识与方法,以及常用软件的使用。本活动要求首先安装好系统软件和各种应用软件,为使用计算机开展工作做准备。

一、活动计划

1. 掌握软件安装顺序，如图1-2-1所示。

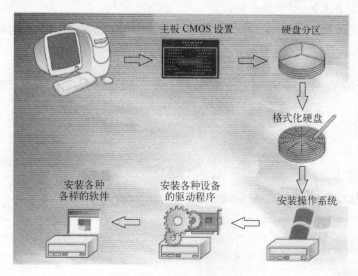

图 1-2-1　软件安装顺序

2. 了解计算机的配置。

3. 准备好Windows XP安装系统盘和各种驱动程序软件。

4. 安装操作系统。

5. 安装各种设备的驱动程序。

6. 安装各种应用软件。

二、相关技能

1. 主板COMS的设置方法。

2. 操作系统安装方法。

3. 驱动程序安装方法。

4. 各种软件安装方法。

方法与步骤

一、Windows XP操作系统的安装

1. 在安装操作系统前，我们已经完成了主板CMOS设置、硬盘分区及格式化硬盘等工作；启动计算机，进入BIOS，设置引导启动顺序：CD-ROM, A, C；存盘退出，并重新启动计算机，按［Enter］键；在出现许可协议对话框中，接受协议，按［F8］键；选择安装磁盘位置，按［ENTER］键继续；完成检查磁盘空间，重新启动计算机；进入BIOS，重新设置启动顺序：C, CD-ROM, A；保存退出，进入安装向导界面，单击"下一步"按钮。

点　拨

　　同意许可协议是对所使用软件的一种承诺，保护知识产权，是诚信品质的一种体现。

　　2. 出现进行区域设置对话框，单击"下一步"按钮。

　　在自定义软件对话框中，填写用户信息，包括用户姓名、单位，如图1-2-2所示，单击"下一步"按钮。

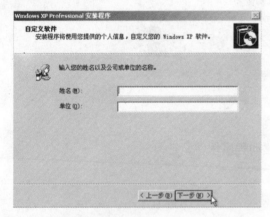

图1-2-2　自定义软件

　　3. 填写产品密钥。

　　在您的产品密钥对话框中，填写产品密钥，如图1-2-3所示，单击"下一步"按钮。

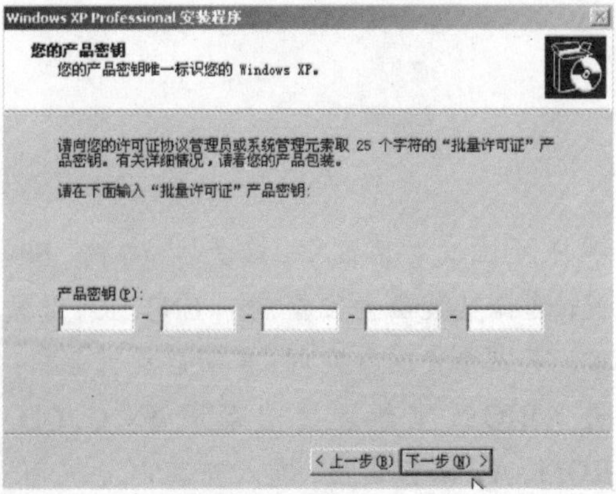

图1-2-3　产品密钥

　　4. 设置计算机名和系统管理员密码。

　　在计算机名和系统管理员密码对话框中，填写计算机名和系统管理员密码，如图1-2-4所示，单击"下一步"按钮。

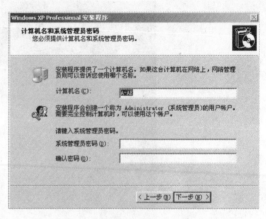

图1-2-4　计算机名和系统管理员密码

点　拨

　　计算机设置密码是对计算机中内容保护的一种手段，系统管理员密码在软件管理中权限最高，一定要记住。

　　5. 设置系统时间与日期。

　　6. 在网络设置对话框，选择典型设置，单击"下一步"按钮。

　　7. 设置工作组或计算机域。

　　8. 安装组件。

　　9. 单击"完成"按钮，如图1-2-5所示，完成Windows XP的安装。

二、驱动程序的安装

　　Windows XP操作系统已经安装完毕，计算机可以正常使用了，但一些设备还不能达到最佳效果，有的设备还不能正常使用，如显示器、音箱等。我们还必须安装相

图1-2-5　完成

关的驱动程序。

1. 安装显卡驱动程序

① 右击"我的电脑"图标,在弹出的快捷菜单中单击"属性"。在出现的"系统特性"对话框中,选择"硬件"标签,单击"设备管理器"按钮,如图1-2-6所示。

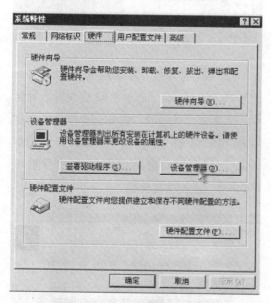

图1-2-6　系统特性

② 在出现的"设备管理器"对话框中,单击"显示卡",右击视频控制器项,在弹出的快捷菜单中选择"属性",如图1-2-7所示。

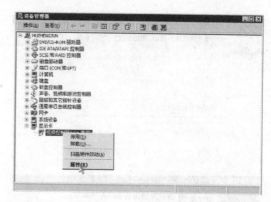

图1-2-7　显示卡属性操作

③ 在出现的"视频控制器属性"对话框中,选择"驱动程序"标签,单击"更新驱动程序"按钮,如图1-2-8所示。

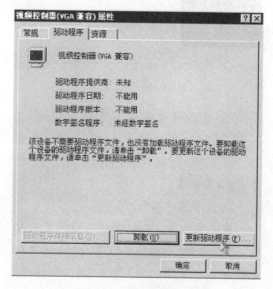

图1-2-8　视频控制器属性

④ 在"升级设备驱动程序向导"对话框中,单击"下一步"按钮。选择"搜索适于我的设备的驱动程序"项,单击"下一步"按钮。指定搜索位置,单击"下一步"按钮。在出现如图1-2-9所示的对话框中单击"浏览"按钮,选择显卡驱动程序文件,单击"确定"按钮。

⑤ 单击"下一步"按钮,在出现如图1-2-10所示的对话框中,单击"完成"按钮。

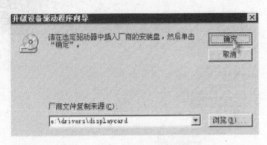

图 1-2-9 升级设备驱动程序向导

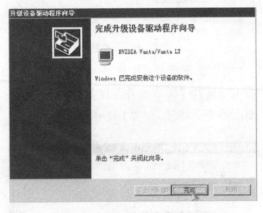

图 1-2-10 完成升级

⑥ 返回驱动程序安装对话框，单击"关闭"按钮；返回设备属性对话框，单击"关闭"按钮；返回"系统特性"对话框，单击"确定"按钮。

⑦ 设置显示属性。

在桌面右击，单击"属性"。在"显示属性"对话框中，选择设备标签，选择调节颜色和屏幕区域项的值，单击"确定"按钮。在如图 1-2-11 对话框中，单击"确定"按钮。

图 1-2-11 设置确认

在出现的如图 1-2-12 对话框中，单击"是"按钮。

至此，安装了显卡驱动程序，并设置了显示属性。

图 1-2-12 监视器设置

2. 安装打印机驱动程序

虽然已经将打印机数据线和电源线连接好了，但是打印机不能使用，还要安装打印机驱动程序才能使用打印机。

① 单击"开始"→"设置"→"打印机和传真"（见图 1-2-13）。

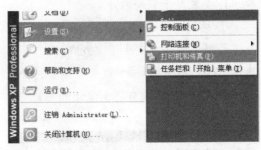

图 1-2-13 打印机设置

② 在"打印机"对话框中，双击"添加打印机"图标；在"添加打印机向导"对话框中，单击"下一步"按钮；选择"本地打印机"项，单击"下一步"按钮；在出现如图 1-2-14 所示的对话框中，选择打印机端口，单击"下一步"按钮。

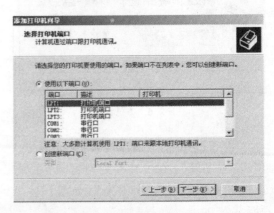

图 1-2-14 选择打印机端口

③ 在出现的"添加打印机向导"对话框中,选择制造厂家及打印机型号,如制造商为惠普,打印机为 HP LaserJet 4LC,单击"下一步"按钮(见图 1-2-15)。

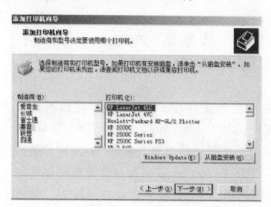

图 1-2-15　添加打印机

④ 在"命名您的打印机"对话框中,默认打印机名,单击"下一步"按钮;在打印机"共享"对话框中,选择"不共享这台打印机"项,单击"下一步"按钮;在"打印测试页"对话框中,选择"是"项,单击"下一步"按钮;在"正在完成添加打印机向导"对话框中,单击"完成"按钮;在如图 1-2-16 所示对话框中,单击"确定"按钮。

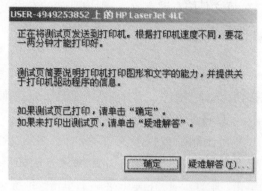

图 1-2-16　测试页确认

⑤ 关闭"添加打印机向导"对话框,完成打印机驱动程序的安装。

点　拨

安装常用应用软件的一般方法是双击 setup.exe(或 install.exe)文件,然后按提示步骤执行,直到完成安装。

知识链接

一、计算机操作系统

操作系统是控制和管理计算机系统内各种硬件和软件资源、有效地组织多道程序运行的系统软件(或程序集合)。操作系统可以分成单用户操作系统和多用户操作系统两大类。

二、Windows XP操作系统的基本操作

1. 基本配置的设置

单击"开始"按钮,在展开的菜单中选择"设置",再在子菜单中选择"控制面板",打开"控制面板"窗口。

① 桌面设置

双击"显示"图标,打开"显示属性"对话框。鼠标右击桌面,在弹出的快捷菜单中选择"属性"命令,也能打开"显示属性"对话框。"显示属性"对话框中有主题、背景、屏幕保护程序、外观设置四个标签。

② 鼠标设置

鼠标的设置在控制面板中的"鼠标属性"窗口中进行。在"控制面板"窗口中,双击

"鼠标器"图标,打开鼠标器对话框。

在鼠标器窗口有一个左右手"按钮配置"的选择,选中"右手习惯"为按左键操作有效,反之是按右键有效,一般取默认的右手习惯。"连续双击的速度"选项不能选取过大,一般取中间为好。

2. 系统的维护

Windows XP自带系统维护主要使用"系统工具"。从"开始"按钮进入;单击"程序"按钮,选择"附件",选择"系统工具",系统维护工具大多集中在"系统工具"中。

① 磁盘碎片整理

由于删除或保存文件等原因,在磁盘中会产生大量碎片,不及时整理会影响计算机运行的速度。整理碎片的操作方法如下:首先选择"开始"按钮,在"程序"菜单中,单击"附件"项,在其子菜单下单击"系统工具"项,在展开的菜单下单击"磁盘碎片整理程序"命令,出现"磁盘碎片整理程序"对话框,见图1-2-17。首先选择需要整理碎片的驱动器,再单击"分析"按钮,对所选的磁盘进行扫描,得出分析和碎片整理报告。单击"碎片整理"按钮,即开始进行碎片整理。

② 磁盘清理

单击"开始"按钮,将光标依次指向"程序"、"附件"、"系统工具",单击"磁盘清理",出现"选择驱动器"对话框,见图1-2-18。

在对话框内选择所需清理的驱动器,单击"确定",出现"磁盘清理"对话框,见图1-2-19。选中需要删除的文件类型,单击"确定"。

图1-2-17 磁盘碎片整理程序

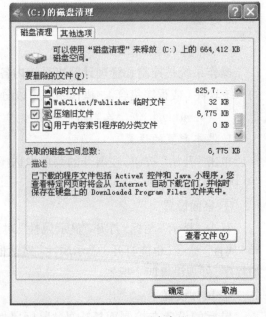

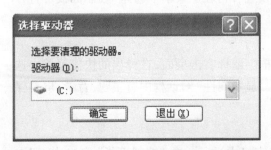

图1-2-18 选择驱动器

图1-2-19 磁盘清理

自主实践活动

1. 通过学习本活动内容，了解了安装计算机软件系统的方法与步骤，请简要地叙述打印机驱动程序安装的步骤。

2. 讨论：一般应用软件的安装方法。

3. 讨论：多操作系统的安装方法。

4. 安装EpsonLQ2500打印机，并设为默认打印机，打印测试页。

活动三 文件管理

活动要求

创新集团公司通过近十年的运作，取得了较好的经济效益。公司为了谋求更大的发展，扩大社会影响，准备举行公司成立"十周年庆活动"。宣传资料收集与准备、整理等工作就落到了集团办公室工作的你的身上，该资料要包含公司发展各个时期的视频文件、网页文件、图片文件及有关文档文件等。

所有资料都保存在集团办公室的计算机内，办公室主任要求你在办公室计算机E盘中创建"公司十周年庆"文件夹，并在此文件夹中再创建"视频"、"图片"、"网站"、"文本"和"其他"五个子文件夹，分别存放视频、图片、网页、文档和其他相关文件。

活动分析

一、活动计划

1. 建立合理的文件目录。

2. 搜索与查找相关资源。

3. 数据文件的分类与整理。

二、相关技能

1. 文件与文件夹的创建及重命名。

2. 文件与文件夹的查找。

3. 文件与文件夹的复制、移动和粘贴。

方法与步骤

一、创建文件目录

1. 打开资源管理器,在左侧窗口单击根目录"E:";在右侧窗口内容区空白处右击,在弹出的快捷菜单中选择"新建"→"文件夹"命令,如图1-3-1所示;在反白显示状态(并有一光标在闪)下直接输入要求的文件夹名"公司十周年庆",按回车键结束。

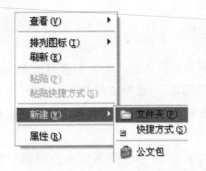

图1-3-1 创建文件夹

2. 双击刚刚新建的"公司十周年庆"文件夹,按照以上操作,可以新建子文件夹"文本";再创建"视频"、"图片"和"其他"子文件夹,目录结构如图1-3-2所示。

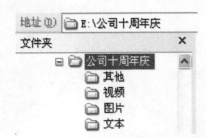

图1-3-2 目录结构

二、查找相关文件或文件夹,并进行复制与移动操作

1. 单击"开始"→"搜索"→"文件或文件夹"命令,如图1-3-3所示,打开"搜索结果"对话框。

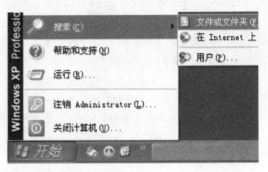

图1-3-3 搜索文件或文件夹

2. 在"要搜索的文件或文件名为"栏输入"公司发展史.txt",在"搜索范围"栏选择D:盘根目录,单击"立即搜索"按钮;在窗口的右侧显示找到的文件,如图1-3-4所示。

图1-3-4 搜索结果

3. 单击此文件,按快捷键[Ctrl]+[C],然后在"E:\公司十周年庆\文本"文件夹中按快捷键[Ctrl]+[V],将此文件复制到该子文件夹中。

4. 单击"开始"→"搜索"→"文件或文件夹"命令,打开"搜索结果"对话框;在"要搜索的文件或文件名为"栏输入"*.jpg",在"搜索范围"栏选择路径"F:",单击"立即搜索"按钮;单击"编辑"→"全部选定"命令,结果如图1-3-5所示。

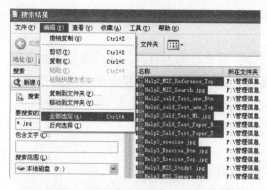

图1-3-5　选取文件

5. 单击"编辑"→"复制到文件夹"命令，出现"复制项目"对话框，选中"E:\公司十周年庆\图片"文件夹，如图1-3-6所示，单击"复制"按钮。

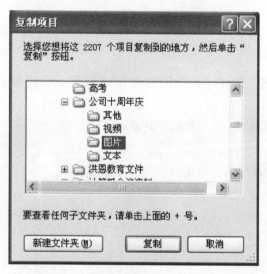

图1-3-6　复制项目

6. 单击"开始"→"搜索"→"文件或文件夹"命令，打开"搜索结果"对话框；在"要搜索的文件或文件名为"栏输入"网页"，在"搜索范围"栏选择路径"D:"，单击"立即搜索"按钮。

7. 单击此文件夹，按快捷键［Ctrl］+［X］，然后在"E:\公司十周年庆"文件夹中按快捷键［Ctrl］+［V］，将此文件夹移动到该文件夹中。

三、整理文件或文件夹，并进行重命名操作

1. 打开资源管理器，展开到"E:\公司十周年庆"文件夹，选中"网页"文件夹，右击，选择"重命名"命令，如图1-3-7所示。

2. 输入"网站"，单击"Enter"键完成重命名设置，目录结果如图1-3-8所示。

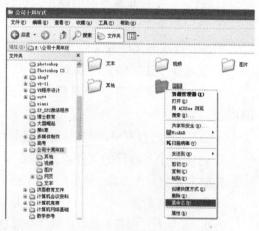

图1-3-7　文件夹重命名

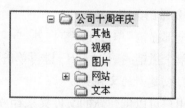

图1-3-8　目录结果

知识链接

一、文件、文件夹和资源管理器

1. 文件

文件是一组在逻辑上相关的信息的集合，在文件中可以存放语言程序代码、数据、图像

或其他信息。文件名的格式为: 主文件名［.扩展名］。

2. 文件夹

文件夹是操作系统组织和管理文件的一种形式,通常被称为目录。文件夹是为方便用户操作而设置的,用户可以将文件分门别类地放在不同的文件夹中。每个磁盘只能有唯一的根文件夹(或称根目录),它是在磁盘初始化时由系统自动建立的,根文件夹不能被删除。在文件夹中可存放所有类型的文件、下一级文件夹等内容。

3. 资源管理器

资源管理器可以以分层的方式显示计算机内的所有文件及文件夹。使用资源管理器可以方便地实现浏览、查看、移动和复制文件或文件夹等操作,不必打开多个窗口,而只在一个窗口中就可以浏览所有的磁盘和文件夹。

二、文件和文件夹的操作

1. 文件和文件夹的选定

Windows XP对各种对象进行复制、移动、删除等操作时,都遵循 "先选定后操作" 的规则,所以选定是一种非常重要的操作,其方法有:

① 选定单个文件或文件夹

单击要选定的文件或文件夹名即可。

② 选定多个连续的文件或文件夹

方法一: 先单击第一个对象,然后在按住［Shift］键的同时再单击最后一个对象即可。

方法二: 在内容窗格的空白处按住鼠标左键拖动,直至线框把对象都框住即可。

③ 选定多个不连续的文件或文件夹

先单击其中一个对象,然后按住［Ctrl］键不放,再去单击其余的对象即可。

④ 选定所有对象

方法一: 执行 "编辑" 菜单中的 "全部选定" 命令。

方法二: 按［Ctrl］+［A］键。

⑤ 撤销选定

全部撤销: 单击任一空白处。

单个撤销: 按住［Ctrl］键再单击要撤销的对象。

2. 创建新的文件夹

用户可以创建新的文件夹来存放具有相同类型或相近形式的文件,创建新文件夹的具体操作方法如下。

① 在桌面上双击 "我的电脑" 图标,打开所需要创建文件夹的盘符。

② 单击该窗口最左端的 "创建一个新文件夹" 图标; 也可以单击鼠标右键,在弹出的菜单栏下选择 "新建" 命令。

③ 在新建的文件夹名称文本框中输入文件夹的名称,按回车键或单击其他任何一个地方即可。

3. 移动和复制文件或文件夹

在实际应用中,有时用户需要将某个文件或文件夹移动或复制到其他地方以方便使用,这时就需要用到移动或复制命令。移动和复制文件或文件夹的具体操作方法如下:

① 选择要进行移动或复制的文件或文件夹。

② 单击"编辑"菜单下的"剪切"或"复制"命令,或单击鼠标的右键,在弹出的快捷菜单中选择"剪切"或"复制"命令。

③ 选择目标位置。

④ 单击"编辑"菜单下的"粘贴"命令,或单击鼠标右键,在弹出的快捷菜单中选择"粘贴"命令。

4. 剪贴板的使用

剪贴板是内存中的一块临时存储的区域,通过它可以实现Windows环境下应用程序之间的信息交换。剪贴板始终处于活动状态,当用户进行复制、剪切、粘贴操作时,都要使用剪贴板。

5. 文件和文件夹的重命名

一般文件或文件夹的名称都与之内容相对应,而同一驱动器的同一层的文件夹不可同名,同一文件夹内的文件也不可同名。文件和文件夹的名称可以根据需要随时改变,其方法是:

① 选定一个文件或文件夹,然后单击其名称处,会在名称区域内出现闪烁的光标,这时输入新的名称即可。

② 用鼠标右键单击文件或文件夹图标或名称处,在弹出的快捷菜单中选择"重命名"命令,这样也会在名称区域处出现闪烁的光标,输入新名称即可。

③ 选定需要重命名的文件或文件夹,然后执行"文件"菜单中的"重命名"命令,同样也可改变文件或文件夹的名称。

6. 文件和文件夹的删除和恢复

① 删除文件或文件夹

首先选定要删除的文件或文件夹,然后采用下述方法之一即可。

方法一: 执行"文件"菜单中的"删除"命令,或单击工具栏中的"删除"按钮。

方法二: 按[Delete]键。

方法三: 在已选定的文件或文件夹上单击鼠标右键,在快捷菜单中选择"删除"命令。

方法四: 利用鼠标将已选定的文件或文件夹直接拖至"回收站"中即可。

如果在鼠标拖动时或执行删除命令时按住[Shift]键,则可把文件或文件夹从计算机中彻底删除,不再保存到回收站中了。

② 恢复被删除的文件或文件夹

如果要恢复刚被删除的文件,可以执行"编辑"菜单中的"撤销删除"命令;如果要恢复以前被删除(放入回收站)的文件,则可打开"回收站",选定要恢复的文件或文件夹,执行"文件"菜单中的"还原"命令即可。

7. 发送文件和文件夹

发送文件或文件夹的作用等同于复制。在Windows XP中,可以直接把文件或文件夹发送到软盘、"我的文档"或"邮件接收者"等地方,具体操作方法如下:

① 选定要发送的文件或文件夹。

② 单击"文件"菜单下的"发送到"命令,选择发送目标即可;或单击鼠标右键,在弹出的菜单项中选择所需要的命令。

 自主实践活动

> 小赵是学生会的秘书,最近,学生会正在筹办校园文化艺术节。该校园文化艺术节内容有歌唱比赛、摄影展览、世博知识竞赛和时事辩论赛。小赵具体负责选手报名、歌曲准备、摄影作品收集、题目汇总等工作。一开始小赵把这些文件随意放在E盘"艺术节"文件夹内,随着文化艺术节活动的不断深入开展,该文件夹中内容越来越显得杂乱无章。为此,小赵决定整理该文件夹,将音乐文件放在歌曲文件夹内、将图片文件放在摄影文件夹内、将文本文件放在题目文件夹内,并删除多余的文件。请你一起帮小赵来完成该工作。

活动四　常见故障处理

活动要求

计算机在人们日常生活和工作中的地位越来越重要,随着计算机使用频率的大大增加,计算机出问题的几率也大大增加,因此,平常对计算机的维护就显得较为重要,当计算机出现故障时,应很快分析计算机产生故障的原因,并迅速排除故障。如果有段时间没有使用计算机,发现有的计算机打不开,有的还伴有不断的长鸣响声,请你在本活动中帮助解决这些问题;并进一步考虑计算机安全问题的解决。

活动分析

一、活动计划

1. 复现故障。

2. 判断故障。

3. 恢复故障。

二、相关技能

1. 判断故障类型能力。

2. 各种故障恢复能力。

方法与步骤

一、了解计算机维修的基本步骤

1. 了解情况

了解故障发生前后的情况,进行初步的判断。

2. 复现故障

确认以下两方面:

① 所报修的故障现象是否存在,并对所见现象进行初步地判断,确定下一步的操作。

② 是否还有其他故障存在。

3. 判断、维修

对所见的故障现象进行判断、定位,找出产生故障的原因,并进行修复。

4. 检验

维修后必须进行检验,确认所复现或发现的故障现象得到解决,且该计算机不存在其他可见的故障。

二、计算机总是热启动

1. 故障现象: 计算机经常在运行一段时间后自动热启动,有时甚至连续几次,关机片刻后重新开机,故障依旧。

2. 分析与处理:

① 先用杀毒软件进行检查,未发现病毒。

② 关机断电,打开机箱,把各部件重新拔插一遍,开机重试,故障依旧。

③ 如果发现CPU的散热风扇转动非常缓慢,有时干脆停转。用手摸摸CPU,发现CPU非常热,说明CPU风扇有问题。

④ 更换一个风扇后故障不再出现。

三、主板上的显卡插槽故障引起系统自检失败

1. 故障现象: 计算机刚启动进行自检,随即听到"嘟"的一声长响,紧接着是八声短响。显示器没有任何显示,键盘和硬盘指示灯都不亮,可以听到硬盘转动声。重新启动,故障依旧。

2. 分析与处理:

① 从计算机发出报警声音可以断定,是硬件出现故障。

② 这时需要打开机箱盖,检测内部组件,查看机内各连接线、插卡等有没有断落或松动的现象。

③ 由于启动过程中键盘及软驱指示灯亮,有硬盘转动声,由此可以初步排除这些部件出故障的可能性。

④ 从一声长响八声短响的报警声来看很有可能是显卡工作不正常。

⑤ 通电开机几分钟,查看显卡,没发现问题,可以排除显卡本身的问题。

⑥ 进一步判断,可能是显卡与插槽的接触不良或是插槽有问题。

⑦ 把显卡重新插好,确定没问题后再开机,故障依旧,由此可以判断是插槽问题。

⑧ 拔下显卡更换一个插槽安插,开机后,计算机顺利启动,故障排除。

四、主板的线路板受潮腐蚀发生故障

1. 故障现象: 计算机开机后系统自检完成,显示器没有显示,发出一长两短报警声。

2. 分析与处理:

① 先对内存进行检修,将其换到另一台运行正常的计算机上,一切正常,没有发现内存故障。

② 继续检查主板,仔细地检查插槽及线路板,发现线路板有因受潮而腐蚀的地方。

③ 如果线路板腐蚀严重则要送到专业人员处进行维修。

五、内存的故障及处理

1. 故障现象：在开机自检的时候，听到的不是平时"嘀"的一声，而是"嘀，嘀，嘀……"响个不停，显示器也没有图像显示。

2. 分析与处理：

① 这种故障若不是内存安装不当，则很有可能是由于内存金手指表面氧化造成的。

② 取下内存条，仔细观察是否有芯片被烧毁、电路板损坏的痕迹。

③ 若没有，则仔细用无水酒精及橡皮将内存两面的金手指擦洗干净，而且不要用手直接接触金手指。

④ 清除内存条插槽中的灰尘和金属物。

⑤ 然后再安装内存条，安装时可多换几个内存插槽，开机正常启动，问题解决。

⑥ 若故障依旧，说明内存条已损坏，更换内存条。

六、软件故障

1. 故障现象：在Windows下打印机不能打印。

2. 分析与处理：

① 在确认打印机完好的情况下，首先进入DOS状态（纯DOS），在命令提示行输入"dir>pm"或按键盘上的"Print Scteen Sysrq"键，看打印机能否打印。

② 倘若不行，一般可判断主板的打印口或打印线缆有问题，也可能与CMOS中的打印口模式设置有关，可相应调换试验。

③ 倘若DOS下能够打印，可按以下方法来予以解决。

● 在Windows下，进入控制面板的系统属性，看打印端口LPT1是否存在，倘若没有，可进入"控制面板"→"添加新硬件"，让其搜索新硬件，再将找到的打印口添加

进去就可以了。

● 驱动程序是否已经正确安装，若没有，重新安装打印机驱动程序。

● 安装系统文件的磁盘是否有剩余空间，一般空间不足会有内存不足的提示，只要卸载一些软件就可以了。

● 计算机可能感染病毒，进行查杀病毒处理。

七、安全策略——Windows XP自带防火墙的配置

1. 依次单击"开始"→"控制面板"，双击"Windows防火墙"图标，弹出如图1-4-1所示的对话框，看到Windows防火墙已设置为"启用"状态。

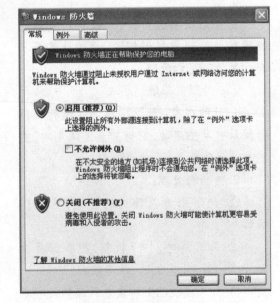

图1-4-1　Windows防火墙

2. 单击"例外"选项卡，在如图1-4-2所示对话框中，勾选"文件和打印机共享"、"远程桌面"、"远程协助"、"UPnP框架"等相关选项。

3. 单击"添加程序"按钮，弹出如图1-4-3所示对话框，单击"浏览"按钮，从

C：\Program Files\NetMeeting文件夹中,选中Windows NetMeeting的主程序conf.exe,单击"打开"。

4.返回如图1-4-2对话框,勾选conf.exe选项,单击"确定"按钮,关闭Windows防火墙设置窗口。完成本机的Windows防火墙允许来自其他计算机的NetMeeting呼叫设置。

5.验证设置。打开自己和同学计算机上的NetMeeting程序,从同学计算机的NetMeeting呼叫自己的计算机,如果在弹出的对话框中,单击"接受"按钮后NetMeeting连接会成功建立。

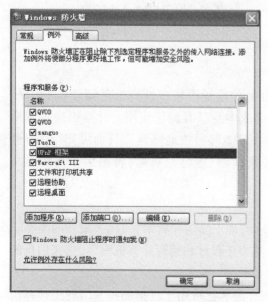

图1-4-2　选取项目

图1-4-3　添加程序

知识链接

一、计算机常见故障判断方法

1. 计算机常见故障可分为硬件和软件故障

硬件故障常见现象:主机无电源显示、显示器无显示、主机喇叭鸣响并无法使用、显示器提示出错信息并且无法进入系统。软件故障常见现象:显示器提示出错信息并且无法进入系统、进入系统但应用软件无法运行。

2. 对故障的操作方法

先静后动:先分析考虑问题可能在哪,然后动手操作;

先外后内:首先检查计算机外部电源、设备、线路,然后再开机箱;

先软后硬:先从软件判断入手,然后再从硬件着手。

3. 听主机喇叭鸣响辨故障

Award 的BIOS自检响铃及其意义:

● 1短:系统正常启动。

● 2短:常规错误,请进入CMOS Setup,重新设置不正确的选项。

- 1长1短：RAM或主板出错。换一条内存试试，若还是不行，只好更换主板。
- 1长2短：显示器或显示卡错误。
- 1长3短：键盘控制器错误。检查主板。
- 1长9短：主板Flash RAM或EPROM错误，BIOS损坏。换块Flash RAM试试。
- 不断地响（长声）：内存条未插紧或损坏。重插内存条，若还是不行，只有更换一条内存。
- 不停地响：电源、显示器未和显示卡连接好。检查一下所有的插头。
- 重复短响：电源问题。
- 无声音无显示：电源问题。

二、计算机病毒

计算机病毒是一组程序或指令集合，通过某种途径潜伏在计算机存储介质（程序）里，当达到某种条件时即被激活，对计算机资源或本身具有破坏作用。计算机病毒像生物病毒一样有复制能力，通过磁盘、网络传播并且能够很快地蔓延。目前可归结为6种类型，他们是：引导型病毒、可执行文件病毒、宏病毒、混合型病毒、特洛伊木马病毒和Internet语言病毒。

三、黑客

黑客（hacker）最早始于20世纪50年代的麻省理工学院和贝尔实验室，最初的黑客一般都是一些高级的技术人员，他们热爱计算机、热衷于设计和编写计算机程序，主张信息的共享。

但是到了今天，黑客一词的定义发生了改变，黑客已被用于泛指那些专门利用计算机搞破坏或恶作剧的家伙。黑客攻击的目的主要是为了窃取信息，获取口令，控制计算机终端和获取超级用户权限等。

四、防火墙技术

防火墙是设置在被保护的内部网络和外部网络之间的设备，用来控制内部网络与外部网络间的通信流量。通过制订相应安全策略，它可通过检测、限制、更改跨越防火墙的数据流，尽可能地对外部屏蔽网络内部信息、结构和运行状况，以此来实现网络安全保护。防火墙主要由网络政策、验证工具、包过滤和应用网关组成。防火墙只能阻截来自外部网络的侵扰，而对于内部网络的安全还需要通过对内部网络的有效控制和管理来实现。

 自主实践活动

1. 根据本活动内容所学知识与技能，设置本机Windows防火墙，允许其他计算机实现文件和打印机共享功能。

2. 简要地叙述计算机故障排除的一般步骤。

3. 通过多种形式学习讨论：处理常见计算机软、硬件故障方法。

归纳与小结

总结本项目的知识点可以得到如下的过程和方法:

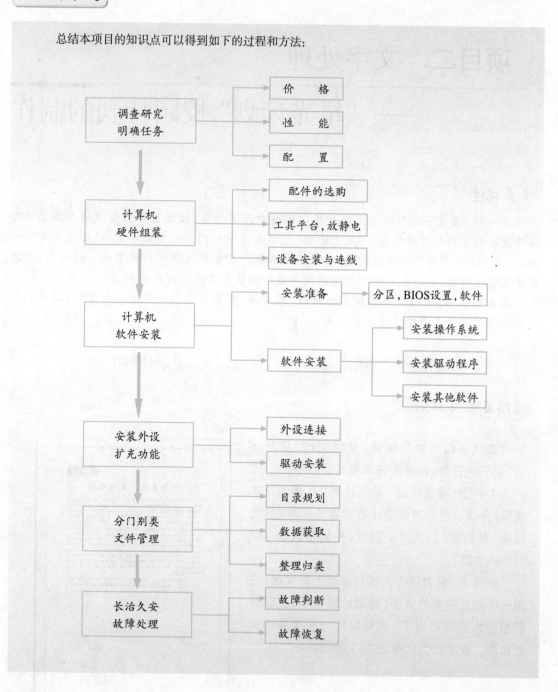

项目二　文字处理

——"星光计划"校园特刊的制作

情景描述

又一届"星光计划"职业技能大赛在辉煌中落下帷幕，校园里依然弥漫着参赛选手和指导教师们奋力拼搏的气息。"星光计划"已成为中职校园里永恒的主旋律，学校决定办一期以"星光计划"为主题的校园特刊，让老师和同学们能在这里畅所欲言地一吐心声，交流参赛经验和感想，同时也为他们取得的优异成绩和巨大收获而大声喝彩。

在本项目中，将通过制作校刊的封面、卷首语、目录和相应内容等四个活动，逐步熟练使用WORD进行文字处理的基本技术。

活动一　制作卷首语"跨越星光，走向成功"

活动要求与样例

高飞是校刊的总编辑，接到制作"星光计划"特刊的任务，他决定先从卷首语入手。

内容上，首先介绍"星光计划"比赛的基本情况，再谈谈自己对这项比赛的看法和对"星光精神"的理解，力求短小精悍，并能够反映本期刊物的主题。

制作上，卷首语作为校刊扉页上的文章，占用一个独立完整的页面，排版比较简单，主题鲜明整洁大方就可以了，也可以加一些简单的页面修饰。参考样例如图2-1-1所示。

图2-1-1　样例

一、活动计划

1. 文学创作：根据本期校刊的主题"星光计划"，创作一篇400—500字左右的短文作为卷首语，最好能够做到中英文双语。

2. 文字录入：在空白WORD文档中录入卷首语文字内容。

3. 美化文字，整理段落：通过设置字体、段落属性，使文章标题更醒目美观，文本内容在一个页面内疏密有致。

4. 点睛之笔：使用查找/替换功能，强调文章中的关键字。

5. 美化页面，检查文件：通过设置页面边框，对整张页面加以简单修饰，仔细检查后完成卷首语的制作。

二、相关技能

1. 英文录入速度达到120字符/分钟。

2. 中文汉字录入速度达到20字/分钟。

3. 汉字输入法的设置与切换。

4. 基本文档处理：文档的新建、打开、编辑、查找、保存。

5. 字体格式的简单设置。

6. 段落格式的简单设置。

7. 查找与替换的应用。

8. 页面边框的添加。

方法与步骤

一、文学创作

1. 打开文字处理软件Word，单击常用工具栏中的第一个按钮"新建空白文档" ，建立一个新文档。

2. 单击"文件"→"保存"命令，在弹出的"另存为"对话框中，选择保存位置到你指定的文件夹；输入文件名"卷首语"；设置保存类型为"Word文档"，如图2-1-2

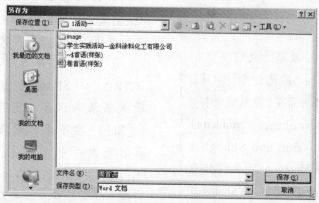

图2-1-2　另存为对话框

所示;单击"保存"按钮,保存自己的文档。

3. 根据本期校刊的主题"星光计划",创作一篇400—500字左右的短文作为卷首语,参考范文如下:

> ### 跨越星光,走向成功
>
> 上海市"星光计划"技能大赛是由上海市教育委员会、上海市劳动和社会保障局、上海市教育发展基金会主办,上海市教育委员会教学研究室承办的面向全体中职学生的技能比赛。该比赛每两年举行一次,注重加强职业技能和实践能力的培养,全面提高学生的技能水平,是高素质技能人才选拔和专业教学质量评价的重要组成部分。
>
> 迄今为止,"星光计划"已经举办了三届,"重在参与、重在学习、重在提高、团结进取、突出技能、展示风采"的比赛宗旨已经深入人心。对广大中职学生来说,"星光计划"给他们提供了一个展示技能和风采的舞台,不管能否得奖,进行"星光计划"备战和比赛的过程对每个参与过的学生都是一种磨炼,一种不可多得的人生经历。很多同学在自己的参赛感言中都提到"星光计划"改变了自己对一些事情的看法和做法,在提高技能水平的同时,也提升了自己的人生观和价值观,为今后职业生涯的发展奠定了良好的基础。
>
> "一分耕耘一分收获",我们期望有更多的同学参与到"星光计划"中来,通过自己的努力播种希望,收获成功!
>
> Co-sponsored by Shanghai Municipal Education Commission and Shanghai Education Fund, Star-Shinning Contest which is eligible for vocational students in Shanghai is held every other year with emphasis on secondary students' vocational skills and assessment of vocational training programs offered by each vocational school.
>
> Up till now, Star-Shinning Contest has been held 3 times in succession. In the spirit of universal participation, improvement, these students are making headway progress. Star-Shinning Contest provides the vocational students with an excellent arena to showcase their talents of various kinds. It doesn't matter whether they could win the prizes or not. What counts most is universal participation. According to the participants after contest, the Star-Shinning Contest has changed their outlook of life, improved their vocational skills and laid solid foundation for their future career.
>
> "No pain, no gain." As an old proverb goes, we hope that more students will take an active part in Star-Shinning Contest. Wish each of them a complete success!
>
> 高 飞
2009年6月12日

二、文字录入

1. 输入栏目名称"卷首语"、文章标题、中英文对照稿和创作日期,录入速度应达到汉字:20字/分,英文:120字符/分。

2. 先录入英文,再使用快捷键[CTRL]+[SPACE]打开(关闭)中文输入法录入汉字。还可以使用[CTRL]+[Shift]在不同的输入法之间切换,找到自己拿手的输入法;使用[SHIFT]+[SPACE]完成全/半角转换,[CTRL]+[>]切换中英文标点。如图2-1-3所示。

图2-1-3　输入法

3. 录入完成后，单击常用工具栏中的第三个按钮"保存"  ，也可以直接按快捷键［CTRL］＋［S］，将已输入的文本内容保存起来。

三、美化文字，整理段落

1. 按下快捷键［CTRL］＋［A］，选中整篇文档，单击格式工具栏中的"字体"下拉列表框，选择"宋体"，再在"字号"下拉列表框中选择"小四号"。

2. 选中栏目名称"卷首语"，单击"格式"→"字体"命令，在弹出的"字体"对话框中单击"字体"选项卡。设置中文字体：黑体、字形：常规、字号：小初、效果：空心，如图2-1-4所示，单击"确定"按钮。再单击"格式"工具栏中的"右对齐"按钮。

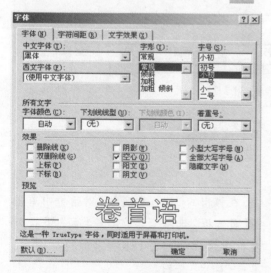

图2-1-4　字体对话框

3. 使用与上一步相同的方法，设置文章标题"跨越星光，走向成功"为：楷体、加粗、一号、阴影，再选择"字体"对话框中的"字

符间距"选项卡，设置间距：加宽、磅值：3磅，如图2-1-5所示，单击"确定"按钮。再单击"格式"工具栏中的"居中"按钮。

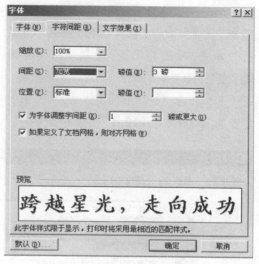

图2-1-5　字体对话框

4. 选中正文英文文稿部分，单击"格式"→"段落"命令，在弹出的"段落"对话框中单击"缩进和间距"选项卡。设置常规"对齐方式"：两端对齐；缩进"特殊格式"：首行缩进，"度量值"：2字符；间距"段前"：0.5行，"段后"：0.5行，"行距"：固定值，"设置值"：16磅，如图2-1-6所示，单击"确定"按钮。

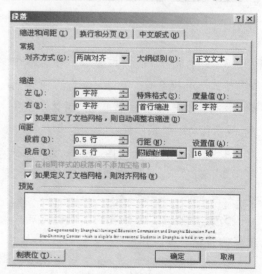

图2-1-6　段落对话框

5. 使用与上一步相同的方法,将正文中文文稿部分设置为: 两端对齐、首行缩进2字符、段前段后间距各0.5行、单倍行距。

6. 选中文末作者"高飞",单击"格式"菜单"段落"命令,在弹出的"段落"对话框中单击"缩进和间距"选项卡。设置缩进"左": 30字符,单击"确定"按钮完成。

7. 使用与上一步相同的方法,将文末创作日期"2009年6月12日"左缩进28字符。

四、点睛之笔

1. 选中正文英文文稿部分的关键词"Star-Shinning",单击"编辑"菜单"替换"命令,在弹出的"查找和替换"对话框中单击"替换"选项卡。

2. "查找内容"自动设定为之前选中的文字Star-Shinning,单击"高级"按钮展开对话框,然后设置"替换为": Star-Shinning,如图2-1-7所示,文字内容不变。

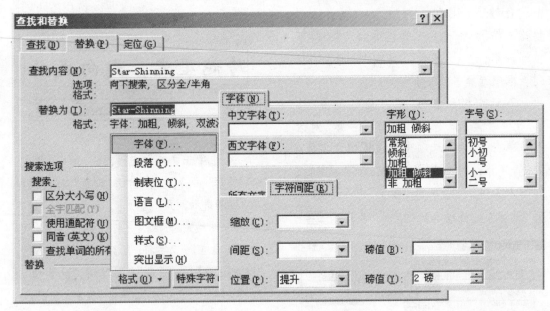

图2-1-7 查找和替换对话框

3. 继续单击"查找和替换"对话框中的"格式"下拉菜单"字体"命令。在弹出的"替换字体"对话框中单击"字体"选项卡,设置字形: 加粗倾斜。

4. 再单击"替换字体"对话框中"字符间距"选项卡,设置位置: 提升、磅值: 2磅,单击"确定"按钮。

5. 最后单击"全部替换"按钮完成关键字的强调转换。

6. 使用相同的方法,将正文中文文稿部分的关键词"星光计划"替换为: 加粗、下划波浪线。

五、美化页面,检查文件

1. 单击"格式"→"边框和底纹"命令,在弹出的"边框和底纹"对话框中单击"页面边框"选项卡。在"艺术型"下拉列表框中选择如图2-1-8所示的边框图案,单击"确定"按钮。

2. 单击"文件"→"保存"命令,再次保存制作好的成品文档。

3. 单击常用工具栏中的第二个按钮"打开"，在弹出的"打开"对话框中设置

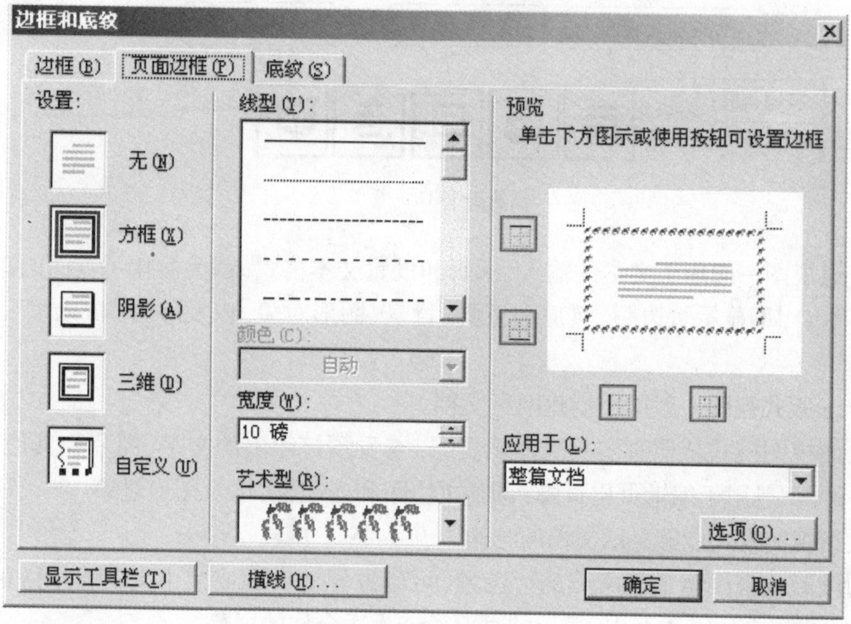

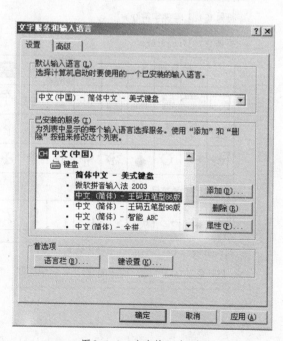

图 2-1-8　边框和底纹对话框

文件类型为"所有Word文档"；找到"卷首语.doc"文件，单击"打开"按钮，打开文件。

4.仔细校对文字，如果有错误，修改正确后重新保存。

知识链接

一、设置输入法

打开Windows控制面板中的"区域和语言选项"对话框，单击"语言"选项卡中的"详细信息"按钮，或者右击Windows任务栏中的输入法图标，在快捷菜单中选择"设置"命令，都可以打开"文字服务和输入语言"对话框，如图2-1-9所示，在"设置"选项卡中可以选择默认输入语言，添加删除输入法，设置语言栏和快捷键。

二、选择视图模式

Word中有"普通视图"、"Web版式视图"、"页面视图"、"大纲视图"、"阅读版式视图"五种显示模式，它们的作用各不相同。可以通过"视图"菜单命令来进行模式的切换，也可以使用快捷按钮。如图2-1-10所示。

图 2-1-9　文字输入对话框

图2-1-10　视图

1. 普通视图一般用于文本的输入、编辑和设置文本格式，因为简化了页面的布局，所以在普通视图中，不显示页边距、页眉和页脚、背景、图形对象，以及除了"嵌入型"的绝大部分图片。

2. Web版式视图一般用于创建网页文档。

3. 页面视图模式依照真实页面显示，可以查看预打印出的文字、图片和其他元素在页面中的位置，一般用于编辑页眉页脚，调整页边距和处理栏，以及图形对象。

4. 大纲视图模式能够显示文档的结构。

5. 阅读版式视图增加了文档的可读性，可以方便地增大或减小文本显示区域的尺寸，而不会影响文档中的字体大小，显示的页面设计为适合你的屏幕。

　三、插入特殊符号

当输入一些特殊字符时，如希腊字母、日文假名、数学符号等，可以单击"插入"→"符号"或"特殊符号"命令。在"符号"和"插入特殊符号"对话框中，如图2-1-11、图2-1-12所示，选择相应的字符集，再单击所需的符号，即可完成输入任务。

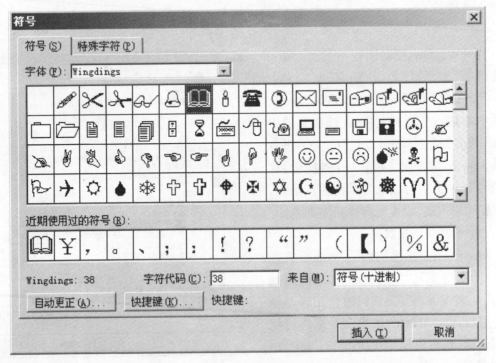

图2-1-11　符号对话框

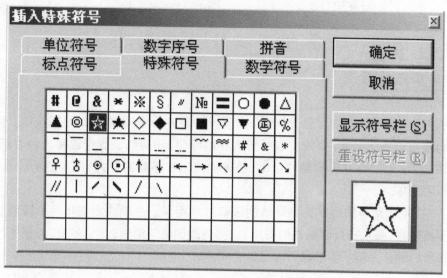

图 2-1-12　特殊符号对话框

四、使用帮助

使用Word中的帮助功能，可以解决许多在文字处理中遇到的问题，有助于我们主动学习，大家可以在"帮助"菜单中找到多种使用方法。

 自主实践活动

1. 项目背景

金科涂料化工有限公司是一家中外合资企业，最近公司推出了一种新产品"纳米全效王墙面漆"，适用于高级住宅、宾馆等各种室内墙面及要求防霉的场所，现在需要为该产品制作一份中英文双语的产品说明书。

2. 项目任务

运用公司所给的文字素材，资料保存在光盘里"学生实践活动—金科涂料化工有限公司"文件夹中，使用Word制作一张单面单页的产品说明书。

3. 设计制作要求

① 在一张A4纸大小范围内排版制作，版面布局合理。

② 合理设置字体、段落属性，使产品名称等关键文字突出醒目。

③ 为整张说明书添加页面边框。

光　盘

打开光盘中"\项目二\活动一\学生自主实践活动—金科涂料化工有限公司"文件夹，按要求使用所给素材完成任务。

活动二 编辑"参赛感言"

活动要求与样例

得知学校决定办一期"星光计划"校园特刊的消息，同学们纷纷踊跃投稿。他们有的总结技能训练的经验，有的发表经历大赛的感想，还有的谈到走过星光的收获。"星光计划"对于他们意味着辛勤的付出、执著的追求和不懈的努力，既有胜利的喜悦，也有悔恨的泪水。

其中，电子商务集训队五名队员的来稿被采用了。主编决定安排两个版面刊登他们的参赛感言，要求在页面版式的安排上，尽量做到简洁清晰、灵活多变，以便于浏览和增加读者的阅读兴趣。参考样例如图2-2-1所示。

图2-2-1 样例

活动分析

一、活动计划

1. 审核稿件：仔细校对五篇稿件，修改不通顺的语句、文字错误和标点符号。

2. 页面排版：首先通过设置项目符号和编号，为这一组稿件添加序号；然后再使用分栏、分页、段落格式设置等手段，将五篇文稿合理安排在两个页面之内。

3. 美化文字,整理段落: 通过设置字体属性,使文章标题更醒目美观; 应用边框和底纹功能,将各段落自然分割。

4. 插入图片: 配合主题,在页面中插入"星光计划"LOGO图片,丰富页面内容。

5. 检查文件: 仔细检查后完成制作。

二、相关技能

1. 字体格式的设置。

2. 段落格式的设置。

3. 项目符号和编号。

4. 等宽分栏。

5. 边框和底纹。

6. 格式刷的使用。

7. 插入图片。

8. 冲蚀图片背景。

方法与步骤

一、审核稿件

1. 打开文字处理软件Word,单击"文件"→"新建"命令,建立一个空白文档。

2. 在文档开头输入本组稿件大标题"电子商务队参赛感言"。

3. 打开电子商务集训队五名队员的来稿,复制文本内容,并依次粘贴到空白Word文档中,各篇稿件之间留一个空行。

4. 认真阅读文档内容,修改不通顺的语句;再逐字逐句的校对错别字、标点符号等;还可以单击"文件"→"拼写和语法检查"命令,打开"拼写和语法"对话框,Word可以帮助你检查拼写和语法错误。如图2-2-2所示。

5. 单击"文件"→"保存"命令,在弹出的"另存为"对话框中,选择保存位置到你指定的文件夹,输入文件名"参赛感言",再单击"保存"按钮,保存自己的文档。

二、页面排版

1. 按下快捷键[CTRL]+[A],选中

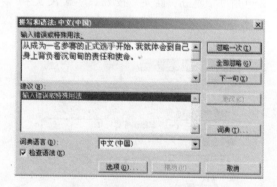

图2-2-2 拼写和语法对话框

整篇文档,单击格式工具栏中的"字体"下拉列表框,选择"宋体",再在"字号"下拉列表框中选择"小四号"。

2. 按住[CTRL]键选中五篇稿件的小标题:"舞出精彩,舞出自信"、"团结的星光"、"凝聚的力量"、"紧张备战,快乐学习"和"明天会更好"等不连续的五段;单击"格式"→"项目符号和编号"命令,在弹出的"项目符号和编号"对话框中单击"编号"选项卡,选中第一排第四个。如图2-2-3所示。

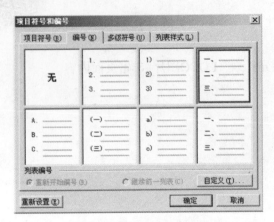

图 2-2-3　项目符号和编号对话框

3. 单击"自定义"按钮,在"自定义编号列表"对话框中设置,编号位置:左对齐,对齐位置 0 厘米;文字位置:制表位置 0.37 厘米,缩进位置 0.74 厘米;如图 2-2-4 所示,单击"确定"按钮,为五段文稿添加小节序号。

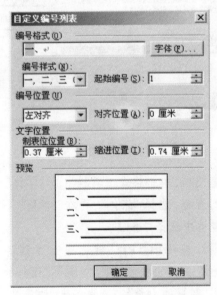

图 2-2-4　自定义编号列表对话框

4. 选中前两篇文稿"舞出精彩,舞出自信"和"团结的星光",单击"格式"→"分栏"命令,在弹出的"分栏"对话框中设置:预设,两栏;勾选"栏宽相等";勾选

"分隔线",如图 2-2-5 所示,单击"确定"按钮。

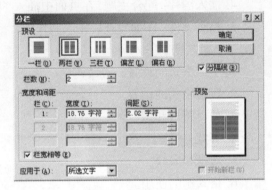

图 2-2-5　分栏对话框

5. 将光标定位在第二篇文稿"团结的星光"之前,单击"插入"→"分隔符"命令,在弹出的"分隔符"对话框中设置:分隔符类型为"分栏符",使第一、二篇文稿分别位于左右二栏平行显示。

6. 将光标定位在第三篇文稿"凝聚的力量"之后的空行,单击"插入"→"分隔符"命令,在弹出的"分隔符"对话框中设置:分隔符类型为"分页符",如图 2-2-6 所示,单击"确定"按钮,将第四、五篇文稿放入下一页版面。

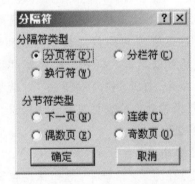

图 2-2-6　分隔符对话框

7. 选中第四篇文稿"紧张备战,快乐学习",单击"格式"→"段落"命令,在弹出的"段落"对话框中单击"缩进和间距"

选项卡,在"缩进"选项区中设置"右":6字符,单击"确定"按钮。

8.选中第五篇文稿"明天会更好",使用与上一步相同的方法,设置段落"左"缩进:6字符。

9.版面设置完成后,按快捷键[CTRL]+[S]再次保存文件。

三、美化文字,整理段落

1.选中大标题"电子商务队参赛感言",单击"格式"→"字体"命令,在弹出的"字体"对话框中单击"字体"选项卡。设置中文字体:隶书,字形:加粗,字号:小一,效果:阴影,单击"确定"按钮。再单击"格式"工具栏中的"居中对齐"按钮。

2.使用上一步相同的方法,设置各篇小标题的字体属性为:楷体、加粗、四号,并将正文所有文字段落设置"对齐方式":两端对齐,缩进"首行缩进":2字符。

3.选中第一篇文稿的作者(计算机061班 施良),单击"格式"→"边框和底纹"命令,在弹出的"边框和底纹"对话框中单击"底纹"选项卡,设置图案样式"浅色棚架",颜色"灰色-40%",应用于"文字",如图2-2-7所示,单击"确定"按钮。

4.保持第一篇文稿作者文字的选中状态,双击工具栏中的"格式刷"按钮,用

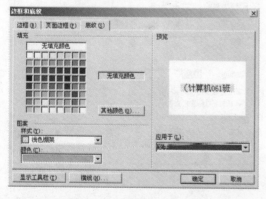

图2-2-7 边框和底纹对话框

格式刷分别拖选其他四篇文稿的作者信息,即可将文字底纹属性复制到新的对象,操作完毕后再单击格式刷,结束属性复制应用。

5.选中第四篇文稿"紧张备战,快乐学习",单击"格式"→"边框和底纹"命令,在弹出的"边框和底纹"对话框中单击"底纹"选项卡,设置填充"灰色-20%",应用于"段落",单击"确定"按钮。

6.选中第五篇文稿"明天会更好",单击"格式"→"边框和底纹"命令,在弹出的"边框和底纹"对话框中单击"边框"选项卡,设置"阴影",线型"单线",宽度"1.5磅",应用于"段落",如图2-2-8所示,单击"确定"按钮。

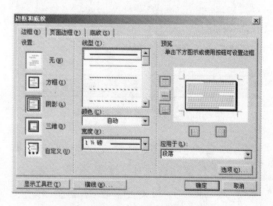

图2-2-8 边框和底纹对话框

四、插入图片

1.光标移至第三篇文稿,单击"插入"→"图片"子菜单"来自文件"命令,在弹出的"插入图片"对话框中,选择要插入的图片文件"Logo.jpg",如图2-2-9所示,单击"插入"按钮,将图片插入文档中。

2.右击图片,在右键快捷菜单中选择"设置图片格式"命令,在弹出的"设置图片格式"对话框中,单击"版式"选项卡,选择环绕方式为"四周型",如图2-2-10所示,单击"高级"按钮。

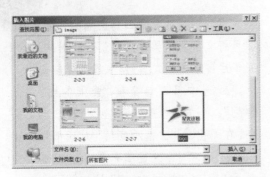

图2-2-9 插入图片

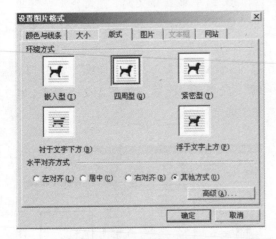

图2-2-10 图片格式对话框

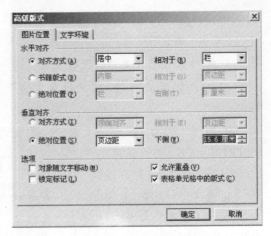

图2-2-11 版式对话框

垂直对齐：绝对位置"页边距"，下侧"14厘米"。单击"确定"按钮，返回"设置图片格式"对话框。

6. 单击"大小"选项卡，设置缩放：高度"300%"，宽度"300%"，勾选"锁定纵横比"和"相对原始图片大小"，如图2-2-12所示，单击"确定"按钮。

7. 右击图片，在右键快捷菜单中选择"显示'图片'工具栏"命令，单击"图片"工具栏第二个按钮"颜色"，将图片颜色设置为"冲蚀"效果，如图2-2-13所示，为第五篇文稿添加水印图片背景。

3. 在弹出的"高级版式"对话框中，单击"图片位置"选项卡，设置水平对齐：对齐方式"居中"，相对于"栏"；垂直对齐：绝对位置"页边距"，下侧"15.6厘米"，如图2-2-11所示。单击"确定"按钮，返回"设置图片格式"对话框，再单击一次"确定"按钮，完成图片的插入和定位。

4. 使用与第1步完全相同的方法，将图片"Logo.jpg"再插入到第五篇文稿所在位置。

5. 右击图片，打开"设置图片格式"对话框，在"版式"选项卡中选择环绕方式为"衬于文字下方"。再进入"高级版式"对话框，在"图片位置"选项卡中设置水平对齐：绝对位置"页边距"，右侧"1.9厘米"；

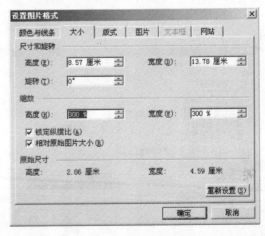

图2-2-12 图片格式对话框

五、检查文件

1. 单击"文件"→"保存"命令，再次保存制作好的成品文档。

2. 重新打开文件"星光灿烂.doc"，仔细校对文字，审核排版效果，修正满意后确定保存。

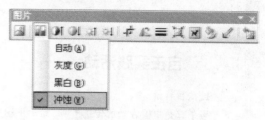

图 2-2-13　图片设置

知识链接

一、撤销误操作

在工作中我们经常会出现操作失误的时候，这时可以通过单击"常用"工具栏上的"撤销"按钮 ，或者"编辑"菜单"撤销"命令，来撤销上一步的操作。如果过后又不想撤销该操作了，还可以单击"常用"工具栏上的"恢复"按钮 来还原操作。

单击"撤销"按钮旁边的下拉箭头，Word将显示最近执行的可撤销操作列表，再单击要撤销的操作条目，即可撤销该操作。注意：撤销某项操作的同时，也将撤销列表中该项操作之上的所有操作。

二、首字下沉

选中一个文字段落，单击"格式"→"首字下沉"命令，在弹出的"首字下沉"对话框中设置：位置为"下沉"，字体为"宋体"，下沉行数"2"，距正文"0厘米"，如图2-2-14所示，单击"确定"按钮，即可得到如本段段首所显示的效果。

三、字数统计

单击"工具"→"字数统计"命令，弹出"字数统计"对话框，Word 会显示一组统计信息，包括页数、字数、字符数、段落数和行数等，如图2-2-15所示，可以帮助我们对文档的基本情况有所了解，方便版面的安排。

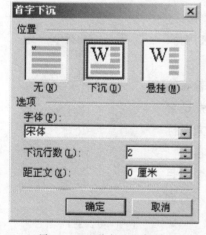

图 2-2-14　首字下沉对话框

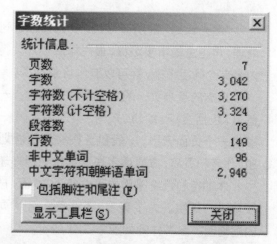

图 2-2-15　字数统计对话框

自主实践活动

1. 项目背景

端午节是中国古老的传统节日,始于中国的春秋战国时期,至今已有2 000多年历史。端午亦称端五,还有诸如:夏节、浴兰节、女儿节、天中节、地腊、诗人节等等许多别称,关于端午节的起源在民间流传着很多美丽的传说。为弘扬中华民族传统文化,社区收集了一些有关端午节由来的说法,准备制作一份宣传材料。

2. 项目任务

运用社区所给的文字、图片素材,资料保存在"学生实践活动—端午节起源传说"文件夹中,使用Word将六种传说故事汇总在一起,制作一份双页的宣传单。

3. 设计制作要求

① 在两张A4纸大小范围内排版制作,版面布局合理。

② 使用项目符号和编号,正确地设置小标题。

③ 使用分栏、边框和底纹等技术,将版面自然分割。

④ 插入图片,使用图片背景来丰富美化页面。

光 盘

打开光盘中"\项目二\活动二\学生自主实践活动—端午节起源传说"文件夹,按要求使用所给素材完成任务。

活动三 制作校刊目录页

活动要求与样例

"星光计划"的所有来稿,要先经过校刊编辑们筛选处理,再由主编审核定稿,最后排版校对。待一期刊物的内容完全确定下来,就可以制作目录页了。

杂志的目录页一般包含两部分内容。一是编著者的信息,包括主编、编辑、校对、美工等。另一部分就是全书的一个页面索引,一般包含按栏目板块划分的文章标题、作者和页码,方便读者快速查找到感兴趣的内容。

本期特刊最终采用的稿件有近20篇,按照五个栏目板块进行组织。为了美观,还准备在目录页中插入封面的缩略图。参考样例如图2-3-1所示。

图2-3-1 样例

一、活动计划

1. 页面排版：通过分栏、加分隔线、段落边框等办法分割页面成左、右、下三个部分。

2. 页面索引：在页面右侧部分插入表格，将栏目板块名称、文章标题、作者和页码等信息有序组织起来，合理设置表格属性。

3. 编著者信息：在页面左侧部分输入编著者信息，并预留封面缩略图的位置。

4. 附加信息：在页面下侧部分，附加联系方式、投稿信箱等信息。

5. 检查文件：仔细检查后完成制作。

二、相关技能

1. 字体、段落格式的设置。

2. 非等宽分栏应用。

3. 边框和底纹应用。

4. 插入表格。

5. 编辑表格。

6. 表格的格式化。

7. 超链接的应用。

8. 文字方向的设置。

方法与步骤

一、页面排版

1. 打开文字处理软件Word，单击"文件"→"新建"命令，建立一个空白文档。

2. 在文档开头插入3个空白段落。

3. 选中前两个空白段落，单击"格式"→"分栏"命令，在弹出的"分栏"对话框中设置：预设"两栏"，取消勾选"栏宽相等"，勾选"分隔线"。再设置分栏宽度和间距：栏1，宽度12字符，间距2字符；栏2，由Word自动将页面剩余的可用空间分派给最后一栏，如图2-3-2所示，单击"确定"按钮。

4. 将光标定位在第二个空白段落之前，单击"插入"→"分隔符"命令，在弹出的"分隔符"对话框中设置：分隔符类型为"分栏符"，单击"确定"按钮。

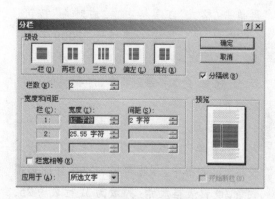

图2-3-2　分栏对话框

5. 选中第3个空白段落，单击"格式"→"边框和底纹"命令，在弹出的"边框和底纹"对话框中单击"边框"选项卡，设置线型为"双线"，颜色"自动"，宽度"1/2磅"，应用于"段落"，并仅保留段落上框线。如图2-3-3所示。

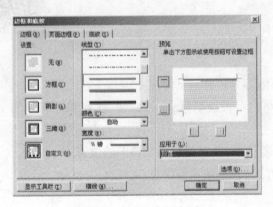

图2-3-3 边框和底纹对话框

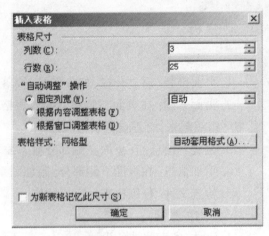

图2-3-4 插入表格对话框

图2-3-5 表格属性对话框1

6. 完成布局后的页面被分割成左、右、下三个部分,每个部分暂时只有一个空白段落。单击"文件"→"保存"命令,输入文件名"目录页",保存自己的文档。

二、页面索引

1. 将光标定位到页面右侧段落,输入大标题"目录",单击"格式"→"字体"命令,在弹出的"字体"对话框中单击"字体"选项卡。设置中文字体:黑体、字形:常规、字号:小初、效果:空心,单击"确定"按钮。再单击"格式"工具栏中的"右对齐"按钮。

2. 另起一段输入期刊号"2009年5月号 总第65期",使用与上一步相同的方法,设置字体属性:宋体、加粗、小四号、左对齐。

3. 另起一段,单击"表格"菜单"插入"子菜单"表格"命令,在弹出的"插入表格"对话框中,根据需要刊出稿件的篇幅数量,设置表格尺寸:列数为3,行数为25,如图2-3-4所示,单击"确定"按钮。

4. 选中整个表格,设置字体属性:宋体,五号字,段落属性:1.5倍行距,再单击"表格"→"表格属性"命令,在弹出的"表格属性"对话框中单击"表格"选项卡,设置尺寸:指定宽度"9.8厘米",度量单位"厘米",如图2-3-5所示,适合于右栏空间的大小。

5. 选中表格第一列,单击"表格"→"表格属性"命令,在弹出的"表格属性"对话框中单击"列"选项卡,设置尺寸:第一列指定宽度"8%",列宽单位"百分比",如图2-3-6所示,单击"确定"按钮。

6. 使用与上一步相同的方法,分别将第二、第三列设定尺寸为指定宽度"62%"和"30%",完成后第一列用于输入页码,第二列用于输入文章标题,第三列用于输入作者信息。

7. 选中整个表格,单击"格式"→"边

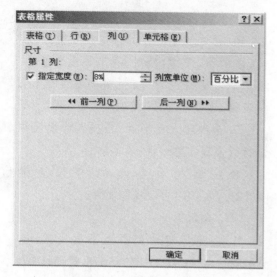

图2-3-6 表格属性对话框2

框和底纹"命令,在弹出的"边框和底纹"对话框中单击"边框"选项卡,设置线性"单细线",宽度"1磅",应用于"表格",并取消所有纵向线,保留所有横向线,如图2-3-7所示,单击"确定"按钮。

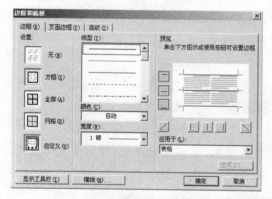

图2-3-7 边框和底纹对话框1

8. 选中表格第一行,单击"表格"→"合并单元格"命令,将一行合并为一个单元格,并设置字形"加粗"。再单击"格式"菜单"边框和底纹"命令,在弹出的"边框和底纹"对话框中单击"底纹"选项卡,设置填充"灰色-25%",应用于"单元格",如图2-3-8所示,单击"确定"按钮。

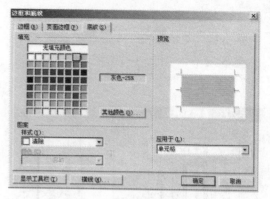

图2-3-8 边框和底纹对话框2

9. 使用与上一步相同的方法,根据五个栏目采用的文章数量,分别将用于输入栏目板块名称的其他四行也合并,并设置字形"加粗",底纹填充"灰色-25%"。

10. 在设置好属性的表格中输入数据,包括5个栏目板块名称和19篇文章的标题、页码和作者信息等,如图2-3-9所示,完成后按快捷键[CTRL]+[S]再次保存文件。

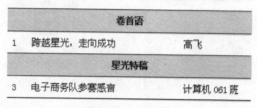

卷首语	
1 跨越星光,走向成功	高飞
星光特稿	
3 电子商务队参赛感言	计算机061班

图2-3-9 表格数据

三、编著者信息

1. 将光标定位到页面左侧段落,单击"表格"→"插入"子菜单"表格"命令,在弹出的"插入表格"对话框中,设置表格尺寸:列数为1,行数也为1,单击"确定"按钮。

2. 设置表格属性:指定行高6.11厘米,指定列宽4.26厘米,单击单元格,输入提示文字"封面缩略图",作为预留插入封面缩略图的空间。

3. 选中包含文字"封面缩略图"的单

元格,单击"格式"→"文字方向"命令,在弹出的"文字方向"对话框中设置文字垂直显示,如图2-3-10所示,单击"确定"按钮。

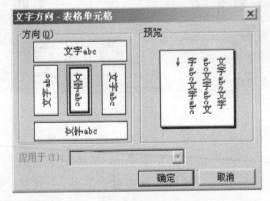

图2-3-10 文字方向对话框

4. 再右击单元格,在快捷菜单"单元格对齐方式"中,将单元格对齐方式设置为如图2-3-11所示。

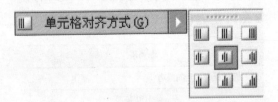

图2-3-11 对齐格式

5. 将光标定位在表格下方,单击格式工具栏中的"字体"下拉列表框,选择"宋体",再在"字号"下拉列表框中选择"五

号",随后逐行输入编著者信息。

6. 编著者可包括:顾问、指导教师、社长、总编辑、编辑、校对、美工和摄影等等,其中职务名称左对齐,姓名向右缩进1个制表位,即按"TAB"键一次。

7. 全部输入完毕后,根据人员数量和总行数合理调整行距、段落间距。

8. 左侧版面完成后,按快捷键[CTRL]+[S]再次保存文件。

四、附加信息

1. 将光标定位到页面下侧段落,输入"联系电话: 021-12345678 欢迎投稿: topo@hotmail.com"等附加信息,设置为:黑体、小四号字、居中对齐。

2. 选中邮箱地址部分文字,单击"插入"→"超链接"命令,在弹出的"插入超链接"对话框中先选择链接到"电子邮件地址",再设置:要显示的文字"topo@hotmail.com",电子邮件地址"mailto: topo@hotmail.com",主题:"投稿",如图2-3-12所示,单击"确定"按钮。

五、检查文件

1. 单击"文件"→"保存"命令,再次保存制作好的成品文档。

2. 重新打开文件"目录页.doc",仔细校对文字,审核排版效果,修正满意后确定保存。

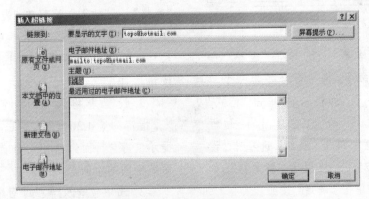

图2-3-12 插入超链接对话框

一、文本与表格的相互转换

Word支持文本和表格的相互转换。

1. 将文本转换成表格时，使用逗号、制表符或其他分隔符来标识文字分隔的位置，同时确定行、列的数量。

例如，有如下一段文字需要转换为表格。

指数	开盘	收盘	最高	最低	涨跌幅	成交量
上证综指	1 761.44	1 730.49	1 770.26	1 729.48	−0.96%	232.9亿元
深证成指	4 515.37	4 461.65	4 580.68	4 455.64	−0.68%	237.9亿元

选中要转换的全部文本，单击"表格"→"转换"→"文本转换成表格"命令，在弹出的"将文字转换为表格"对话框中，设置"文字分隔位置"为"空格"，Word自动判断"表格尺寸"为7行3列，如图2-3-13所示，单击"确定"按钮。

转换完成的表格如下所示。

指数	开盘	收盘	最高	最低	涨跌幅	成交量
上证综指	1 761.44	1 730.49	1 770.26	1 729.48	−0.96%	232.9亿元
深证成指	4 515.37	4 461.65	4 580.68	4 455.64	−0.68%	237.9亿元

2. 将表格转换成文本时，选择要转换为段落的行或表格，单击"表格"→"转换"→"表格转换成文本"命令，在弹出的"表格转换为文本"对话框中，设置所需的"文字分隔符"即可。

例如，将上表全部选中，并设置"文字分隔符"为"制表符"，如图2-3-14所示，单击"确定"按钮。

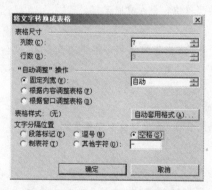

图2-3-13 转换

图2-3-14

转换完成的文本如下所示，表格各行用段落标记分隔，各列用制表符分隔。

指数	开盘	收盘	最高	最低	涨跌幅	成交量
上证综指	1 761.44	1 730.49	1 770.26	1 729.48	−0.96%	232.9亿元
深证成指	4 515.37	4 461.65	4 580.68	4 455.64	−0.68%	237.9亿元

二、斜线表头

选中需要添加斜线表头的表格,单击"表格"→"绘制斜线表头"命令,在弹出的"插入斜线表头"对话框中,选择所需的"表头样式"(共有五种),可以在"预览"区查看所选样式的表头效果,再输入所需标题,如图2-3-15所示,单击"确定"按钮。得到的课程表斜线表头效果如图2-3-16所示。

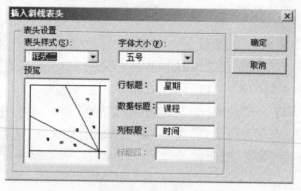

图2-3-15 插入斜线

图2-3-16 斜线效果

自主实践活动

1. 项目背景

眼看一年就要过去了,总公司为丰富员工的文化生活,促进各子公司之间的交流和友谊,决定举办一场年终文艺会演,演出时间初步定为1月10日。得到通知后,各部门一边紧锣密鼓地排练,一边将选送的节目上报到公司总部。文艺会演节目组按照总经理的要求,将声乐、舞蹈、曲艺三个大类的节目穿插开来,编排了一台精彩的演出。现在,需要为本次年终文艺会演制作一份节目单,以方便观看者对整台演出的节目内容、出演次序、参演单位和个人有所了解。

2. 项目任务

运用各子公司上报的会演节目信息,资料保存在"学生实践活动—年终文艺会演"文件夹中,使用Word制作一份年终文艺会演节目单。

3. 设计制作要求

① 文字醒目,版面布局合理。

② 使用表格,有条理地展示包含节目序号、类别、名称、演出单位等完整信息。

③ 合理设置表格属性,使节目单清晰美观。

④ 可插入图片丰富美化页面。

光 盘

打开光盘中"\项目二\活动三\学生自主实践活动—年终文艺会演"文件夹,按要求使用所给素材完成任务。

活动四　制作校刊封面

活动要求与样例

　　拿到一本期刊，首先映入读者眼帘的就是刊物的封面。封面设计既要满足阅读对象的阅读特点和审美个性，还要反映刊物的文本内容和主体精神。具体一般包括：刊物名称、编著者名、学校名称等文字，出版时间、刊物期数等数字，以及展现刊物内容、性质、体裁的装饰图片、色彩和构图等。

　　"星光计划"特刊已经基本完成了组稿排版的任务，这一期的封面美编准备采用"星光计划"图像设计比赛参赛选手的作品。并推荐一批重点稿件给读者，让读者能够在最短的时间里获得最大的收获，引领他们走近星光。

　　参考样例如图2-4-1所示。

图 2-4-1

活动分析

一、活动计划

1. 页面设置：设置封面尺寸大小，页边距和版式。

2. 编辑图形信息：为页面添加背景填充效果，再插入"星光计划"主题图片。

3. 编辑文字信息：采用艺术字展示校刊名称，使用文本框排版编著者名、学校名称、刊物期数、出版时间和本期特刊栏目板块名称等文字信息。

4. 绘制校刊标志：在封面右下角插入由自选图形构成的校刊标志。

5. 打印预览：设置打印属性，预览最终打印效果。

二、相关技能

1. 页面设置。

2. 背景设置。

3. 图形图片的处理。

4. 艺术字设置。

5. 文本框应用。

6. 自定义项目符号应用。

7. 自选图形应用。

8. 图文混排。

9. 打印属性的设置。

方法与步骤

一、页面设置

1. 打开文字处理软件Word,单击"文件"菜单"新建"命令,建立一个空白文档。

2. 单击"文件"→"页面设置"命令,在弹出的"页面设置"对话框中单击"页边距"选项卡,设置页边距上、下、左、右均为"0",方向"纵向",如图2-4-2所示。

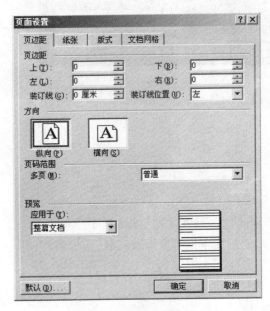

图2-4-2　页面设置1

3. 再单击"页面设置"对话框中的"文档网格"选项卡,设置网格"无网格",如图2-4-3所示,单击"确定"按钮。

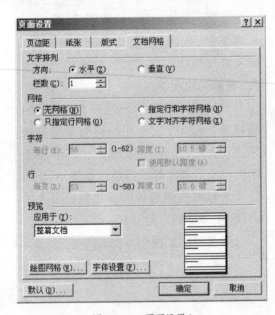

图2-4-3　页面设置2

4. 完成后单击"文件"→"保存"命令,输入文件名"校刊目录",确定保存自己的文档。

二、编辑图形信息

1. 单击"格式"→"背景"子菜单"填充效果"命令,在弹出的"填充效果"对话框中单击"渐变"选项卡,设置预设颜色"金乌坠地",底纹样式"斜下",如图2-4-4所示,单击"确定"按钮。

2. 单击"插入"→"图片"子菜单"来自文件"命令,在弹出的"插入图片"对话框中,选择要插入的图片文件"星光参赛作

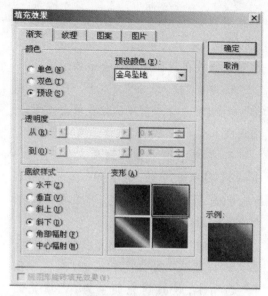

图 2-4-4　填充效果对话框

品.PNG"，单击"插入"按钮，将图片插入文档中。

3. 右击图片，在右键快捷菜单中选择"设置图片格式"命令，在弹出的"设置图片格式"对话框中，单击"版式"选项卡，选择环绕方式为"衬于文字下方"，水平对齐方式"居中"，如图 2-4-5 所示，单击"高级"按钮。

4. 在弹出的"高级版式"对话框中，单击"图片位置"选项卡，设置垂直对齐：对齐方式"下对齐"，相对于"页面"，如图 2-

4-6 所示。单击"确定"按钮，返回"设置图片格式"对话框，再单击一次"确定"按钮，完成图片的插入和定位。

5. 完成后，按快捷键 CTRL+S 再次保存文件。

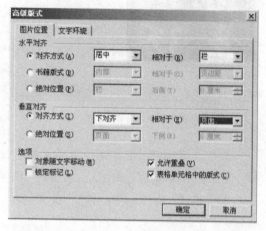

图 2-4-6　高级版式对话框

三、编辑文字信息

1. 单击"插入"→"图片"子菜单"艺术字"命令，在弹出的"艺术字库"对话框中选择"四行三列"的样式，如图 2-4-7 所示，单击"确定"按钮。

2. 接着在弹出的"编辑'艺术字'文字"对话框中设置：字体，"方正舒体"；字号，"96"。下方的文字区域可以看到预览

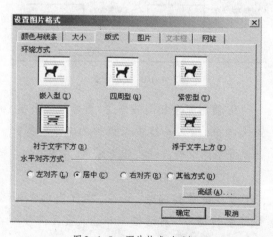

图 2-4-5　图片格式对话框

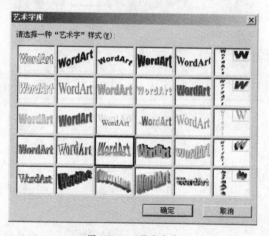

图 2-4-7　艺术字库

效果,如图2-4-8所示,单击"确定"按钮,艺术字被插入到页面中。

图2-4-8　编辑艺术字

3. 右击艺术字,在右键快捷菜单中选择"设置艺术字格式"命令,在弹出的"设置艺术字格式"对话框中,单击"版式"选项卡,选择环绕方式为"浮于文字上方",如图2-4-9所示,单击"确定"按钮,就可以用鼠标拖曳将艺术字摆放在页面上的任何位置了。

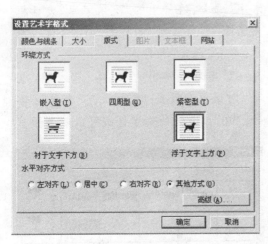

图2-4-9　设置艺术字

4. 使用完全相同的方法,再插入一组艺术字:"星光计划"特刊,使用"三行一列"的样式,字体"华文彩云",字号"36",加粗,版式"浮于文字上方"。

5. 再插入图片"Logo.png",大小缩放为相对原始图片大小的"20%",锁定纵横比,版式"浮于文字上方"。将上面三组浮动对象摆放在封面左上部合适的位置。

6. 单击"插入"→"文本框"子菜单"横排"命令,在页面中需要的位置单击或拖动,插入文本框,版式设置为"浮于文字上方"。

7. 在文本框中输入两段文字"主办:上海求实职业学校 学生会"和"2009年5月号 总第65期"等信息,并设置字体幼圆,二号,加粗,居中对齐。

8. 双击该文本框边框,在弹出的"设置文本框格式"对话框中单击"颜色和线条"选项卡,设置填充颜色为"无填充颜色",线条颜色为"无线条颜色",如图2-4-10所示,单击"确定"按钮,使该文本框完全透明,内部的文字可以随文本框在页面上随意移动。

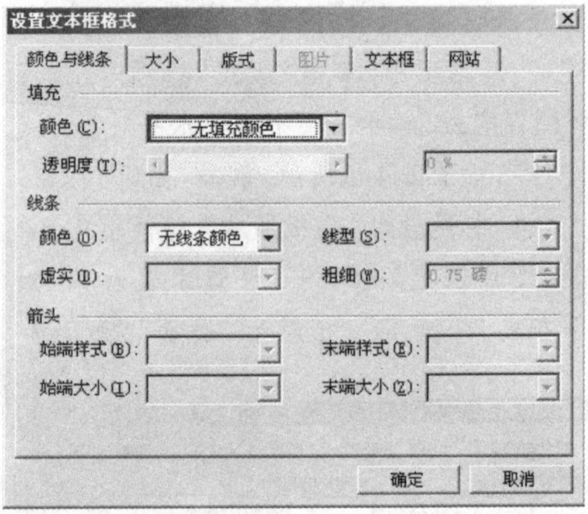

图2-4-10　文本设置

9. 使用完全相同的方法,再插入一个横排文本框,输入一组重点稿件的文章标题,并设置字体隶书,一号,浅青绿色,左对齐。

10. 选中所有文章标题,单击"格式"→"项目符号和编号"命令,在弹出的"项目符号和编号"对话框中单击"项目符号"选项卡,随意选择一个。

11. 单击"自定义"按钮,在弹出的"自定义项目符号列表"对话框中先单击"字体"按钮,设置项目符号为黄色、三号。再单击"符号"按钮,在弹出的"自定义项目符号列表"对话框中选择合适的图形符号,如图2-4-11所示。

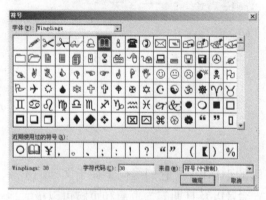

图2-4-11　符号选择

12. 最后设置项目符号位置:缩进位置"0.95厘米",文字位置:制表位位置0厘米,缩进位置0厘米;如图2-4-12所示,单击"确定"按钮。

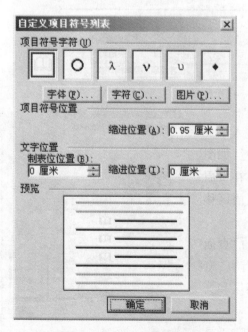

图2-4-12　自定义项目符号

13. 完成后,按快捷键[Ctrl]+[S]再次保存文件。

四、绘制校刊标志

1. 单击绘图工具栏,选择"自选图形"中"基本形状"类"同心圆",如图2-4-13所示,在封面右下角位置插入一个圆环,调节大小与形状,并设置"线条颜色"为"浅青绿","填充颜色"为"彩虹出岫"。

2. 使用与上一步完全相同的方法,再插入"自选图形"中"星与旗帜"类"十字星",和"基本形状"类"心形",如图2-4-13所示,按照十字星在上,心形在下的位置放在圆环中,调节大小与形状,"线条颜色"与"填充颜色"分别设置为"浅青绿"和"橙色"。

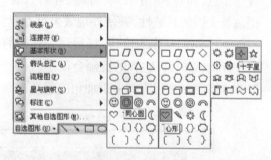

图2-4-13　自选图形

3. 按住[Shift]键,分别选中圆环、十字星、心形,单击绘图工具栏中"绘图"菜单"组合"命令,完成校刊标志的制作,如图2-4-14所示,按快捷键[Ctrl]+[S]再次保存文件。

图2-4-14　标志样例

五、打印预览

1. 所有图形、文字对象布局完成后,可单击常用工具栏中的第七个按钮"打印预览" ，检查排版效果。

2. 单击"文件"→"打印"命令,在弹出的"打印"对话框中选择打印机,设置打印范围、份数、内容、缩放比例等,如图2-4-15所示,单击"确定"按钮完成打印。

3. 单击"文件"→"保存"命令,保存最终制作好的成品文档。

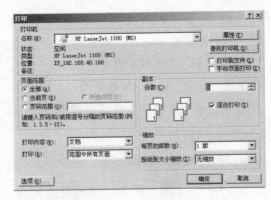

图2-4-15　打印设置

知识链接

一、页眉页脚

页眉和页脚是指那些出现在文档顶端和底端的小标识符,它们提供了关于文档的重要背景信息,可以包括:页码、标题、作者姓名、章节编号以及日期等。页眉和页脚可以极大地提高长文档的易读性,并使外观效果更专业。

对于我们制作的校刊,将活动一到四的内容按封面、卷首语、目录、内容的顺序合并为一个Word文档后,包含的篇幅会很长,目录页中制作的页面索引也需要对应的页码标号,所以非常需要在页眉页脚中添加相应信息。

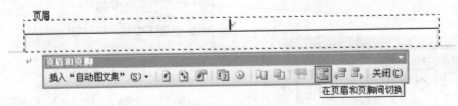

图2-4-16　页眉页脚设置

单击"视图"菜单"页眉和页脚"命令,便进入了页眉的编辑状态,同时打开了"页眉和页脚"工具栏,如图2-4-16所示。使用"页眉和页脚"工具栏中的"在页眉和页脚间切换"按钮,可以迅速地将插入点从页眉区移至页脚区,反之亦然。

单击"文件"→"页面设置"命令,在弹出的"页面设置"对话框中单击"版式"选项卡,可以设置首页、奇数页和偶数页具有不同的页眉和页脚,以及页眉区和页脚区距上下边界的距离,如图2-4-17所示。

在页眉区和页脚区都可以使用"页眉和页脚"工具

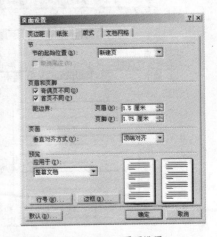

图2-4-17　页面设置

栏中的快捷按钮插入页码、页数、日期时间等等信息，也可以自行输入文本或插入图片。例如：在校刊页眉插入"星光计划"LOGO图标和"'星光计划'特刊"字样，在页脚插入页码，如图2-4-18所示。

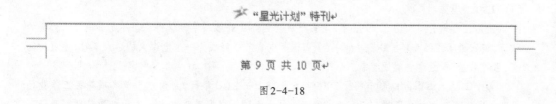

图2-4-18

二、工具栏

使用"视图"→"工具栏"子菜单中的命令可以打开或关闭Word工具栏。除了默认显示的"常用"和"格式"工具栏以外，其他如"表格和边框"、"绘图"、"图片"、"艺术字"等工具栏也会在编辑指定对象时自动打开。

用户还可以自定义工具栏，自定义工具栏可以大大减少击键或鼠标移动，从而节省时间和精力，在越长的时间内越可节省更多的击键次数。单击"视图"菜单"工具栏"子菜单"自定义"命令，在"命令"选项卡中单击"重排命令"按钮，在弹出的"重排命令"对话框中可以完成对工具栏按钮的添加、删除、移位和更改所选内容的操作，如图2-4-19、2-4-20所示。

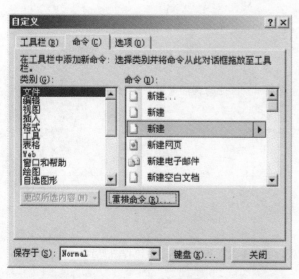

图2-4-19　自定义对话框

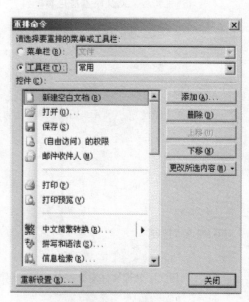

图2-4-20　重排对话框

自主实践活动

1. 项目背景

上海国际电影节创办于1993年,电影节成功创办后的第二年即获得了国际电影制片人协会的认证,被归类于国际A类电影节。如今,上海国际电影节已经成为一个电影人的盛大节日,参展的国家、影片数量、质量和种类逐年攀升。

第十二届上海国际电影节将于2009年6月13日—21日举行,目前电影节各项筹备工作业已展开。现组委会向社会各界广泛征集"第十二届上海国际电影节观礼券",用于电影节期间邀请嘉宾、媒体代表、电影爱好者和各国友人等观摩影片。

2. 项目任务

运用组委会提供的信息和素材,资料保存在"学生实践活动—上海国际电影节"文件夹中,使用Word制作一张双面的电影节观礼券。

3. 设计制作要求

① 尺寸大小:宽19.71厘米,高8.52厘米。

② 必须包含的中英文字:第12届上海国际电影节,The 12th Shanghai International Film Festival,2009年6月13—21日,June 13–21, 2009。

③ 必须包含的图片:上海国际电影节标准logo(见光盘)。

④ 色彩明快,具有国际性。

⑤ 主体形象能反映本届电影节精神:电视节强调活跃、新锐、大众性;电影节突出高雅、品位和艺术性。

光 盘

打开光盘中"\项目二\活动四\学生自主实践活动—上海国际电影节"文件夹,按要求使用所给素材完成任务。

归纳与小结

利用文字处理软件对文字及图形、图像处理的基本过程和方法如下页流程图所示。

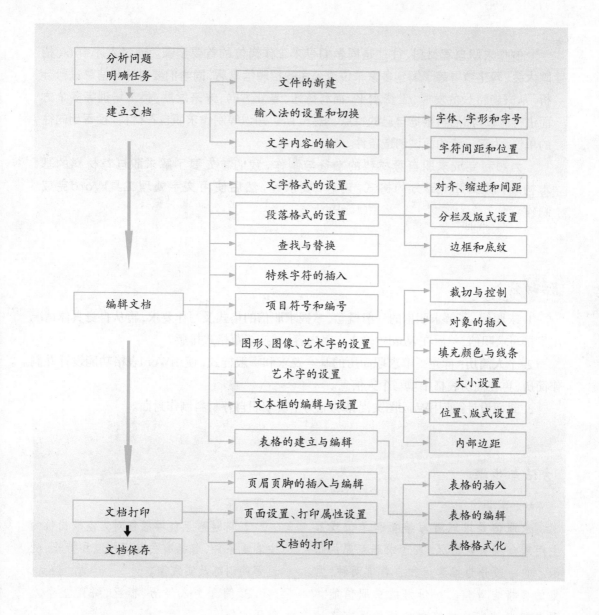

综合活动与评估　制作求职自荐材料

活动背景

　　每个人都要走向社会，在某一个领域从事一定的职业。工作既是我们获得相应的经济收入的途径，也是展示能力与才干的舞台。那么找到一份工作，谋得一个职位则是人生事业的重要开端，是迈向成功殿堂的第一个台阶。然而如何谋到一个理想可心的职业和岗位则成为摆在每个同学面前的一个课题。

制作求职自荐材料，往往是同学们寻求工作岗位的首要步骤。通过人才中心、招聘大会、网络查寻等了解到多家单位或公司的招聘信息后，同学们要对这些信息进行分析，从兴趣特长的发挥、工资水平、福利待遇、专业方向、未来发展、员工培训等多个方面进行比较，然后再根据自己的特点、爱好、所学知识等制作求职自荐材料，投寄到向往的单位，为下一步的面试创造条件。

为顺利完成求职自荐材料的准备与制作，我们首先要了解求职自荐材料的基本构成，以及每一部分的格式、内容、要求等，然后使用文字处理工具Word完成制作。

活动分析

1. 求职信：了解求职信的一般概念，掌握求职信的格式及写作要求，再从自身具体情况出发撰写求职信，然后在Word中输入文字内容，并按规范格式排版。

2. 个人简历：首先了解求职简历的基本要求和一般样式，使用Word表格功能设计并制作简历，再在简历表格中填写个人信息。

3. 封面设计：使用Word图文混排功能为全套求职自荐材料制作封面。

方法与步骤

一、求职信

求职信是求职者写给招聘单位或雇主用来介绍自身情况、表达求职意愿的信函。它一般分为推荐信和自荐信两种，常见的多指自荐信。一份好的求职信能体现求职者清晰的思路和良好的语言表达能力，体现沟通交际能力和性格特征；能为求职者赢得理想的职位，奠定良好的基础。所以写好求职信是敲开职业大门的重要步骤。

求职信在结构上分为开头、正文、结尾和落款四个部分，一般包括以下内容：

1. 说明通过什么渠道得到对方的用人信息及自己希望从事的岗位，并表明你的求职意愿。

2. 陈述自己能够胜任对方空缺岗位的主客观条件，包括有关知识技能和特长、受过哪些训练及实践等。

3. 简介个人经历、概况，并附上个人简历一份。

4. 表达自己的诚意，请求对方给予面谈机会，并写明自己的联系方式。

5. 附上相关的证明资料。为了证明求职信内容的真实性，你可随求职信附上相关的证明资格、经历、能力等资料，如：学历证明、资格认定证书、获奖证明、发表过的著作等资料的复印件。

参考样张见下页。

尊敬的领导:

您好!

我是求实职业学校计算机应用专业的应届毕业生。欣闻贵单位（公司）管理严谨，积极向上，此刻招贤纳才，也来毛遂自荐，殷切地希望能成为你们中的一员。

我能够熟练应用Window操作系统，学习过平面设计、课件制作、网页制作、办公软件、Visual Basic、Visual FoxPro数据库、Internet网络技术、计算机组装与维护等。

在校期间，我曾先后担任班干部，积极参加各种学校活动，在增强了自身能力的同时，也对社会多了一分了解。

恳请贵单位（公司）给我一次展示的机会，倘若有幸成为贵单位（公司）中的一员，我一定将我的一腔热情、我的蓬勃朝气、我的所知所学融于我们的事业，以您的信任、我的努力，共创明日辉煌!

随信附上我的简历，并期待着有机会同您面谈。再次向您致以诚挚的谢意。祝愿贵公司生意兴隆，万事亨通!

此致

敬礼!

自荐人：徐海燕

2009年5月20日

二、个人简历

简历是完整的求职材料中必要组成部分。它一方面以较详细的内容补充信函部分内容不宜过大、信息总量不足的情况，另一方面简历能清楚地让聘用单位或公司尽快地了解到求职者的受教育情况和工作经历，快速地判定求职人在知识和经验等方面能否胜任工作，以便决定是否进行下一步的面试安排。

个人简历的基本要求一般说来包括四个部分：

1. 个人基本情况，在此应列出自己的姓名、性别、年龄、籍贯、政治面貌、学校、所学专业、婚姻状况、身体情况、爱好与兴趣、家庭住址、电话号码等。

2. 学历情况，包括曾在哪个学校，学习什么专业，学习时间，所学课程，学习成绩，在班级担任的职务，在校期间受到的表彰和奖励，获得的荣誉。

3. 工作履历情况，若有工作经验，首先列出最近的资料，然后再介绍曾工作的单位、日期、职位、工作性质。

4. 求职意向，即求职目标和个人期望的工作职位，表明自己通过求职希望得到的工作和岗位等。

对于一位刚走出校门的毕业生，如果没有与申请的工作相关的经验，你应该更着重强调所受的教育与培训，尤其是与正在申请的工作最直接相关的课程或实践活动，同时重视自己在学校里完成的毕业实践和毕业设计，这些活动也同样要求高度自律的特性、完成不同任务的能力以及其他方面的个人素质，而这些素质也正是许多工作岗位所需要的。

参考样张见下页。

姓　名		性　别		年　龄		[照片]
民　族		政治面貌		健康状况		
毕业院校			专业			
电　话			E-mail			
地　址			邮编			
受教育情况						
实践与实习						
工作经历						
个性特点						

三、封面设计

好的封面能提高求职信的视觉效果，给人以愉悦的感受，使招聘者在未打开求职信之前就有一个良好的初步的印象，为顺利通过初审，达到面试的目的，奠定了良好基础。

求职自荐材料的封面采用图文混排，讲求文字清晰醒目，整体美观大方：

1. 文字内容应包含个人最基本的信息，让人一目了然，一般包括姓名、毕业院校、专业和个人联系方式。

2. 图像可以采用毕业院校相关图片、标志等，也可以纯为装饰性图案，反映出求职者的精神面貌和审美情趣。

参考样张如下图。

评 估

一、综合活动的评估

根据综合实践活动,完成下面的综合活动评估表,先在小组范围内学生自我评估,再由教师对学生进行评估。

综合活动评估表

学生姓名:＿＿＿＿＿＿ 日期:＿＿＿＿＿＿

学 习 目 标		自 评		教师评	
		继续学习	已掌握	继续学习	已掌握
1. 网上获取和筛选信息的能力	使用搜索引擎查找信息				
	根据网址浏览和获取信息				
2. 根据问题的要求,规划设计版面的能力					
3. 恰当选择信息处理工具的能力	认识文字处理软件				
4. 文字的基本操作	文字处理窗口的认识				
	打开文档				
	保存文档				
	文字的输入				
5. 文字的格式化	字体,字的大小与颜色				
	插入页眉、页脚、页码				
	边框与底纹				
6. 根据实际需要,选择恰当的表格样式的能力					
7. 插入表格的操作	建立表格				
	表格的简单编辑				
8. 插入艺术字及调整艺术字的大小					
9. 文本框的使用及简单的处理能力					
10. 插入图片及调整图片的大小、位置等					
11. 自选图形的绘制与填充					
12. 图片叠加、图片透空、图形图像旋转、水印效果					
13. 分析问题、解决问题的综合能力					

二、整个项目的评估

复习整个项目的学习内容,完成下面的学习评估表。

整个项目学生学习评估表

学生姓名：＿＿＿＿＿＿

在整个项目的所有活动中最喜爱的活动：＿＿＿＿＿＿＿＿＿＿＿＿＿＿＿＿＿＿＿＿＿＿＿

1. 在"制作'星光计划'校园特刊"项目中最喜欢的一件作品是什么？为什么？

2. 这个学习活动包括以下哪些技术领域

☐ 电子表格   ☐ 文字处理   ☐ 图像处理

☐ 因特网   ☐ 程序设计   ☐ 数据库

☐ 多媒体演示文稿   ☐ 网页制作

3. 为了完成这个活动，自己所必须学习的哪项技能最具挑战性？为什么？

4. 为了完成这个活动，自己对必须学习的哪项技能最感兴趣？为什么？

5. 为了完成这个活动，自己所必须学习的哪项技能最有用？为什么？

6. 比较文字处理软件、网络的应用，它们各使用哪几方面的信息处理？

7. 请举例说明在什么情况下使用文字处理软件？

项目三　因特网应用

——商品的选购与使用

情景描述

　　就目前来看，因特网（Internet）对我们的学习、工作、生活等有着不可估量的帮助。通过本项目学习，可以帮助我们掌握正确地使用因特网的技能，掌握怎样去获取与整理信息（活动一）；如何将获得的信息与别人共享，并求取网上对学习、工作、生活等的帮助（活动二）；怎么通过因特网来提高我们某些方面的生活质量（活动三）；怎样安全使用因特网，做到网络道德的自律与他律（活动四）。

活动一　微型数码播放器的信息调查

活动要求与样例

　　现在市场上各类微型数码播放器不胜枚举，选哪一种也是众口难调。首先，通过因特网进行市场调查，取得各种微型数码播放器的功能、性能、价位等信息；然后，对这些信息进行加工、处理，形成提供给老师作决定的简易参考报告（如一张表格）。

　　参考样例如图3-1-1所示。

图片	品牌与功能简介	参考价
	飞利浦 GoGear Mix(2G) 内存容量:2G/电池:内置锂电池/支持音频格式:MP3,WMA,WAV/FM 功能:支持 FM 功能,调频范围在 87.5MHz~106.6MHz,使用自动搜索功能可以搜出和保存 20 个电台	¥199—
	苹果 iPod shuffle3(4G) 内存容量:4G/电池:内置锂电池/支持音频格式:MP3,WMA/视频播放:无视频播放功能	新产品
	魅族 Miniplayer SL 版(M6/2G) 属于魅族 Miniplayer SL 版 M6 系列　内存容量:2G/电池:内置锂电池/屏幕尺寸 2.41 英寸/支持音频格式:MP3,WMA,WAV,OGG,APE,FLAC/FM　功能:支持,76MHz~108MHz,50 个存台数/视频播放:支持	¥399—
	苹果 iPod nano4(8G) 属于苹果 iPod nano4 系列　内存容量:8G/电池:内置锂电池,透过 USB 端口连接电脑主机或电源转接器(另外选购)充电,快速充电时间约 1.5 小时(充至完整电力约 80%),完整充电时间约 3 小时)/屏幕尺寸:2.0 英寸/支持音频格式:MP3,WMA,AAC (16 - 320 Kbps),Protected AAC (来自 iTunes Store),MP3 (16 至 320 Kbps),MP3 VBR,Audible(格式 2,3 与 4),Apple Lossless,AIFF 与 WAV	¥1100—
	昂达 VX898+(2G) 内存容量:2G/电池:内置锂电池/屏幕尺寸:1.1 英寸/支持音频格式:MP3,WMA,WAV,ASF,WMV/FM 功能:支持	¥180—
……	……	……

图3-1-1　样例

活动分析

一、活动计划

1. 能在浩繁的因特网中快速地获得所需的信息,好方法是使用搜索引擎。

2. 为了不使找到的信息因网页的更新而消失,我们必须学会保存找到的信息。

3. 为了方便信息共享,我们必须整理信息,然后形成表格报告。

二、相关技能

1. 启动运行浏览器程序。

2. 输入搜索引擎地址。

3. 关键字设定。

4. 保存信息。

5. 设计表格。

6. 分析信息,填写表格。

方法与步骤

一、通过因特网获取数码播放器的性能、价位等信息

1. 零距离接触网络浏览器

网络浏览器是进入和漫游网络所必需的一种软件。双击桌面上的"IE浏览器"图标，启动IE（Internet Explorer）浏览器,如图3-1-2所示。

2. 借助搜索引擎查找信息

如果我们只知道要找的信息类型,而不知道它在什么网站上,可以在地址栏中输入"http: //www.google.com"（注：也可以省略"http: //",它会由网络浏览器自动添加）,如图3-1-3所示。按回车键得到显示,如图3-1-4所示。

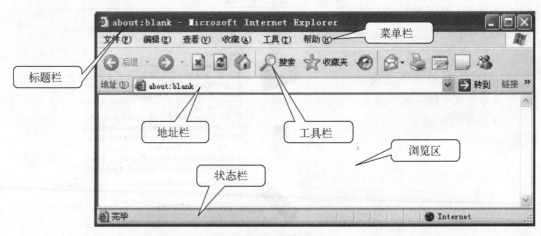

图3-1-2　浏览器窗口

图 3-1-3　输入网址

图 3-1-4　输入搜索关键词

3. 键入搜索关键字

在搜索文本框中输入关键字"数码播放器"，单击"Google搜索"按钮，如图3-1-4所示；有关数码播放器的信息页面就显示出来了，如图3-1-5所示。

图 3-1-5　搜索结果

打开这些网页,仔细阅读网页内容,看是否是我们需要的。如果要进一步搜索大类中的子类,可以把搜索关键字改为"数码产品 MP3"或"数码产品 CD"等进行组合搜索,如图3-1-6所示。

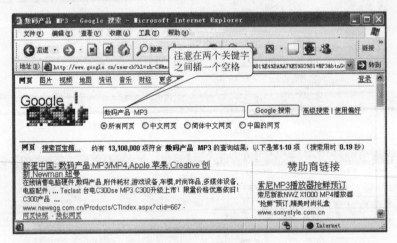

图 3-1-6　组合搜索

4. 保存找到的信息

① 把网页上的信息保存在Word文件中

例如通过Google搜索找到需要的MP3信息如图3-1-7所示。按以下步骤对所有文字图片信息进行保存。

第一步,执行浏览器的"编辑"→"全选"命令或按［Ctrl］＋［A］键;第二步,执行浏览器的"编辑"→"复制"命令或按［Ctrl］＋［C］键;第三步,运行Word程序,在新的文件中执行"编辑"→"粘贴"、"文件"→"保存"命令。

② 保存的信息在Word中的显示如图3-1-8所示。

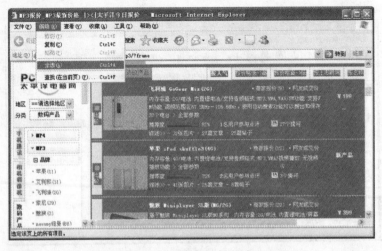

图 3-1-7　搜索找到的信息

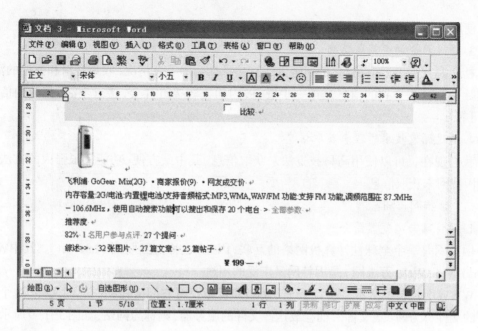

图 3-1-8　信息保存到Word

二、对获取信息进行加工、整理并形成简易报告

将找到的多页信息都保存为如图 3-1-8 所示的"Word"文件，这时得到的是原始的信息，其格式比较混乱，不便阅读与提交别人共享。故需对信息进行一些分析、筛选、添加，把最适宜的信息组合起来保存，成为一篇简易的调查报告（见图 3-1-1），可以提交给老师参考，以决定购买什么样的数码播放器。

知识链接

一、获取信息的各种途径与工具

获取信息可以有不同的途径，最早通常是通过一些直觉（如触觉、视觉、听觉、嗅觉和味觉等）途径来收集；现在我们更多地可以依托强大的现代技术（如感测技术和遥测技术等），从现实世界以及从电视、书报杂志、网络等途径来收集。收集信息的方法多种多样，其中，社会调查不失为一种简单、有效的收集信息的方法。

1. 通过人类感觉器官获取信息

眼、耳、舌、鼻、皮肤——人的感觉器官生来就是为了感受和获取信息的，它们是信息的收发器。它们不但可以通过触、听、视、味和嗅觉等感受到信息，而且有些还具备向外界发出信息的能力。

2. 通过仪器获取信息

人类通过感觉器官来获取信息时，存在很大的局限性，如人可以感知热，但不能感知具体的温度。经过不断努力，人类创造和发明了各种获取信息的仪器、仪表和传感器等，人类可以使用这些工具来获取更多、更精确的信息。

3. 通过社会调查获取信息

社会调查是指运用观察、询问等方法直接从社会中了解情况，收集资料和数据的活动。利用社会调查收集到的信息是第一手资料，因而比较接近社会，接近生活，获取的信息真实、可靠。

4. 通过信息技术手段来获取信息

我们现在也可以使用高科技方法来获取信息，其中最方便、功能又很强大的方法就是利用因特网来获取信息。

二、因特网与浏览器

1. 因特网与浏览器简介

因特网是一个全球性计算机网络的互联，因此，也称为互联网（Internet）。其中WWW（World Wide Web，万维网）是因特网最广泛的用途。

WWW中包含了文本、图片、声音、动画和视频及将它们链接在一起的文件，这个含有链接的文件称为网页（文件），而存放这些文件的服务器，则称为网站，如图3-1-9所示。

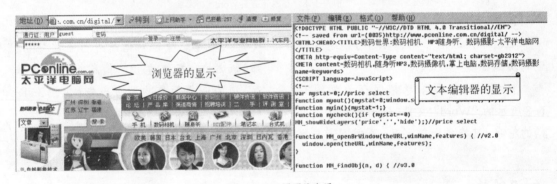

图3-1-9　网页的本质

在WWW上的每一个网页都可以通过特定的地址（网址）找到，这个地址也叫统一资源定位器（URL），只要在浏览器的地址栏输入这个地址即可。打开浏览器的第一个网页称为主页（首页），通过主页上的超链接，你就可以找到自己感兴趣的信息了。

网站的地址信息有两种：一种是IP地址，另一种是域名地址。域名地址是为解决IP地址中长长的数字串不好记忆的问题而提出的，它用有意义的字符来代替数字，如：复旦大学网站的域名为：www.fudan.edu.cn。域名一般也由四个部分组成，其中从左数第一组字串为国家名，第二组为组织名，第三组为单位名，第四组为计算机名（服务器）。

2. 浏览器

目前，使用最多的浏览器是微软公司的IE（Internet Explorer因特网探索者）与开源的Firefox（火狐）浏览器。实际上在浏览器市场，IE浏览器称不上是先驱，在20世纪90年代初，独步浏览器天下的是网景（Netscape）公司的巡航者（Navigator）浏览器。

在浏览器的地址栏输入一个URL，就可以显示相应的网页内容。如在地址栏输入：

www.shmec.gov.cn，即可进入上海教育委员会主办的上海教育网站，可以查阅有关上海教育方面的内容，如图3-1-10所示。

又如要获取劳动就业、培训方面的信息，可在地址栏输入：www.12333sh.gov.cn，如图3-1-11所示。

三、搜索引擎

WWW的一大特色就是能够很方便地找到我们所需要的信息，这一过程称为搜索。如何才能快速地找到所需要的信息呢？使用搜索引擎不失为一种好方法。

1. 什么是搜索引擎

搜索引擎其实也是一个网站，只不过这个网站专门为你提供信息"检索"服务，它使用特有的（引擎）程序把因特网上的所有信息归类，以帮助人们快速地在浩如烟海的信息海洋中搜寻到自己所需要的信息。

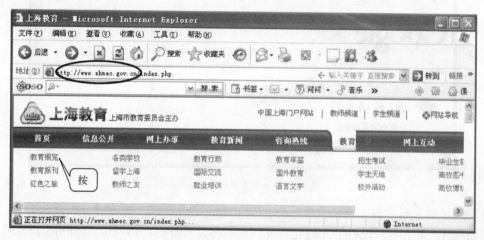

图3-1-10　上海教育网站首页

图3-1-11　上海人保网站首页

2. 主流搜索引擎的进阶使用

现在搜索引擎的功能已经不仅仅局限在资料的查找。可以这样说,只要有一台能连接因特网的电脑,你许多烦恼的问题都可以让它帮你解决。

Google(www.google.cn)是一个很有名的搜索引擎,它提供了计算器的功能,你只要在"搜索栏"中键入算式,按下"搜索"按钮,就可以得到结果,见图3-1-12所示。你还可以通过Google进行许多不同情况的计算……

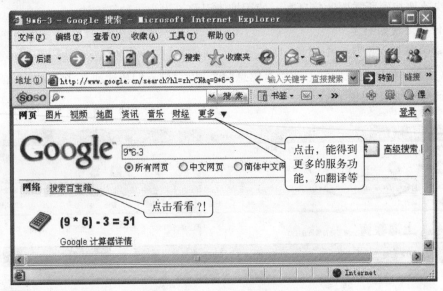

图3-1-12　搜索网站的其他功能

3. 主流搜索引擎的个性化使用

如果首次单击图3-1-4的"个性化首页"链接,将显示图3-1-13所示,在此可以对你感兴趣的内容进行个性化首页的定制。如果以前已定制过,则直接显示与图3-1-14类似的个性化首页。

图3-1-13　设置搜索引擎"个性化首页"

当点击图3-1-13"立即开始体验"按钮后,会显示出与图3-1-14类似的个性化首页,以后要重新设定定制内容与主题,都可由此图中的相关链接来实现,不会再显示图3-1-13的画面。

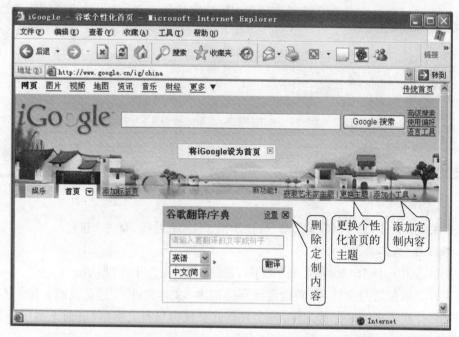

图3-1-14　搜索引擎"个性化首页"

4. 计算型知识引擎

计算型知识引擎是一种新兴搜索引擎,它与传统搜索引擎(如google)最大的不同,在于它会理解用户输入关键词的意义,并通过"计算"给出一系列与关键词相关的数据,而不是给出一大堆网页的链接让用户自己去找。比如,用户输入了"China population"(中国人口),计算型知识引擎给出的是人口总数、人口密度、人口增长率、性别分布等数据,而非相关网页的链接。

伴随着计算型知识引擎强势的,也是它的局限。计算型知识引擎的强势在于对能量化的关键词,能给出相当全面的结果,如"population"(人口)、"GDP"(国民生产总值)等;而对于"fall in love"(陷入爱河)和"Shakespeare poetics"(莎翁诗作)这样难以量化结果的关键词,它就一筹莫展了。

现在具有计算型知识引擎的网站,有如Wolfram Alpha等。

四、网络信息的保存

1. 保存为"网页类型"文件

例如我们要保存有关"职业教育　总体概况"的信息,可以单击图3-1-10中的"教育概览",再在显示的页面中单击"职业教育"链接,就可以找到需要的页面,显示出图3-1-15所示。

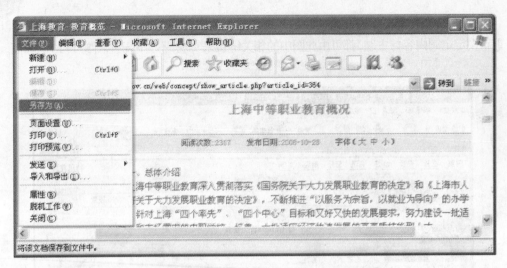

图 3-1-15　保存信息

选择菜单"文件"→"另存为"命令,显示图3-1-16后按"保存"按钮。

2. 保存为"文本类型"文件

如果单击图3-1-16"保存类型"的下拉按钮,显示图3-1-17所示。

指定好存放位置与文件名,再指定保存类型为"文本文件"(这是关键),按"保存"按钮。如果你打开了刚才保存的文件,你会发现此文件中只有文字信息,而无图片等其他信息,这就是文本文件的概念,见图3-1-18所示。

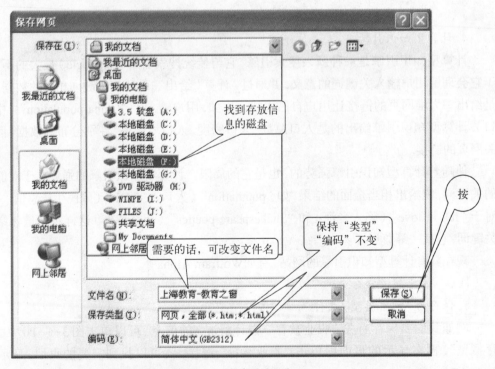

图 3-1-16　保存网页设置

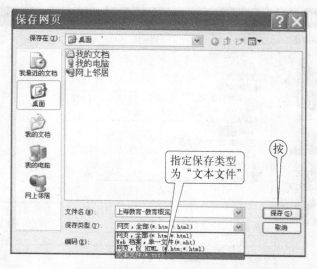

图 3-1-17　保存为"文本文件"

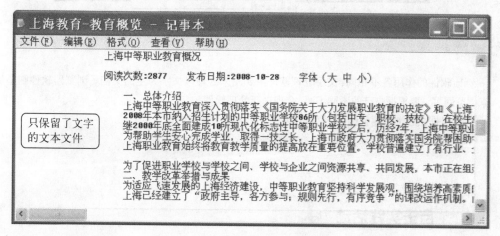

图 3-1-18　只含文字的"文本文件"

3. 仅保存图片信息

找到所需的信息后，如果只需要保存其中的图片信息，如图3-1-19所示。

在所需保存的图片上单击鼠标右键，在弹出的快捷菜单中执行"图片另存为（S）"命令，显示出图3-1-20；在"保存图片"对话框中，选择适当的位置和文件名，单击"保存（S）"按钮，可将图片保存下来。

图 3-1-19　只保存图片

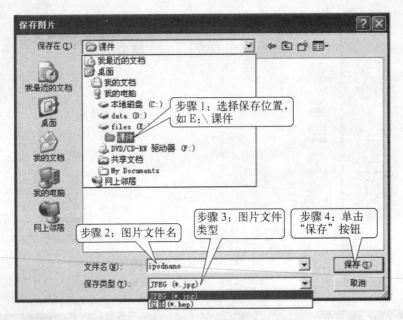

图 3-1-20　保存图片设置

提　醒

1. 软件的作用各不相同,文字处理软件主要用来处理以文字为主的文档。浏览器软件则是用来浏览网页。要根据自己的不同需要,合理选择处理软件。

2. 根据主题浏览因特网,可使用分类目录和关键字查找信息。

3. 充分利用搜索引擎的增值功能来解决问题。

 自主实践活动

为老年活动中心采购设备提供信息

青松老年活动中心准备筹建一个电脑活动教室,需要采购一批电脑,要求是:能上网,能播放全高清视频,具有一定的图片、视频处理能力等。请帮助用户做一个购买前的市场调查,并将调查结果整理成一份简易的调查报告,提交老年活动中心领导,作为决定购买哪一种电脑的参考。

具体要求:

1. 通过搜索引擎找到具有合适信息的网站。

2. 将所需信息以网页形式保存下来。

3. 设计Word表格,并将相关信息填入。

4. 给出调查者的分析,与表格合成为一份简易的调查报告。

光　盘

打开光盘中"\项目三\活动一\样例报告.doc"文件,连接因特网,根据从网上找到的数据,按照样例完成任务。

活动二　反馈调查情况　取得技术支持

　　将活动一得到的调查报告,通过OE(Outlook Express)的电邮客户端软件发送给老师,接收老师的回信并阅读,根据老师的建议到BBS上讨论MP3相关问题,以取得技术上的支持。给老师的电邮参考样例如下:

　　给老师的电邮:

> 张老师,您好!
> 　　现把我们小组调查的有关数码播放器的情况电邮给您,请您定夺,并给我们下一步活动的指导。
> 　　致
> 礼
> 　　　　　　　　　　　　　　　　　　　　　××小组
> 　　　　　　　　　　　　　　　　　　　　2009年5月22日

样例

　　老师的回信参考如下:

> ××小组同学,你们好!
> 　　你们给老师的邮件,老师已经阅读。在与校领导商量后,觉得你们得到的数据并非最高性价比。现在网购正当其时,你们不妨到这些网站再作一番探访。
> 　　又,当你们确定要购买某个产品时,希望你们借助于因特网的强大能量,对这一产品的口碑作一些调查。
>
> 祝
> 　　一切顺利
>
> 张老师
> 2009年5月24日

样例

活动分析

　一、活动计划

　1. 为了能够使用因特网的电邮服务,首先要建立电邮账号。

　2. 将活动一获取的信息,创建成给老师的一封邮件。

　3. 当某些信息不能直接出现在邮件正文中(如Word文档)时,可以以邮件附件的形式添加。

　4. 把新建的电邮发送给老师,以便得到老师的进一步指导。

　5. 接收老师的回信并阅读,根据老师的要求进行后续活动。

　二、相关技能

　1. 运行电邮客户端软件。

2. 配置电邮账号。

3. 创建、书写、发送电子邮件。

4. 接收电子邮件。

方法与步骤

一、给老师发邮件与阅读老师的邮件

利用与IE浏览器集成的电邮客户端软件OE，可以进行电子邮件的发送、接收。

1. 走进Outlook Express

①当你点击了"开始–Outlook Express"，如果你是首次使用OE软件，则首先显示出图3-2-1的"Internet连接向导"之1，

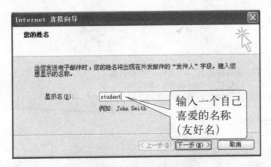

图 3-2-1　添加电邮账户之1

它是建立邮件"账户"的第一步，这说明你要使用电邮，必须先建立电邮的"账户"。

②当建立过一个账户后，则显示图3-2-2。这时想再建立其他账户（OE软件允许多个账户共同使用），你可以执行"工具"→"账户"命令，显示图3-2-3所示。

③选择"邮件"选项卡，单击"添加"按钮，选择"邮件..."命令，又显示出的图3-2-1的"Internet连接向导"之1，按"下一步"按钮，显示图3-2-4的"Internet连接向导"之2。在"电子邮件地址"栏输入你的电子邮件地址。

④按"下一步"按钮，显示图3-2-5的"Internet连接向导"之3。分别输入接收和发送邮件的服务器地址。

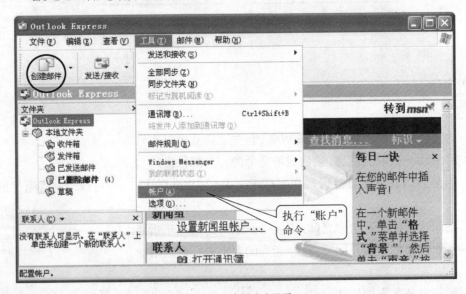

图 3-2-2　启用账户设置

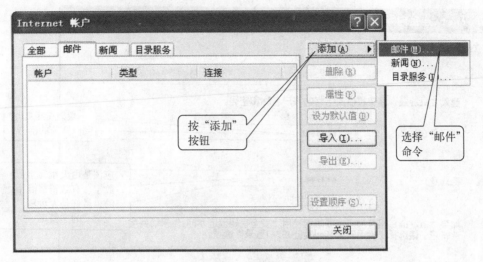

图 3-2-3　启用电邮账户添加

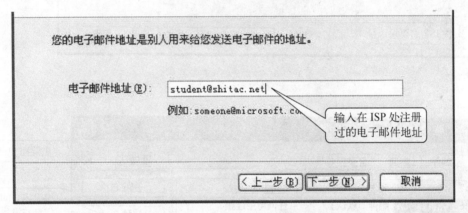

图 3-2-4　添加电邮账户之 2

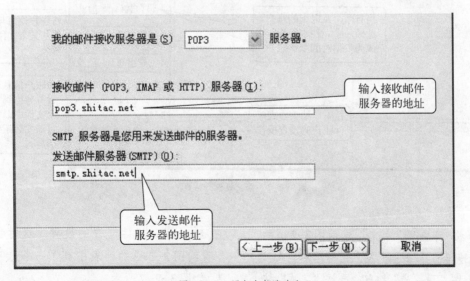

图 3-2-5　添加电邮账户之 3

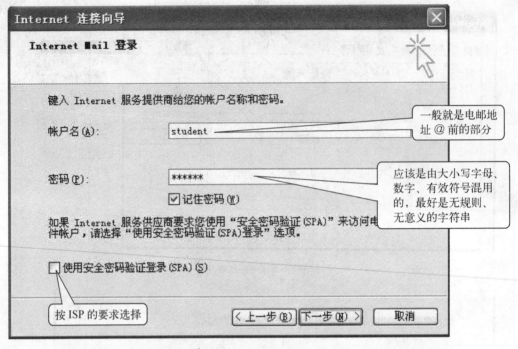

图 3-2-6　添加电邮账户之 4

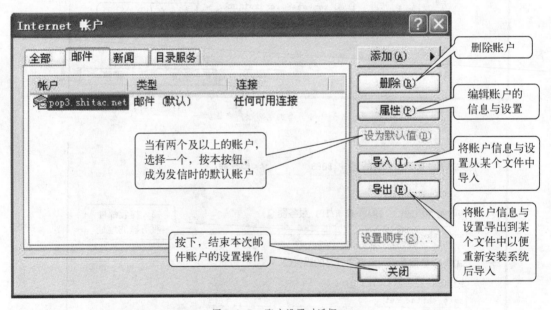

图 3-2-7　账户设置对话框

⑤ 按"下一步"按钮，显示图 3-2-6 的"Internet 连接向导"之 4。输入账号名和密码。

⑥ 按"下一步"按钮，再按"完成"按钮，结束这个邮件账户的设置。这时我们会看到图 3-2-3 的列表中有了一条账户信息，如图 3-2-7 所示。

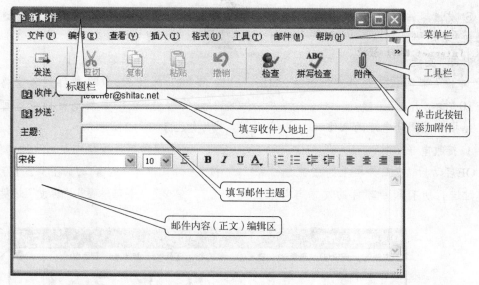

图 3-2-8　新邮件窗口

2. 发送一封带附件的邮件给老师

单击图 3-2-2 中的"创建邮件"按钮，显示图 3-2-8 的"新邮件"窗口。

① 填写收件人的电子邮件地址

在"收件人"文本框里输入主要接收者的电子邮件地址，可以同时在"抄送"文本框中输入其他收件人的电子邮件地址。

② 填写邮件的主题

"主题"文本框处，输入本邮件内容的主题（如：数码播放器调查）。

③ 输入邮件内容

在电子邮件窗口的邮件内容编辑区，输入邮件正文。

④ 在邮件中添加附件

可将有关的文件作为邮件的附件随正文一起发送。

单击工具栏上的"附加"按钮，在"插入附件"对话框中，选择文件后，单击"附件"按钮，如图 3-2-9 所示。

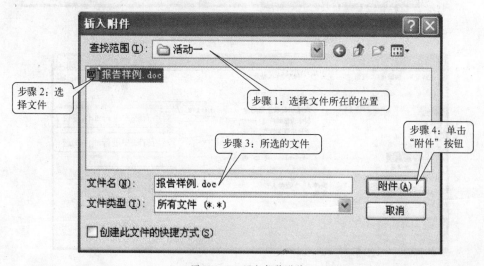

图 3-2-9　添加邮件附件

⑤ 发送邮件

在"数码播放器调查"窗口中,单击工具栏中的"发送"按钮,或选择"文件"→"发送邮件",就可以把邮件发送出去,如图3-2-10所示。

3. 接收并阅读老师的来信

① 接收电子邮件

OE启动后,按工具栏上的按钮 📧 ,可以同时进行所有账号邮件的发送与接收;

而按旁边的下拉按钮,则可以进行选择操作,如图3-2-11所示。

② 阅读电子邮件

收到邮件后,点击邮件列表窗格中要阅读的邮件,在下面预览窗格中就可以预览,如图3-2-12所示。

双击邮件列表窗格中要阅读的邮件,会打开一个阅读邮件的窗口,如图3-2-13所示。

"答复"、"全部答复"、"转发"邮件的窗

图 3-2-10　发送邮件

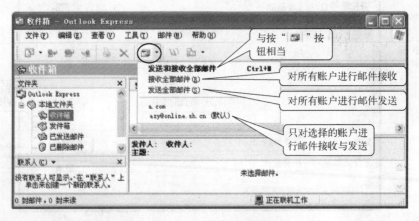

图 3-2-11　接收电子邮件

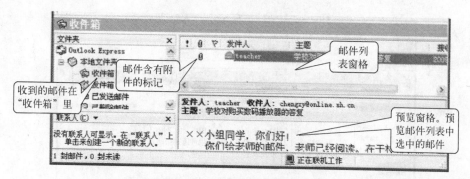

图 3-2-12　收到的邮件

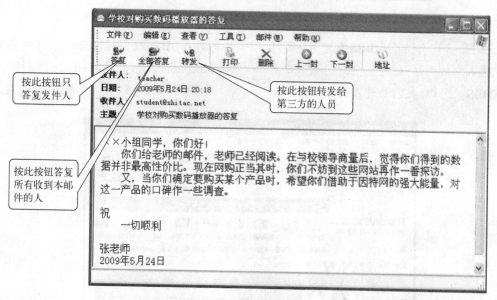

图 3-2-13　阅读邮件

口与书写"新邮件"窗口基本一致。

③ 预防邮件病毒办法

◆ 有些病毒是寄生于邮件的附件中，慎重打开附件，可以预防病毒。

◆ 有些病毒是只有打开邮件，才会感染，慎重打开邮件，可以预防病毒。

◆ 最恶毒的邮件病毒是，只要预览就会中毒（如：Klez、蠕虫病毒等），为了防止中毒，可以把预览窗格关闭。方法是执行图3-2-11中的"查看"→"布局"命令，在"窗口布局属性"对话框中取消显示"预览窗格"。

最好的预防病毒办法当然还是安装邮件病毒监控软件。

二、寻求对MP3播放器的技术支持

因特网提供了许多可以给予人们各方面帮助的服务，如电子公告板（BBS）、即时交谈（IM）等服务，它们都可以将网上的信息按主题进行分组，如有关MP3的信息就可以在数码产品组里得到。

下面就让我们通过电子公告板（BBS）来获取对MP3播放器的技术支持。

1. 登录BBS

进入BBS的路可以有多条，比如，如果已经知道某个BBS的地址，就可以在浏览器的地址栏中输入http://bbs.imp3.net/，回车后如图3-2-14所示。

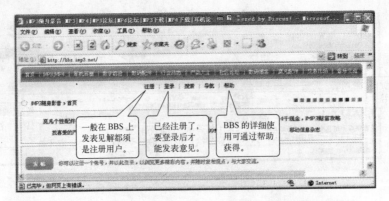

图 3-2-14　某bbs网站首页

如果一下子找不到BBS的地址，则可以先进入它的主站，然后由主站引导一步步进入BBS。比如，我们要进入太平洋电脑广场的数码BBS，我们可以先进入它的主站：www.pconline.com.cn，如图3-2-15所示。

单击图3-2-15中的"产品论坛"链接，进

图 3-2-15　网站中的bbs链接

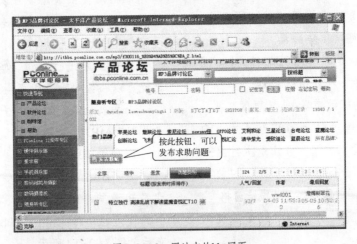

图 3-2-16　网站中的bbs网页

入太平洋电脑产品论坛,选择"随身听专区"的"MP3品牌讨论区",如图3-2-16所示。

2. 发表新的求助问题

如果你没有注册,或注册了但还没有登录,直接单击图3-2-16中的"发表新帖"按钮,你可以发表一次新帖,如图3-2-17所示。

如果你想发布更多的帖子,除了注册登录无限制地发帖外,你还可以申请多次

或多天发帖的权限,这是比较人性化的。

3. 与别人讨论现有的主题

如果没有注册,或没有登录,你也有一次机会与别人讨论。如单击图3-2-16中的"特立独行 高清乱战下解读蓝魔音悦汇T10"链接,进入阅读与讨论区,如图3-2-18所示。

单击图3-2-18中的"回复"按钮,显示回复界面,如图3-2-19所示。

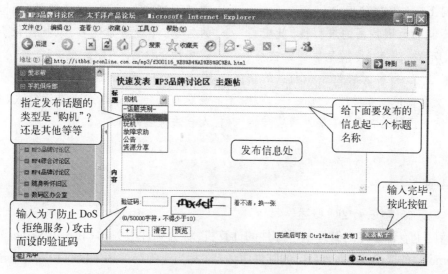

图 3-2-17　就某主题新发帖

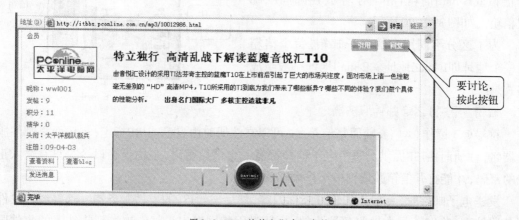

图 3-2-18　就某主题发回复帖

图 3-2-19　输入回复帖内容

4. 网上论坛的道德操守

你不能因为因特网的虚拟性, 就置国家法律于不顾, 发布、传播危害国家安全、泄露国家秘密、损害国家荣誉和利益的信息; 不能发布或传播煽动民族仇恨、民族歧视, 破坏民族团结的信息; 不能发布或传播破坏国家宗教政策、宣扬邪教和封建迷信的信息; 不能散布谣言, 以扰乱社会秩序, 破坏社会稳定; 不能散布淫秽、色情、赌博、暴力、凶杀、恐怖或者教唆犯罪的信息; 不能发布或传播侮辱或者诽谤他人、侵害他人合法权益的信息。

知识链接

一、电子邮件（E-mail）概述

因特网上有许多专门管理电子邮件的计算机, 称为邮件服务器（E-mail Server）。每个 ISP（Internet服务提供商）都有自己的邮件服务器（相当于邮局）, 用于接收和发送电子邮件。

邮件服务器为每一位用户预留了一定的磁盘空间, 用来存放邮件。这些磁盘空间叫做电子信箱或E-mail信箱（相当于存放在邮局的邮政信箱）, 如图3-2-20所示。

为了区分不同用户的电子邮箱, 每个信箱有一个地址即E-mail地址。E-mail地址一般组成格式是:

图 3-2-20　E-mail系统

信箱（用户）名@邮件服务器地址

符号@（读作[æt]）, 前面是信箱名, 可以在注册时由自己或ISP指定, @后面是邮件服务器名, 注册时由ISP提供。每个电子信箱都有一个信箱密码, 也称信箱口令。只有输入正确的密码, 才能打开信箱并读到信箱里的邮件。

发送电子邮件时, 一般先编辑好邮件内容, 然后发给ISP的发件服务器。邮件经过发件服务器处理, 确定不是本地服务器收件, 再通过因特网发出。邮件被送到收件人的收件服

务器后,再由收件服务器分发到属于收信人的信箱中,如图3-2-21所示。

电子邮件的收发可以通过网页和专用的电邮客户端软件来进行。现在我们用得更多的可能是网页上的电子邮件收发。电子邮件是一种伴随着因特网诞生就存在的网上应用最广泛的服务之一。

图3-2-21　E-mail工作过程

二、网上交流服务概述

1. BBS

BBS的英文全称是Bulletin Board System,即"电子公告板"。BBS最早是用来公布股市价格等类信息的,当时BBS连文件传输的功能都没有。早期的BBS与一般街头和校园内的公告板性质相同,只不过是通过电脑来传播或获得消息而已。

如今,人们往往利用BBS作论坛空间,发表看法,获得帮助,每个BBS都有一个确定的讨论主题。利用BBS交谈比电子邮件要及时多了,但是,那么多人在一个组中交谈,有时很难马上得到帮助,而且BBS的私人空间几乎没有。于是,人们又想方设法发明出了能够在网上进行即时交谈的即时通信(IM)应用。

图3-2-22　BBS类型

2. IM(即时通信)概览

即时聊天使亲友的沟通突破时空极限,使办公室的沟通突破上下级极限,使陌生人的沟通突破环境极限,使自我与外界的沟通突破心理极限……

作为使用频率最高的网络软件,即时聊天已经突破了作为技术工具的极限,被认为是现代交流方式的象征,并构建起一种新的社会关系。它是迄今为止对人类社会生活改变最为深刻的一种网络新形态,没有极限的沟通将带来没有极限的生活。

当前因特网上几种主要的即时通信工具有以下几种。

① ICQ

最早的网络即时通信工具ICQ, 原是以色列的几名学生开发出来的, 它最大的特点是具有网上信息实时交流的功能。ICQ改变了整个因特网的交流, 使之变得更加及时和方便。

② QQ (原名OICQ即OPEN-ICQ)

国内最时髦的即时通信工具当数腾讯的QQ, 连到网上的一台台电脑上, 屏幕上大多跳跃着一个个各式各样 "小人头儿" —— QQ上的好友来信

图 3-2-23 聊天

了。它为用户提供寻呼、聊天、新闻等信息, 还有手机上的移动QQ服务。现在QQ已经升级到2009版。

③ Windows Live Messenger

软件巨头微软开发的Windows Live Messenger即时通信软件, 其前身即是赫赫有名的MSN Messenger。有即时消息、表情符号下拉列表、语音对话、视频会议、文件传输等功能。

图 3-2-24 ICQ

图 3-2-25 QQ

图 3-2-26 WLM

继E-mail、BBS、IM之后网上又出现了第四种网络交流方式——Blog (博客)。

3. Blog (博客)

博客是一个正处于快速发展和快速演变中的因特网新应用。可以认为, 博客是一种网上的共享空间, 是以日记的形式在网络上发表个人见解的载体。Blog是一个心灵互动的工具, Blog也是一个终身学习的工具, Blog还应当是一个人人可用的工具。

图 3-2-27　博客

1. 电子邮件的收发可有两种方式：电邮客户端软件方式与网页方式，它们各有特色，如客户端软件可以下载邮件，可以离线方式阅读。

2. 除了使用Outlook Express发送邮件外，还可以使用许多网站提供的免费邮箱来发送，使用方法往往也很简单。

3. 创建多媒体电子邮件，可以使用网页格式来制作；可以发送带有多媒体信息（声音、图片、视频等）附件的电子邮件。

4. 注意在使用因特网交流工具时，不能因为注册信息的虚无而肆意妄为，要懂得网络信息交流的道德规范，遵守网络文明公约。

自主实践活动

分享信息与求助

将"活动一""自主实践活动"中获取的各种电脑信息资料以附件的形式电邮给青松老年活动中心领导。然后，根据领导的决定，通过网络交流平台，得到要购买电脑的更多的技术方面的信息，为购买做好技术上的准备。

具体要求：

1. 在新浪网上申请一个免费邮箱。
2. 给青松老年活动中心领导发信。
3. 接收青松老年活动中心领导的回信并阅读。
4. 登录BBS讨论有关电脑的技术问题。

光　盘

打开光盘中"\项目三\活动二\样例报告.doc"文件，按照样例完成任务。

活动三 魅力网上购物

活动要求

进入"淘宝"购物网站,搜寻心仪的、高性价比的MP3,多找几个卖家,与卖家沟通。并从多方面观察卖家(如信用度、评价等方面),选择一个比较诚信的卖家完成网上购物。

活动分析

一、活动计划

1. 注册与登录购物网站。

2. 搜索想要购买的宝贝。

3. 拍下并购买此宝贝(下订单)。

4. 支付货款到担保交易方。

5. 收货并将保存在担保交易方的货款支付到卖方。

6. 对卖方进行信用评价。

二、相关技能

1. 正确选择卖家。

2. 正确选择支付手段。

3. 对卖家作恰当的评价。

方法与步骤

一、初试网购

在浏览器地址栏中输入"www.taobao.com"并回车后,显示如图3-3-1所示。

如果要购买宝贝,则必须注册淘宝账

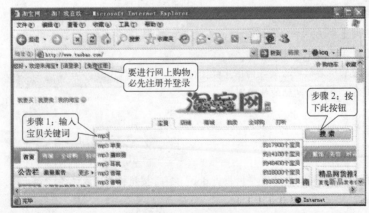

图 3-3-1　淘宝网首页

户并登录,否则只能浏览宝贝。

二、搜索宝贝

在图3-3-1搜索文本框中输入关键词,如"MP3",按下"搜索"按钮,搜索结果如图3-3-2所示。

三、拍下宝贝

点击图3-3-2中的宝贝链接,显示出拍卖宝贝的画面,如图3-3-3所示。

卖家出价有一口价与拍卖价之分,一口价就是宝贝的最低立刻成交价。而拍卖价则有时效性,在拍卖的最后时刻,出价最高者有望购得宝贝,且宝贝价格可能低于一口价。

四、购买宝贝

① 按下图3-3-3中的"立刻购买"按钮,将显示图3-3-4的确认画面。

② 当所要购买的宝贝准确无误后,按下"确认无误,购买"按钮。浏览器将如图3-3-5。

如果没有注册过支付宝(一种安全的第三方支付手段)账号,则在付款前先要注册支付宝。如果已有支付宝账号,在输入了支付密码后,按下"确认无误,付款"按钮,将钱款先存入支付宝。如图3-3-6所示。

显示支付宝收到货款,之后你要做的事,就是等待收货。

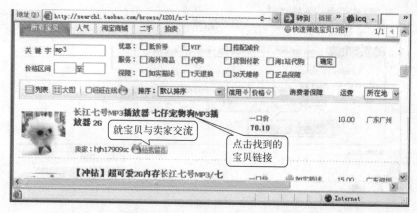

图3-3-2 找到的宝贝页面

图3-3-3 拍卖宝贝的页面

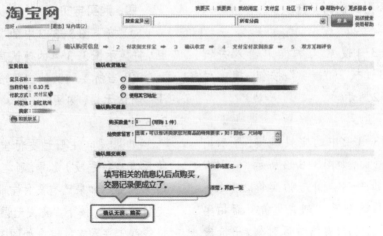

图 3-3-4　确认购买页面

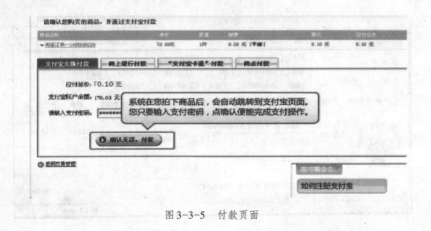

图 3-3-5　付款页面

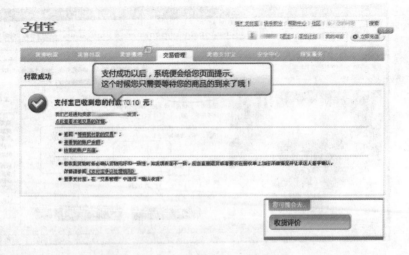

图 3-3-6　支付宝收到货款的页面

五、收货与评价

① 当收到货物之后，请登录淘宝网，进入"我的淘宝"，如图3-3-7所示。

② 点击"已买到的宝贝"，进入确认收货界面，如图3-3-8所示。

③ 做买卖，双方都要讲诚信。在你确认"已发货"后相应时间（虚拟物品3天/快递10天/平邮30天）内收到货但质量有问题，或之后还没有收到货，你可以申请退款。而如果收到货却不确认，你又没有在网上申请任何的退款，那么淘宝会强制将买家汇到支付宝的货款打到卖家的支付宝账户里。

按下"确认收货"按钮后，显示"确认收货"画面，如图3-3-9所示。

图3-3-7　"我的淘宝"页面

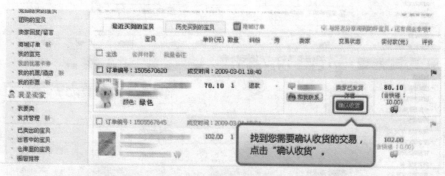

图3-3-8　欲确认收货页面

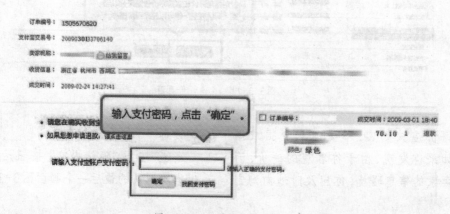

图3-3-9　已确认收货页面

④ 输入支付宝密码，并按下"确定"按钮后，原先打到支付宝的货款，打给了真正的收款人——卖家，并显示交易成功，如图3-3-10所示。

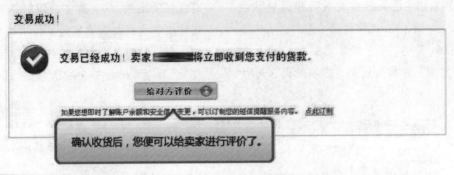

图3-3-10　交易完成页面

⑤ 作为淘宝网买卖双方诚信体制建设的重要机制之一，就是给对方评价。按下图3-3-10中的"给对方评价"按钮后，显示图如图3-3-11所示。

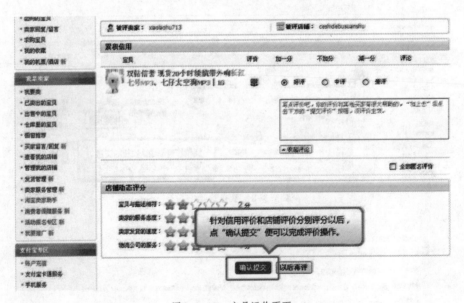

图3-3-11　交易评价页面

评价应该如实，不要随意贬损或溢美。如果你发现，由于你客观的评价，而招致卖家的信息骚扰，你应及时地向淘宝网投诉。

⑥ 按下"确认提交"按钮后，将显示出本次网购的最后一个画面图3-3-12。

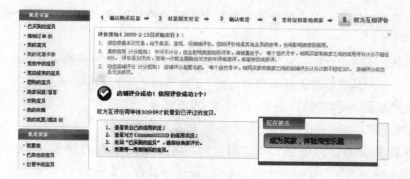

图 3-3-12　评价成功页面

知识链接

因特网的魅力之一,就在于不断前行的因特网应用服务。老的应用服务被边缘化,新的应用服务层出不穷。下面撷取的只是几朵奇葩。

一、网上购物

1. 什么是网上购物

网上购物,顾名思义就是通过互联网检索商品信息,并通过电子订购单发出购物请求,然后通过各种支付手段将钱款支付给卖方,卖方通过邮购的方式发货,或是通过快递公司送货上门。

2. 网上购物的交易对象

这里所谓网上购物的交易对象,是指买卖双方的身份。目前一般有三种,即C2C、B2C、B2B。

C2C(C to C),指个人对个人的交易;B2C(B to C),指商家(企业)对个人的交易;B2B(B to B),则指商家(企业)对商家(企业)的交易。

"淘宝网"等主要是C2C,但也兼做B2C的购物网站(如Dell、联想在"淘宝"上都开设有旗舰店)。那些由公司自己开设的商务网站,一般都属于B2C,如"当当网"等,除非它坚称只做公司的生意。而"阿里巴巴"则是B2B的购物网站。

3. 网上购物的支付方式

国内的网上购物,一般付款方式有这样几种。

款到发货(直接银行转账,在线汇款),买方要承担较大风险;担保交易(淘宝支付宝,百度百付宝,腾讯财付通等的担保交易,或称为第三方支付手段),一种买卖双方风险都降到最低的支付方式;货到付款,卖方可能承担比较大的风险,卖方邮寄一般不会采用这种方式,专人送货(如快递)可以采用。

4. 安全网购(风险规避)

尽管"淘宝网"等网上购物平台是很正规的,但在其上做买卖的卖家却是良莠不齐的。因此,如何严防网络钓鱼、安全网购,就成了网购的第一要务。

首先,学习一些识破网购陷阱的技能。网上购物存在有四大陷阱:

● 低价诱惑。如果产品以市场价的半价甚至更低的价格出现,特别是名牌产品,这时就要提高警惕。

● 高额奖品。不法卖家往往利用巨额奖金或奖品诱惑吸引消费者购买其产品。

● 虚假广告。产品说明夸大甚至虚假宣传,实物与网上看到的样品不一致。

● 设置格式条款。买货容易,退货、维修难,没有退换货说明等。

然后,选择卖家。B2C要比C2C来得安全些,这是毋庸置疑的。

第三,查看卖家的信用等级。如"淘宝网"每一笔交易都有评价,再把评价折算成"❤ ~ ❤❤❤❤❤、✦ ~ ✦✦✦✦✦、✦ ~ ✦✦✦✦✦(蓝冠)、✦ ~ ✦✦✦✦✦(金冠)"的直观表达。❤信用最低,✦✦✦✦✦(金冠)信用最高。

就此,你还是要防备信用陷阱,因为现在专门有一些刷信用的网站,只要付钱,它可以在很短的时间内刷到你想要的信用。如何防范可以看时间,如果是用了几年才打到某个信用高度,基本可信,反之要打个问号。但此法也并非万无一失,还需从其他方面去防范。

最后,选择支付方式。能货到付款则选货到付款,并在验货时不心慈手软,该退则退;如果不能货到付款,也要选择第三方支付方式,如果能先行赔付则更好;款到发货,一般不建议使用这种支付方式,除非是国内知名商家的网上旗舰店。

二、网络游戏

1. 什么是网络游戏

网络游戏(缩写为MMOGAME),必须依托于互联网进行、可以多人同时参与的游戏,通过人与人之间的互动达到交流、娱乐和休闲的目的。故又称"在线游戏",简称"网游"。

2. 网络游戏在中国

1998年6月联众网络游戏世界正式推出。2001年5月,联众游戏以17万用户同时在线、2 000万注册用户的规模成为当时世界最大在线游戏网站。这一现实刺激了更多的人跃跃欲试,结果是联众网络游戏风光不再。

中国网游兴起于国外网游的代理,这也成为我国网游的软肋。虽然它们也有原创的网游产品,但其赢利能力与代理国外产品不可同日而语。

国内原创做得比较好的网游网站,有"网易"、"巨人"、"金山网游"等。

图3-3-13　网游《魔兽世界》

图3-3-14　网络游戏《传奇》

"网易"自主开发的本土游戏《大话西游》，在国内玩家群中有极高的声誉。"巨人"自创网游有《征途》等。"金山网游"自创网游有《剑侠情缘》等。

图3-3-15　《大话西游》

3. 双刃剑的网游

网游是一把双刃剑，一面能给我们的生活带来乐趣，愉悦我们的心身；另一面则可能把我们带入迷途而不能自拔，最终玩物丧志。这两面似乎对青少年并不对等，负面的一面好像更强大、更锋利一些。因此，我们一定要警醒，绝不可整日沉迷于网络游戏。

图3-3-16　《征途》

图3-3-17　《剑侠情缘》

防止网游的沉迷，可以通过客观的技术手段来实现，但更应该通过主观的努力，产生一种强大的抑制力去反制网（游）瘾。

利用技术手段还是比较容易防沉迷的，比如，我国管理部门2007年3月12日公布，2007年4月15日起实施的《关于保护未成年人身心健康实施网络游戏防沉迷系统的通知》中，要求经营网游的公司，必须提供防沉迷保障。即规定未成年人累计在线游戏时间3小时以内的为"健康"游戏时间（游戏收益正常，且满1小时时，应提醒一次），之后继续2小时游戏时间为"疲劳"游戏时间（游戏收益按50%计，且每30分钟警示一次），在线游戏时间超过5小时的为"不健康"游戏时间（游戏收益为零，且每15分钟警示一次）。

更有效但更难实现的，就是网游者主观上的抑制。一切说教，如养成良好的习惯，转移自己的注意力，多参加实体世界的活动等等，在网游面前都显得那么苍白无力。防沉迷之路正未有穷期，各界还需努力。

三、Web2.0

1. 什么是Web2.0

这里的2.0与一般意义上的理解是不同的，比如Windows7，这个7指的是版本的升级，即技术上比老版本更先进。而Web2.0则不然，它不是一种技术升级，而是指观念的升级。

这个观念升级就是，"以Web为平台，以人为中心，而不以物为中心，构成具有社会性、用户参与的Web架构"。具有这种理念的新Web服务，皆可归入Web2.0。

2. 常见的Web2.0服务

① 微博客

除了前面简介过的，我们耳熟能详的"博客"是一种Web2.0应用服务外，近年又兴起了的一种新的Web2.0应用服务——"微博客"。

所谓"微博客（Micro-Bloging）"就是一种非正式的迷你型博客，是一种可以即时发布消息的类似博客的系统，想到的一句话，看到的一个场景，就可以马上发布，不似博客要写成文章发布。它最大的特点就是集成化和开放化，你可以通过手机、IM软件和外部API接口等途径向你的微博客发布消息。

微博客的"微"体现在发布的消息只能是只言片语，像国外"Twitter"这样的微博客平台，每次至多只能发送140个字符。

国内也有类似的微博客网站，如"饭否http：//fanfou.com"、"叽歪http：//jiwai.de"等。

图3-3-18　微博客网站"饭否"

② 播客（Podcasting）

"播客"（Podcasting）这个词源自苹果电脑的"iPod"与"广播"（Broadcast）的合成词，指的是一种在互联网上发布文件并允许用户订阅feed以自动接收新文件的方法，或用此方法来制作的电台节目。

这种新方法在2004年下半年开始在互联网上流行以用于发布音频文件，现在更是视频也一起发布。用户可以利用"播客"将自己制作的"广播/视频节目"上传到网上与广大网友一起分享。

国内这种网站或开设这种功能的网站频道，可以说是数不胜数，如"新浪网播客频道"、"土豆网"等等，如图3-3-19所示。国外则有最著名的"Youtube"等。

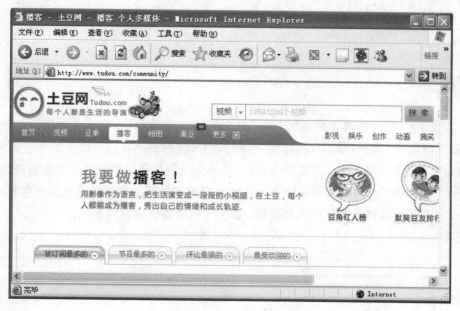

图 3-3-19　播客"土豆网"

 自主实践活动

为活动中心网购一批电脑*

根据"活动二""自主实践活动"中得到的中心领导的反馈意见,要为老年活动中心购置性价比更高的电脑,决定到购物网站上去淘宝。

具体要求:

1. 注册并登录"百度"旗下的"有啊"购物网站。
2. 搜索"活动二""自主实践活动"中确定准备购买的电脑。
3. 找性价比高并支持"百付宝"支付的卖家若干。
4. 与这些卖家交流沟通,确定最终卖家。
5. 购买电脑。
6. 对卖家进行评价。

*实际操作时可以找低价值的商品,如书籍等来初试网购。

活动四　正确获取网络信息与备份信息

活动要求

　　为使MP3充分发挥作用，通过网络来为它提供精神食粮，也不失为途径之一。但是，在下载信息（音乐、歌曲）的过程中，同学们要注意提高自己的社会信息道德意识；注意版权与知识产权问题；注意网络安全、信息安全的防范。前两者只有靠自身修养的培养与法律的规范，而后者可以使用一些技术措施来防范。这是本次活动的主要内容。此外，为了不使得到的信息轻易被破坏，要养成经常备份信息的习惯，这也是本次活动的一项内容。

活动分析

　　一、活动计划

　　1. 使用常用杀毒软件，对存放有下载信息的磁盘/文件夹进行检查。

　　2. 使用第三方软件备份数据，使得下载信息不被轻易损坏。

　　3. 使用系统提供的备份软件备份数据，来保证下载信息的安全。

　　二、相关技能

　　1. 杀毒目标的指定。

　　2. 杀毒的启动、停止。

　　3. 杀毒/防火墙软件的配置。

　　4. 文件（数据、信息）的压缩与解压缩。

　　5. 文件（数据、信息）的备份与还原。

方法与步骤

一、常用杀毒软件的使用

　　杀毒软件有许多种类，有国外的，有国产的。下面以瑞星公司的杀毒软件为例，简单介绍一下杀毒软件的使用。

　　1. 杀毒软件的获得与安装

　　你可以通过软件经销商购买完整的光盘安装杀毒软件（包括杀毒与防火墙），价格比较高，软件公司一般承诺若干年的免费升级。你也可以通过杀毒软件公司的官网在线购买，形式比较灵活，既可以买全套，也可以单买；既可以购买半年有效，也可以购买一年有效；首次购买价格一般比较便宜。

　　如果是光盘安装版，并且机器没有关闭自动运行，插入光盘便可自动启动安装。在选择安装杀毒软件还是防火墙软件之后，将显示如图3-4-1所示。

　　选择版本"语言"之后，按"确定"按

图 3-4-1　杀毒软件安装之 1

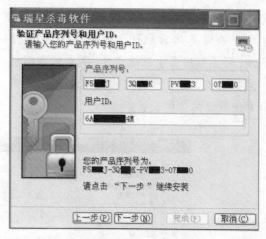

图 3-4-2　杀毒软件安装之 2

钮,再按两次"下一步"按钮后显示图 3-4-2,输入"产品序列号"与"用户ID号"。

单击"下一步"按钮,如果完全使用默认参数安装,可以按下"完成"按钮,然后等待安装结束。

假如机器关闭了光盘的自动运行,只要找到光盘上的"setup.exe",双击即可,然后的过程与上面一般无异。

如果是下载版的软件,只要找到类似

"Rav2009.exe"这样的文件,双击,以后的过程与上面也无二致。

2. 启动杀毒软件

瑞星杀毒软件安装好后,病毒监控系统一般已启动,而要杀毒,则需人为启动。

方法一:见图 3-4-3,双击桌面上的图标,启动杀毒软件。

方法二:从"开始"→"程序"中去找类似图标或双击任务栏的 图标。启动后,点击"杀毒"选项卡,显示如图 3-4-4

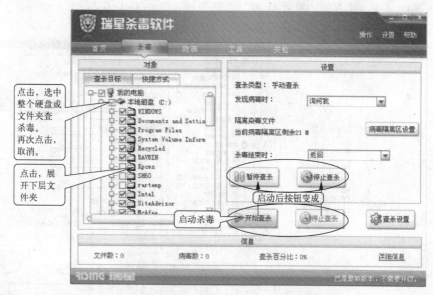

图 3-4-3　启动杀毒软件

图 3-4-4　杀毒对象指定与启动杀毒

的窗口,按"开始杀毒"按钮。

杀毒是病毒已进入系统后采取的措施,而要拒病毒于系统之外,则要依靠病毒监控功能,在杀毒软件的设置中可以改变系统默认的监控设置。

3. 杀毒软件的设置

杀毒软件的设置就是设置杀毒的策略。按图3-4-4中的"查杀设置",显示如图3-4-5所示。

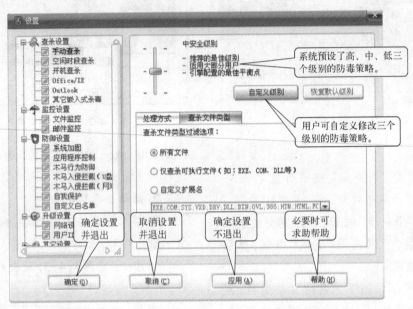

图3-4-5 手动查杀设置

从图3-4-5中可以看到,可设置项目是很多的,这里以"邮件监控"设置为例,

单击图3-4-5中的"邮件监控",将显示图3-4-6。

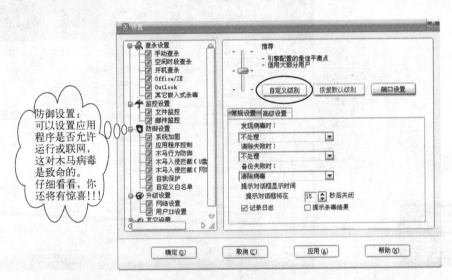

图3-4-6 邮件监控设置

单击"自定义级别"按钮,显示图3-4-7。按"端口设置",显示图3-4-8。

4. 瑞星工具的使用

当某些病毒在Windows下不能清除时,可借助保存在可启动U盘上的杀毒软件来解决。那么,怎么才能制作可启动的杀毒U盘呢?瑞星工具可以帮助你。

单击图3-4-4中的"工具",会显示图3-4-9。

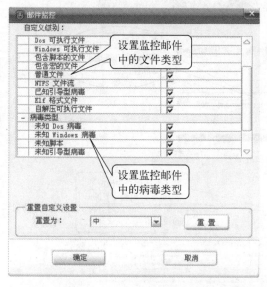

图3-4-7 自定义监控级别

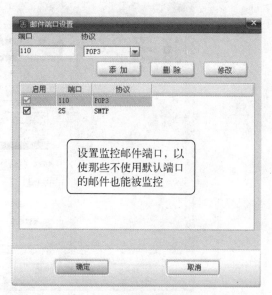

图3-4-8 设置邮件监控端口

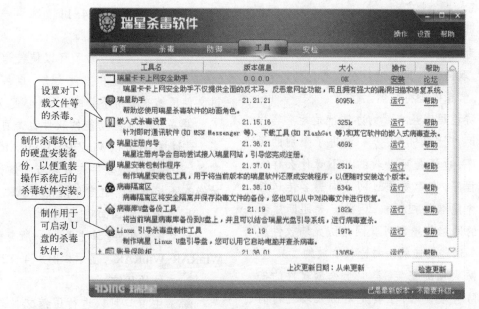

图3-4-9 杀毒软件提供的工具

5. 杀毒软件的升级

由于病毒无时无刻不在发展,到现在还没有一个可以一劳永逸的杀毒方案。也就是说,现在的杀毒方案都是被动的,只有出现了新的病毒,才可能去杀除。因此,经常升级你的杀毒软件就不失为一种好习惯。

条件许可的话(如宽带接入等),我们应该尽可能地将升级策略设置为自动升级。单击图3-4-5中的"升级设置",将显示图3-4-10,可进行定时升级设置。

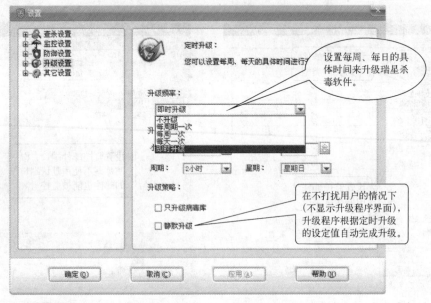

图 3-4-10　杀毒软件升级设置

二、黑客的防止

黑客之所以会给信息带来安全问题,是因为它能通过网络,在用户不知晓的情况下,取得对计算机进行控制的权利,一旦这样,信息安全将荡然无存。

防止黑客最有效的办法就是拒黑客程序于用户计算机外,万一漏进了个别的黑客程序,也还是可补救的。不管什么样的黑客程序,它都要通过网络向黑客传送信息后才能取得控制权,因此只要阻断了不知情的网络传输即可。网络防火墙软件就是具备这些功能的一种比较有效的工具。

防火墙的安装,类似于杀毒软件的安装。防火墙使用,主要是对防火墙进行有关上网的配置。右击任务栏的图标,选

"详细设置",显示图3-4-11。

三、文件压缩与解压

使用文件压缩,除了可以使传递文件(信息)经济、快速和方便之外,也可以通过文件压缩来备份下载的文件(信息)。

具备文件压缩功能的软件也是可选多多,不过其中又以WinZIP与WinRAR最为常见,这两种压缩软件在许多方面的性能、功能都不相上下。这里介绍WinRAR。

1. 压缩软件面面观

启动压缩软件:单击"开始-所有程序-WinRAR-WinRAR",显示如图3-4-12。

2. 文件的压缩

除了主窗口可以进行压缩文件外,其实还有更方便的使用方法,安装WinRAR

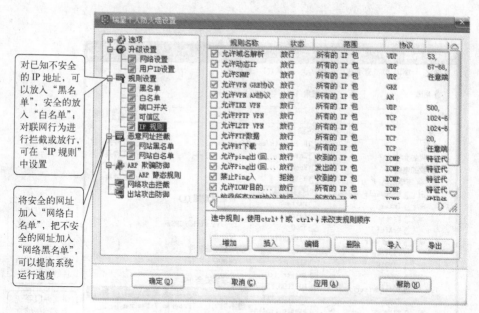

对已知不安全的 IP 地址，可以放入"黑名单"，安全的放入"白名单"；对联网行为进行拦截或放行，可在"IP 规则"中设置

将安全的网址加入"网络白名单"，把不安全的网址加入"网络黑名单"，可以提高系统运行速度

图 3-4-11　防火墙设置

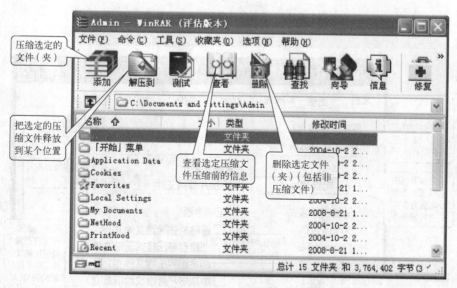

压缩选定的文件（夹）

把选定的压缩文件释放到某个位置

查看选定压缩文件压缩前的信息

删除选定文件（夹）（包括非压缩文件）

图 3-4-12　压缩软件窗口

后，它会将操作命令添加到右击鼠标的快捷命令中，见图 3-4-13。

当你点击了"添加到档案文件（A）…"，显示出图 3-4-14 所示的对话框。

压缩方式选项有：存储——打包，不压缩；最快——高速，很低的压缩率；较

快——快速、较低的压缩率；标准——速度与压缩率平衡；较好——较高的压缩率、较低的速度；最好——最高的压缩率、最低的速度。

其他设置可在"高级"、"文件"、"备份"等选项卡中进行，一般使用默认设置即可。

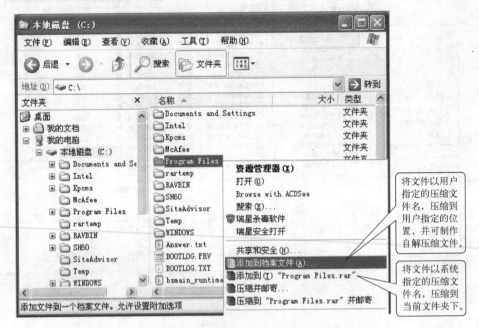

图 3-4-13　压缩软件安装后生成的快捷菜单

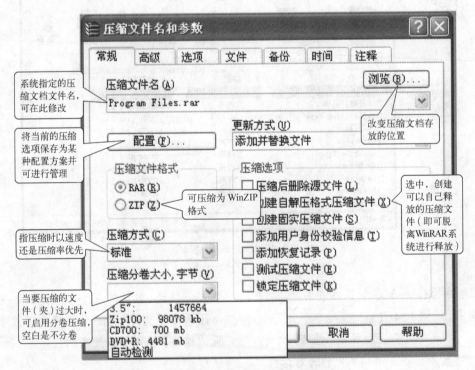

图 3-4-14　压缩软件参数配置

3. 文件的解压缩

与压缩一样，解压缩也可使用快捷菜单进行。右击压缩文件，弹出快捷菜单，见图3-4-15。

点击"释放文件（A）…"命令，显示如图3-4-16所示的对话框。

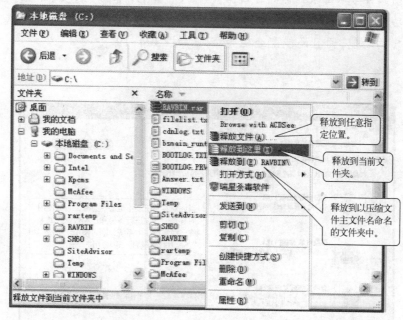

图3-4-15　解压缩到的位置

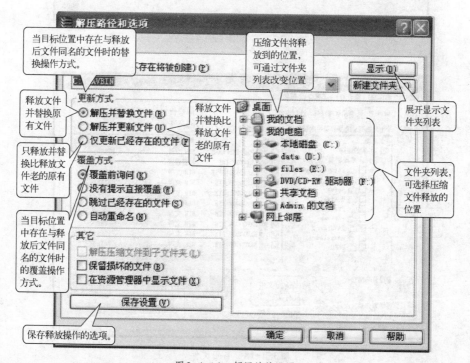

图3-4-16　解压缩的设置

其他设置可在"高级"选项卡中进行，一般也保留默认设置即可。

四、数据的备份与还原

文件压缩软件与杀毒软件都具备数据备份与还原功能，实际上Windows XP系统也提供了同样的功能，而且还能配合磁带机进行备份。

执行"开始-所有程序-附件-系统工具-备份"命令，取消"备份向导"后的结果如图3-4-17所示。

单击"备份"选项卡，显示图3-4-18。

单击"还原和管理媒体"选项卡，显示如图3-4-19。

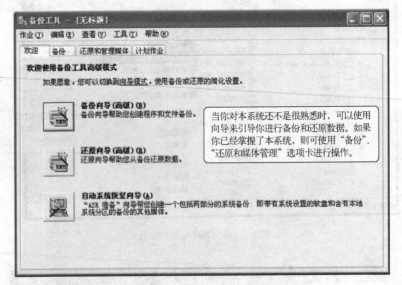

图3-4-17　启动XP系统备份功能

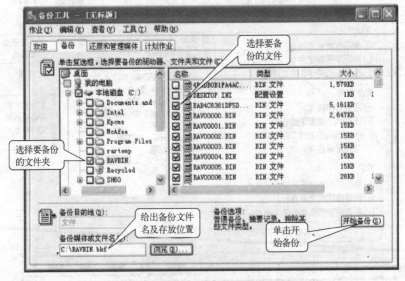

图3-4-18　备份文件

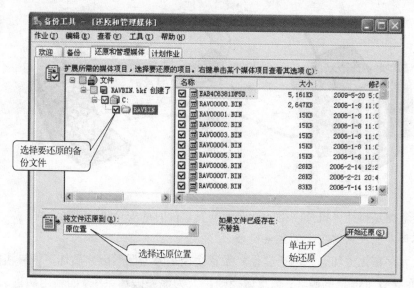

选择要还原的备份文件

选择还原位置

单击开始还原

图 3-4-19　还原备份文件

知识链接

一、信息安全的基本知识

信息安全的概念实际上是一个很大的范畴,比如人们交谈中无意间透露了不该透露的信息,它也可构成信息的安全问题。

由于现在的信息处理、传输主要依托于计算机及其构成的网络来进行,因此,计算机及网络的安全在很大程度上代表了信息的安全。那么什么是计算机及网络安全呢?

1. 什么是计算机及网络安全

国际标准化组织ISO是这样定义计算机安全的:计算机安全是指为保护数据处理系统而采取的技术和管理的安全措施,保护硬件、软件和数据不会因偶然或故意的原因而遭到破坏、更改和泄密。

而网络安全则是指信息的保密性、完整性、可靠性和实用性、真实性、占有性。

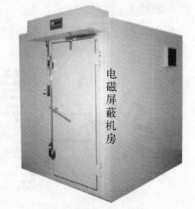

图 3-4-20　屏蔽房

2. 计算机及网络安全的主要内容

计算机及网络硬件的安全性是指计算机硬件设备、网络硬件设备(服务器、交换机、路由器和存储设备等)的安装和配置的安全性;确保计算机及网络安全的环境条件,包括机房、电源、屏蔽等,如图3-4-20、图3-4-21所示。

软件安全性是指保护计算机及网络系统软件、应用软件和开发工具使它们不被修改、复制和感染病毒。

数据安全性是指保护数据不被非法访问、保护数据的完整性和传输中的保密性等。

图 3-4-21　泄密

运行安全性是指计算机及网络运行遇到突发事件时的安全处理等。

3. 破坏计算机及网络安全的主要途径

一般认为存在无意和恶意两条途径。无意途径是因为偶然因素破坏了计算机及网络的软硬件，从而导致了信息的破坏；恶意途径则是人为地去破坏系统，如利用病毒、系统漏洞去破坏，其行为一般已经触犯了法律。

明火执仗的破坏早已被更隐秘的方式所取代，如黑客利用计算机病毒来破坏系统、盗窃网络服务（网银、网游等），截取对你的系统的控制权，给网络造成更大的破坏。

4. 计算机病毒

计算机病毒是附着于程序或文件中的一段计算机代码，它可在计算机之间传播。通常它一边传播一边感染计算机。病毒可损坏软件、文件或有条件地损坏硬件，或使计算机性能下降很多。

现在最普遍的网络病毒是蠕虫病毒和（特洛伊）木马病毒。

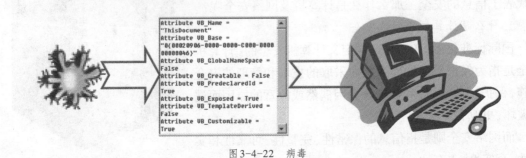

图 3-4-22　病毒

以前传播　　　　　　现在传播

图 3-4-23　病毒传播

① 蠕虫病毒

蠕虫病毒是可以将自己自动地从一台计算机复制到另一台计算机的程序,它的传播不必通过"宿主"程序或文件。它控制计算机上可以传输文件或信息的功能,一旦系统感染蠕虫,蠕虫即可进行大量复制、独自传播,危险性很高。

当新的蠕虫爆发时,它们的传播速度非常快。它们堵塞网络并可能导致用户需要等待很长的时间才能查看Internet上的网页。

② (特洛伊)木马病毒

在神话传说中,特洛伊木马表面上是"礼物",但实际上其中藏匿了袭击特洛伊城的希腊士兵。

现在,特洛伊木马是指表面上是有用的软件、实际目的却是危害计算机安全并导致严重破坏的计算机程序。有些特洛伊木马以电子邮件的形式出现,电子邮件包含的附件声称是Microsoft的安全更新程序,但实际上是一些试图禁用防病毒软件和防火墙软件的病毒。特洛伊木马同时还可能监视用户登录网站的操作,并把登录信息发送出去。

5. 黑客

黑客通过木马来窃取用户在因特网上注册的一系列账号,最终导致用户财产损失。黑客通过系统漏洞侵入网上其他的电脑(这样的电脑被称为"肉鸡"),指挥"肉鸡"为他所用,当大量被他指挥的"肉鸡"同时向某个网站发起攻击时,这个网站即发生"拒绝服务"而瘫痪。

6. 钓鱼网站

有时黑客并不直接把木马挂在正常网站,因为这样比较容易被发现,而是把一个极具诱惑力的弹出窗口挂在正常网站或修改正常网站的某个链接,只要你点击了这个窗口中的链接或已被修改的链接,即进入一个挂马或挂木马下载器的网站,木马随即在你的电脑中兴风作浪。这种等待你自己上钩的不良网站即称为钓鱼网站。

还有一种类型的钓鱼,即给你一个虚假的网游或网银登录网页,引诱你提供登录信息,一旦你中了招,你的实体、虚拟财产可能将无安全可言了。

7. 保护计算机及网络信息安全的措施

针对无意的信息破坏,经常进行数据备份是一种好习惯。它可防止硬件损坏、突然停电等带来的信息损失。当然最好从技术上能给以防范,如使用双机冗余系统,配置不间断电源等。

图 3-4-24　非恶意破坏的信息安全系统

而对恶意的信息破坏,对普通用户来说,最好就是安装杀毒、病毒监控与防火墙软件。这样就能及时地知道是否有病毒入侵、有漏洞攻击,然后通过防火墙阻断它们与外界的联系,以保护信息安全。

除了瑞星杀毒软件外,国内其他比较著名的杀毒软件还有:江民杀毒、金山毒霸等;国外则有:Norton AntiVirus、McAfee、卡巴斯基等。

二、培养良好的社会信息道德

我们每一个人既是一个独立的主体,又是一个与我们生活的社会休戚相关的个体。因此,我们做每一件事就不能只从自己的角度去考虑,而应该放到社会中去考虑,考虑自己的行为是否会给社会带来危害。

就拿从因特网上获取社会信息来说,我们就应该学会辨识什么样的信息是有益的,什么样的信息是无益也无害的,什么样的信息是有害的(如色情网站,黑客攻击等)。有益的信息多多益善;无聊的信息可偶尔为之,但切不可沉湎于此;有害的信息则千万不可越雷池一步,使用或发布有害信息有可能导致不可挽回的损失。

因特网作为一个虚拟的承载、传播信息的空间,不能因为它的虚拟性就在其上大肆发表不负责任的言论,甚至人身攻击;也不能因为自己有一技之长(如掌握了黑客的技能,应该去反制黑客,而不是成为黑客),就去破坏别人的信息,攫取别人的钱财,把自己的快乐建筑在别人的痛苦之上。任何时候都必须遵守法律规范。

图3-4-25 虚拟的网络也是受法律规范的

养成良好的社会信息道德,不仅对我们人生发展大有益处,而且也是防范自己的信息不被破坏的有力武器。因为很多的恶意代码(病毒、蠕虫、木马)都寄生在不良网站上,如果经不起不良网站的引诱而浏览了这些网页,恶意代码就会随着网页进入系统,这无异于开门揖盗。

沉湎于网络,沉迷于游戏,网上交友不慎,虽不能提到道德的层面来考量(有害的除外),但它确实给一些家庭带来了痛苦。网络是一把双刃剑。我们面对网络,面对游戏,必须要学会自制,学会适可而止,让网络成为学习、工作的工具。

三、增强网络版权与知识产权意识

我们从因特网上取得信息(下载软件、音像制品)时,要自觉做到不能侵犯他人的知识产权。这就要求我们能够辨别什么样的信息能够下载,什么样的信息是不能够随便下载的。

就网上下载的软件来说,可分为三类:商业软件、共享软件、自由软件。

图 3-4-26　防沉迷，慎交友

1. 商业软件

商业软件一般是付费软件，这些软件一般采取网上订购，网下交易模式，因此，现在网上能下载的这类软件，多半是盗版的，即使是付费下载（这个费用与软件本身的价格是不成比例的），它们也多数存在于一些私营网站（当然，私营网站也不尽是负面形象，比如那些帮助我们学习的网站，那就是我们求之不得的）。

2. 共享软件

共享软件是指可以随意下载、传播但不能进行商业性（收费）传播的软件。这种软件的一大特点就是需要支付一定的注册费（大概在几十元），才能使用软件的全部功能或可以无限期使用软件。不要试图对这些软件进行功能或时间限制的破除，否则就是盗版行为。

3. 自由软件

它是共享软件的前身，一般是一种免费的软件，甚至用户还可以对这样的软件进行修改（不过修改后，希望告知原作者，这是职业道德），但不可进行商业性（收费）传播。自由软件没有功能、时间限制，但功能有限，一旦功能增强到一定程度，可能转化成共享软件。

4. 音像制品

至于音像制品等的下载，从非正规网站上下载的多数也是盗版的。而从正规的在国家有关部门注册过的网站上得到免费或少量付费的作品下载，可能不存在版权问题，因为版权费用通常已由网站支付或与产权人达成了某种协议。

提　醒

　　1. 我们使用的软件都应该是正版的软件，下载的音乐及其他作品也都应该是正版的。

　　2. 操作系统安装好后，要及时地打上漏洞补丁，及时地装好病毒杀除、监控软件与防火墙软件，经常性地进行系统更新，以得到最新的保护措施。

　　3. 为了防备重要信息的损失（不管无意还是恶意），应该经常对信息进行备份。可以使用杀毒软件的备份功能，也可以使用操作系统提供的备份功能，还可以使用压缩软件来进行信息的备份。

　　4. 我们应该坚决摒弃不良网站的诱惑，保护自身的正常发展，也保护自己的信息的安全。

自主实践活动

为老年活动中心管理电脑教室

青松老年活动中心电脑活动教室建立后,在使用过程中发生了一系列的问题,如:有的电脑不知什么原因宕机,有的电脑的重要数据莫名其妙地丢失等等。活动中心的管理者,对电脑的知识也十分有限,故希望帮助他们创建一个安全、良好的电脑使用环境。

具体要求:

1. 使用U盘(或光盘)版杀毒软件启动电脑并进行杀毒。

2. 安装杀毒软件并进行配置。

3. 对重要数据设定好定期备份。

归纳与小结

利用因特网,安全、合法地得到、使用信息及其他应用服务的过程和方法如下图所示。

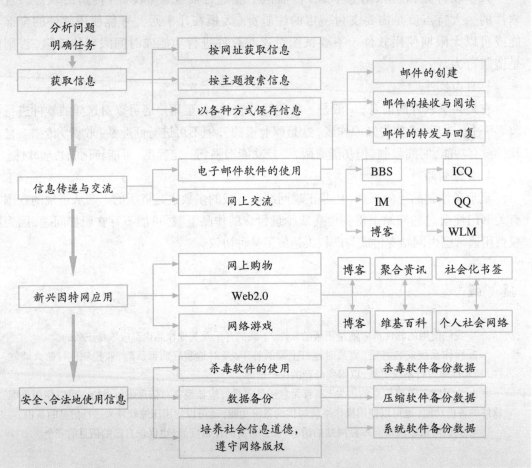

综合活动与评估　上海城市轨交发展的调查与分析

活动背景

在自己的邮箱中有一个邮件,邮件要求为上海城市轨道交通发展做调查。调查可从电视、报纸、网络、座谈、社会调查等不同的途径展开,收集有关上海城市轨道交通发展的信息,为上海城市轨道交通规划部门出谋划策,提供更多的信息;然后通过文字处理软件,制作上海城市轨道交通调查分析的精美电子板报。

活动分析

1. 打开邮箱查看邮件,阅读邮件,最后还要发送带附件的邮件。通过电子邮件的使用,即发送、接收、阅读等,培养信息交流的能力。

2. 小组合作讨论上海城市轨道交通发展的情况。

3. 查找有关上海城市轨道交通发展的信息,并整理成文,培养获取信息和整理信息的能力。

4. 对上海城市轨道交通发展进行分析,包括上海城市轨道交通发展的历史、上海城市轨道交通发展的现状、上海城市轨道交通发展的将来等问题。培养提出问题、分析问题的能力。

5. 根据调查与分析,运用文字处理软件制作一份精美的电子板报,培养整理信息的能力以及解决问题的能力。

方法与步骤

一、讨论

1. 确定小组成员

姓　　名	特　　长	分　　工

2. 确定小组的研究主题

小组准备对上海城市轨道交通发展进行哪种形式的调查？

根据讨论的结果，各小组结合组内学生的兴趣等确定自己小组研究有关上海城市轨道交通发展调查与分析的主题。

二、有关上海城市轨道交通发展的调查与分析

小组合作，自主实践与探索，对上海城市轨道交通发展进行调查与分析。

这里以"上海城市轨道交通发展"为主题展开，各小组应根据自己选定的主题展开综合活动，通过多种途径进行调查，最后将结果以板报的形式做出。

1. 打开邮箱，查看邮件、阅读邮件，然后回复表示接受任务。

2. 获取上海城市轨道交通发展的信息。

通过搜索引擎查找这方面的信息，设计上海城市轨道交通发展的调查与分析内容。参考以下几个方面：

① 上海城市轨道交通的发展；

② 国际上城市轨道交通发展的情况；

③ 大都市热衷于建设轨道交通的目的；

④ 上海建市以来最早的城市轨道交通（最早的有轨电车）情况；

⑤ 建国后上海市最早的城市轨道交通规划；

⑥ 上海城市轨道交通发展规划经历的阶段；

⑦ 上海城市轨道交通发展远景规划中你们觉得做怎样的选择较好？还有哪些地方可以补充？

⑧ 上海市在已经有了强大的城市轨道交通网后，为什么还要发展地面有轨电车？它与1980年代以前的有轨电车有什么不同？

三、使用IE浏览器对上海城市轨道交通发展进行调查

1. 通过IE浏览器怎样搜索信息？都搜索哪些信息？

2. 怎样从网上下载文字和图片？

3. 对上海城市轨道交通发展调查后进行分析。

上海城市轨道交通的现状是：＿＿＿＿＿＿＿＿＿＿＿＿＿＿＿。

上海大力发展城市轨道交通的目的是：＿＿＿＿＿＿＿＿＿＿＿＿＿＿。

上海城市轨道交通线路新旧名称对照是：＿＿＿＿＿＿＿＿＿＿＿＿。

在已经建成城市轨道交通三、四百公里的今天，上海为什么还要发展地面有轨电车？

2020年规划完成后预计每天有多少万人次乘坐城市轨道交通？上海城市轨道交通的总里程将达到多少公里？

四、制作和发布电子板报

1. 使用文字处理软件制作精美的电子板报。报告中应包含哪些内容？

2. 将精美的电子板报以附件的形式发送给规划部门。

① 讨论：电子板报做好后，规划部门是否满意，怎样才能让规划部门看到你的调查与分析结果？

② 怎样制作电子邮件？通常要知道什么？

③ 怎样发送文件附件？

评 估

一、综合活动的评估

根据综合实践活动,完成下面的评估检查表,先在小组范围内学生自我评估,再由教师对学生进行评估。

综合活动评估表

学生姓名:_____　　　　　　　　　　　日期:_____

学　习　目　标		自　评		教师评	
		继续学习	已掌握	继续学习	已掌握
1. 信息获取	信息的定义与分类				
	信息获取的各种方法及途径				
	根据主题浏览和获取信息				
	搜索并保存特定主题的信息,如文字、图像、动画等信息				
	使用因特网时的法律知识和培养正确使用因特网的态度				
2. 根据问题的要求,规划板报的能力					
3. 综合学科应用的能力					
4. 恰当选择信息处理工具的能力	认识IE浏览器软件				
5. 文字处理	基本文档处理(打开、建立、编辑、保存、编辑工具的基本使用)				
	图形处理(艺术字、图片的插入与编辑、图文混排)				
	排版(字的格式化、段落的格式化)				
	表格处理(建立、编辑、格式化)				
	页面设置				
	文本框及设置、阴影等				
6. 信息交流	因特网基础知识				
	制作、发送、阅读、回复、删除电子邮件				
	制作、发送有附件的电子邮件				
	培养正确使用电子邮件的态度				
	网络信息交流的道德规范				
7. 分析问题、解决问题的能力					

二、整个项目的评估

复习整个项目的学习内容，完成下面的评估表。

整个项目学生学习评估表

学生姓名：

在整个项目的所有活动中喜爱的活动：

1. 这个学习活动包括以下哪些技术方面：

☐ 电子表格　　　☐ 文字处理　　　☐ 图像处理

☐ 电子邮件　　　☐ 程序设计　　　☐ 网上交流

☐ 多媒体演示文稿　☐ 网页制作　　　☐ 病毒防治

☐ 网页浏览　　　☐ 数据库　　　　☐ 网络购物

2. 为了完成整个项目活动，自己所必须学习的哪项技能最有挑战性？为什么？

_____

_____

3. 为了完成整个项目活动，自己所必须学习的哪项技能最有趣？为什么？

_____

_____

4. 为了完成整个项目活动，自己所必须学习的哪项技能最有用？为什么？

_____

_____

5. 比较文本处理软件、多媒体信息处理软件，它们各处理哪几方面的信息？请举例说明它们应该在什么情况下使用。

_____

_____

6. 发送电子邮件，从发送到邮件送入收信人信箱的过程是怎样的？网上交流有哪些方式？你最喜欢哪一种？为什么？

_____

_____

7. 如何才能做到安全网络购物？

_____

_____

8. 我们应该如何去下载网上的软件和音像制品才不会有侵权之嫌？为什么说养成良好的社会信息道德、维护别人的知识产权，也可能是在保护你自己的信息安全？

_____

_____

项目四　多媒体信息处理

——中国传统节日宣传短片制作

中华民族文化丰富多彩，源远流长，其中传统节日有着特定的民俗文化内涵，是一种特殊意义的文化资源。而春节作为中华民族第一大节，社会意义尤为巨大。本项目将通过制作一个中国传统节日系列影视短片之春节篇，希望能加深对我国的民族传统节日文化的了解，同时，初步学会运用多媒体技术进行信息的获取、处理及表达。

活动一　制作春节习俗影视短片的策划和准备

活动要求

计算机多媒体作品制作一般要经过以下四个过程：理解与设计作品；收集作品相关的信息素材；信息素材的整理和加工；信息素材的合成与展示。在本次活动中，我们首先分析作品所要表达的主题，设计影视短片中应该包含的元素，然后通过多种渠道来获取有关春节的文字、图像及声音等信息。样例参见书后所附光盘。

活动分析

一、活动计划

1. 讨论短片所要表达的主题内容。任何一个作品都是表达作者的某种思想，或赞美歌颂，或批判讽刺，好的主题能让受众产生共鸣，深受启发。

2. 设计影视短片的结构及内容。多媒体信息要比单纯的文字信息更加直观生动，但必须经过精心设计后才可运用，不能生搬硬凑，没有精心设计和构思过的作品不可能较好地表达出主题思想。

3. 撰写影片解说词文稿。语言和文字是多媒体作品中不可或缺的信息，好的解说词可使受众更容易理解作品所要表达的思想内容。

4. 获取与作品主题相关的图像和声音等多媒体信息。图像与声音是多媒体作品中的重要元素。

5. 录制影片解说词。录制过程也是一种信息获取的过程，是将文字信息转变为声音信息的一种方法。

二、相关技能

1. 运用网络技术查找并下载有效的图像信息。

2. 运用网络技术查找并下载有效的声音信息。

3. 用资源管理器对多媒体文体进行有效的管理。

4. 使用录音机软件录制声音信息。

5. 知道目前常用与流行的一些多媒体文档（声音）的格式。

6. 了解利用多种渠道获取多媒体信息的方法。

方法与步骤

一、讨论短片所要表达的主题内容

春节是我国一个古老的节日，也是全年最重要的一个节日，如何庆贺这个节日，在千百年的历史发展中，形成了一些较为固定的风俗习惯。本影视短片主要是介绍春节中的一些风俗习惯，让受众加深对我国民俗节日的了解，感悟我国悠久的历史文化，增进爱国情感。

二、设计影视短片

1. 影片由片头文字、片尾文字、一小段视频及分别代表八个习俗的八张图像构成。

2. 片头文字用飞入方式展示，内容为"中国传统节日系列片之一"和"春节"两行文字。

3. 片尾文字用向上滚动方式展示，内容由三行文字组成："影片策划：×××"、"影片制作：×××"和"年月日"。

4. 片头文字后的视频要求能表现喜庆气氛，建议使用央视的春节联欢晚会的开场部分。

5. 用八张具有代表性的图像说明八个春节的重要习俗，图像之间应有不同的过渡效果。

6. 影片中的声音用录制好的影片解说词，并加入背景音乐，背景音乐应是较欢快的有中国民族风格的音乐。

7. 影片的总时间控制在3到5分钟之间。

8. 影片的主色调为红黄二色。

三、撰写影片解说词文稿

根据影片的主题，从多种渠道获取有关春节习俗的文字资料，然后撰写影片解说词文稿。参考文稿如下：

> 中国传统节日：春节
>
> 春节是我国一个古老的节日，也是全年最重要的一个节日，如何庆贺这个节日，在千百年的历史发展中，形成了一些较为固定的风俗习惯，有许多还相传至今。以下介绍几种春节中的传统习俗。
>
> 1. 扫尘：我国在尧舜时代就有春节扫尘的风俗。这一习俗寄托着人们破旧立新的愿望和辞旧迎新的祈求。
>
> 2. 贴春联：春联也叫门对、春贴、对联、对子、桃符等，它以工整、对偶、简洁、精巧的文字描绘时代背景，抒发

美好愿望,是我国特有的文学形式。

3.贴窗花:窗花不仅烘托了喜庆的节日气氛,也集装饰性、欣赏性和实用性于一体。

4.年画:春节挂贴年画在城乡都很普遍,浓墨重彩的年画给千家万户平添了许多兴旺欢乐的喜庆气氛,寄托着他们对未来的希望。

5.守岁:除夕守岁是最重要的年俗活动之一,除夕之夜,全家团聚在一起,通宵守夜,等着辞旧迎新的时刻,期待着新的一年吉祥如意。

6.爆竹:中国民间有"开门爆竹"一说,即在新的一年到来之际,家家户户开门的第一件事就是燃放爆竹,以哔哔叭叭的爆竹声除旧迎新。

7.拜年:新年的初一,人们都早早起来,穿上最漂亮的衣服,打扮得整整齐齐,出门去走亲访友,相互拜年,恭祝来年大吉大利。

8.春节食俗:大约自腊月初八以后,家庭主妇们就要忙着张罗过年的食品了。一般不可或缺的有腌腊味、蒸年糕、包饺子等。

四、使用录音机软件录制影片解说词声音

1.将话筒接入到计算机声卡的话筒输入口,如图4-1-1所示。

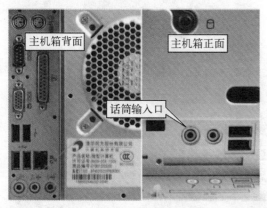

图4-1-1　主机箱正背面

2.打开"附件"中的"录音机"程序,如图4-1-2所示。

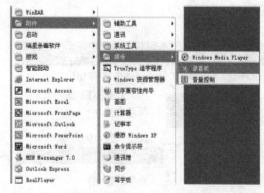

图4-1-2　菜单中"录音机"程序

3.单击录音机上的"录音"按键,如图4-1-3所示。

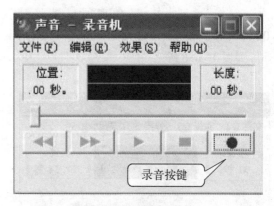

图4-1-3　"录音"按键

4.让录音机空录20秒时间,然后单击"停止"按键,如图4-1-4所示。

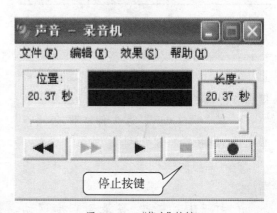

图4-1-4　"停止"按键

5. 连续执行"效果"→"减速"命令四次，使得时间总长度变成300多秒，如图4-1-5所示。

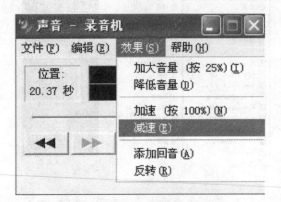

图4-1-5 "减速"命令

6. 按"后退"按键，使时间位置回到0秒，再按"录音"按键开始录制影片解说词，如图4-1-6所示。

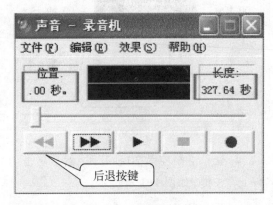

图4-1-6 "后退"按键

7. 录音完毕后单击录音机上的"停止"按键，然后执行"编辑"→"删除当前位置后的内容"命令，如图4-1-7所示。

8. 以"旁白.wav"为文件名保存此声音文件，如图4-1-8所示。

五、运用网络技术查找并下载有效的声音信息

1. 打开IE浏览器，登录到百度网站

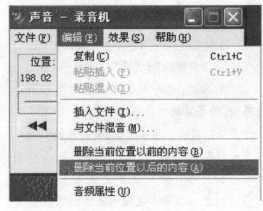

图4-1-7 "删除"命令

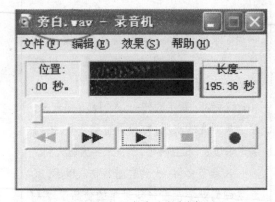

图4-1-8 保存后的录音机

（网站地址为http://www.baidu.com），单击"MP3"进入百度MP3搜索网站，如图4-1-9所示。

图4-1-9 百度网站

2.选择"wma"格式,输入"中国民族音乐",单击"百度一下"按键,如图4-1-10所示。

图4-1-10 输入关键字

3.百度通过搜索,会给出一个符合要求的歌曲列表,如图4-1-11所示。在列表中可以试听,也可以单击歌曲名下载声音文件。

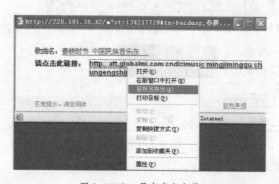

图4-1-11 歌曲列表

4.在歌曲列表中找出合适的歌曲,单击歌曲名,弹出链接对话框,在链接地址上单击右键,打开快捷菜单,选择"目标另存为"命令,保存声音文件,如图4-1-12所示。

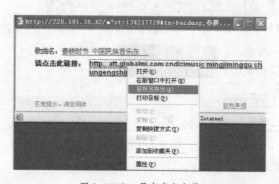

图4-1-12 另存声音文件

5.图4-1-13中是几个从网上下载好的声音文件,都已经保存在"我的文档\我的音乐"文件夹中。

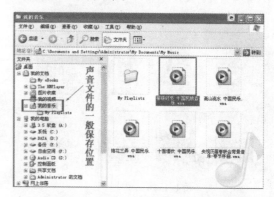

图4-1-13 文件夹中的声音文件

六、运用网络技术查找并下载有效的图像信息

1.打开IE浏览器,输入网页地址http://www.google.cn/,进入谷歌网站,如图4-1-14所示。

图4-1-14 谷歌网站

2.单击"图片"项,进入谷歌的图片搜索网页,输入关键字"春节扫尘",单击"搜索图片"按键,如图4-1-15所示。

图4-1-15 输入关键字

3. 进入与关键字相关的图片列表网页，查找需要的图片，如图4-1-16所示。

图4-1-16 图片列表

图4-1-17 保存图片命令

4. 依照网页上给出的图片相关信息选择适当的图片，单击后打开该图片，然后单击右键，在打开的快捷菜单中执行"图片另存为"命令，保存图片，如图4-1-17所示。

5. 使用同样的方法查找并下载另外七个与春节习俗相关的图片，并保存在"我的文档\图片收藏\春节"文件夹中，如图4-1-18所示。

图4-1-18 文件夹中的图片文件

知识链接

一、常用声音文件格式

1. WAV文件：波形（wav）文件是Windows存放数字声音的标准格式，也是一种未经压缩的音频数据文件，文件体积较大，可用于编辑，不适合在网络上传播。图4-1-19是通过录音机软件录制的声音波形。

2. WMA文件：Windows Media Audio文件是微软公司新发布的一种音频压缩格式，其采样频率范围宽、有版权保护、数据量小且不

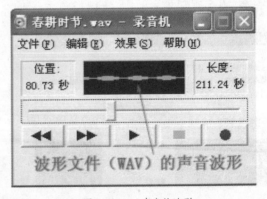

图4-1-19 声音的波形

失真，非常适合放在网络上即时收听。图4-1-20是在百度上搜索到的同一首歌曲的列表。

	歌曲名	歌手名	专辑名	试听	歌词	铃声	大小	格式	链接速度
1	你们的爱 radio	周笔畅	你们的爱	试听			2.1 M	wma	
2	你们的爱	周笔畅	你们的爱	试听			2.1 M	wma	
3	你们的爱	周笔畅	你们的爱	试听			2.1 M	wma	
4	你们的爱	周笔畅	你们的爱	试听			6.2 M	mp3	
5	你们的爱	周笔畅	你们的爱	试听			6.2 M	mp3	
6	你们的爱	周笔畅	你们的爱	试听			2.1 M	wma	
7	你们的爱	周笔畅	你们的爱	试听			2.1 M	wma	
8	你们的爱	周笔畅	你们的爱	试听			2.1 M	wma	

图4-1-20　歌曲列表

3. MP3文件：MP3（MPEG Audio Layer3）文件的压缩程度高，音质好，文件体积小，适合保存在携带式个人数码设备中播放。以图4-1-21为同一首乐曲的不同文件格式比较，关键是当我们分别打开它们进行欣赏时，不会感觉有什么大的不同。图4-1-22是几种常见的携带式个人数码设备。

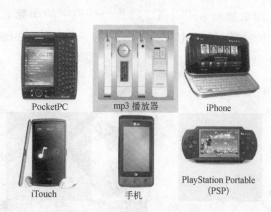

春耕时节.wav　36,391 KB　波形声音
春耕时节.mp3　1,445 KB　MP3 格式声音
春耕时节.wma　870 KB　Windows Media 音频文件

三种音频格式文件大小比

wav:mp3:wma ≈ 42:17:1

图4-1-21　不同文件格式比较

PocketPC　　mp3 播放器　　iPhone

iTouch　　手机

PlayStation Portable (PSP)

图4-1-22　常见携带式个人数码设备

4. MIDI文件：乐器数字接口（Musical Instrument Digital Interface ,MIDI）文件，在很多流行的游戏、娱乐软件中都被广泛应用。由于它并不取自对自然声音采样，而是记录演奏乐器的全部动作过程，如音色、音符、延时、音量、力度等信息，因此数据量很小。图4-1-23是MIDI制作设备及与计算机连接方法的示意图（请参照http：//baike.baidu.com/view/7969.htm）。

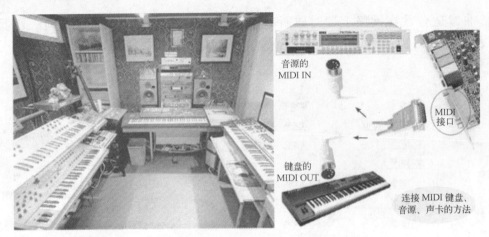

图 4-1-23 连接 MIDI 的示意图

二、利用多种渠道获取多媒体信息的方法

用计算机获取信息是指将数字化的信息以文件的形式保存到某一存储介质上,以下介绍几种常用的多媒体信息获取方法与技术。

1. 上网查找并下载:因特网可以说是一个信息的海洋,从中我们可以获取大量的信息,但首先应该通过搜索找到我们所需要的信息。在本活动中,我们就是通过两个著名的搜索信息的网站——谷歌和百度来获取声音与图像信息的。

2. 用数码相机获取图像信息:数码相机又称DC(Digital Camera),是一种获取数字图像信息的常用设备。将数码相机中的图像信息保存到计算机中的方法有很多,图4-1-24所示的是使用USB接口连接的方法(请参照http://baike.baidu.com/view/13650.htm)。

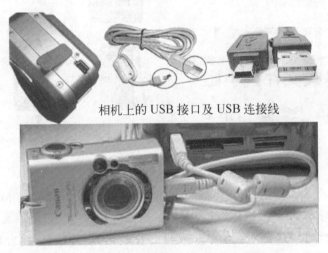

相机上的 USB 接口及 USB 连接线

数码相机与计算机的 USB 连接

图 4-1-24 数码相机与计算机连接

3. 用扫描仪获取图像信息: 扫描仪是一种计算机获取图像信息的外部仪器设备, 不但可以捕获传统的平面图像, 有的甚至能捕获三维实物对象的图像。图4-1-25所示分别是常见的滚筒式扫描仪、平面扫描仪及笔式扫描仪 (请参照http: //baike.baidu.com/view/7818.htm)。

4. 用数码摄像机获取视频信息: 数码摄像机又称DV (Digital Video), 是一种获取数字视频信息的常用设备。将DV中数字视频导入到计算机内编辑, 通常需要一块视频捕捉卡 (比如IEEE 1394接口卡), 并在专门的视频编辑软件下才能进行。图4-1-26表示DV与计算机的连接方法 (请参照http: //baike.baidu.com/view/5529.htm)。

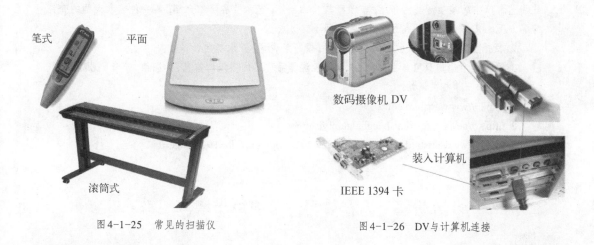

图4-1-25　常见的扫描仪　　　　　　图4-1-26　DV与计算机连接

5. 用录音笔获取声音信息: 数码录音笔 (Recording) 通过对模拟信号的采样、编码将模拟信号转换为数字信号, 并进行一定的压缩后进行存储。如图4-1-27所示。

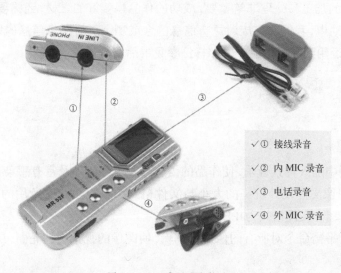

√① 接线录音

√② 内 MIC 录音

√③ 电话录音

√④ 外 MIC 录音

图4-1-27　常见录音笔说明

自主实践活动

　　城市经济社会的快速发展，总是对文化提出更高的要求。中国上海国际艺术节作为这座东方国际大都市乃至中国文化的一张名片，正以独特的文化魅力，日益显示引领作用。中国上海国际艺术节每年举办一届，首届于1999年11月1日至12月1日在上海举行。历年的活动内容包括舞台艺术演出、文化艺术展览、群众文化活动和各类演出交易等。参照本活动完成以下要求：

　　1. 以中国上海国际艺术节为背景，设计一个数码影视作品的主题与内容。

　　提示：① 主题鲜明且有针对性，如历届艺术节的简介，包括时间、特色及有代表性的节目等；某届艺术节中的某项活动的介绍；节徽征集作品欣赏；艺术节各场馆介绍；某一位艺术大师的介绍等等方面。② 作品内容不宜过多，影片时间不宜过长。

　　2. 根据主题与内容，查找相关文字资料，撰写解说词，并录制在计算机内。

　　3. 通过各种渠道获取与主题相关的、能表现作品内容的多媒体信息，如图像、声音、视频等。

　　附：以下三个相关网站：

　　1. http://www.artsbird.com/

　　2. http://news.szxq.com/shanghaiguojiyishujie/

　　3. http://www.artsbird.com/newweb/viewdir1_2006.php?db=191&page=1

活动二　为春节习俗影视短片增色添彩

活动要求

　　从各种渠道获取的信息素材称为原始素材，原始素材通常不能被直接使用，必须通过重新编辑处理后才能被运用到作品中，为表达作品的主题服务。

　　因此信息的加工和处理非常重要，成功的作品需要好的素材，还需要精心的编辑处理。在本次活动中，我们将完成对声音信息的合成加工及对图像信息的编辑处理，使它们能更好地被运用到影视作品中去。样例参见书后所附光盘。

活动分析

一、活动计划

　　1. 在解说词中加入背景音乐，使作品的语音部分更加生动及富有感染力。

　　2. 为所有图像文件设计统一的大小与文件格式。影视短片中所用的图像大小一般为640像素×480像素，文件格式为JPEG。

　　3. 使用自动平衡命令对所有图像进行编辑，使图像的视觉更加亮丽，层次更加丰富，色彩更加鲜艳。

　　4. 使用清晰或柔化效果，使图像更加清晰或柔和。

5. 使用艺术化滤镜为图像添加纹理。

二、相关技能

1. 使用录音机软件对WAV声音文件进行增音、降音及混音等简单编辑。

2. 使用Microsoft Photo Editor软件改变图像的大小与格式。

3. 用Microsoft Photo Editor软件编辑图像的亮度、对比度和灰度。

4. 使用滤镜功能为图像添加清晰、浮雕和纹理等艺术效果。

5. 知道目前常用的一些多媒体文档（图形图像）的格式。

6. 了解利用多种软件编辑图形图像文件的方法。

方法与步骤

一、在解说词中加入背景音乐

1. 使用录音机软件分别打开声音素材文件夹中的"春耕时节.wav"和"旁白.wav"文件，如图4-2-1所示。

2. 在两个录音机上分别按"播放"按键，同时播放这两个声音文件。然后执行"效果"→"加大音量"命令或执行"效果"→"降低音量"命令，使解说声音与背景声

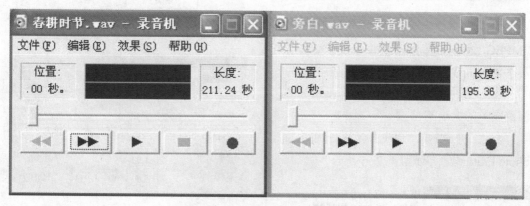

图4-2-1　用录音机打开二个声音文件

音相匹配，如图4-2-2所示。

3. 声音音量调整完成后，保存并关闭"春耕时节.wav"文件。接着在"旁白.wav"文件中执行"编辑"→"与文件混音"命令，将"春耕时节.wav"文件与其合成在一起，如图4-2-3所示。保存文件。

4. 执行"文件"→"另存为"命令，单击对话框底部的"更改"按钮，在新的"声音选定"对话框中将文件格式设置为

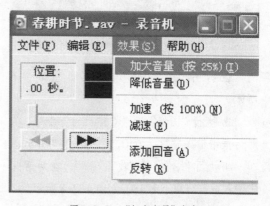

图4-2-2　"加大音量"命令

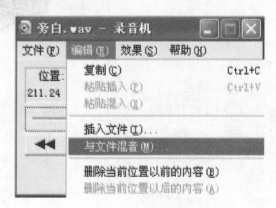

图 4-2-3　"混音"命令

图 4-2-4　"声音选定"对话框

"MPEG Layer-3"，如图 4-2-4 所示。最后用"旁白.mp3"文件名保存文件。

二、使用 Microsoft Photo Editor 软件改变图像的大小与格式

1. 在"开始"菜单中找到并执行 Microsoft Photo Editor 软件，如图 4-2-5 所示。

图 4-2-5　打开"Microsoft Photo Editor"程序

2. 打开"拜年.jpg"文件，如图 4-2-6 所示。

3. 执行"图像"→"调整尺寸"命令，在对话框中输入宽度为 640，如图 4-2-7 所示。

4. 执行"图像"→"裁剪"命令，在对话框中输入裁剪边距下为 480，如图 4-2-8 所示。

5. 执行"文件"→"另存为"命令，在

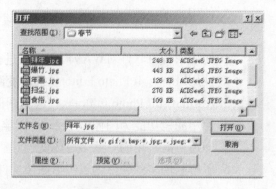

图 4-2-6　"打开"对话框

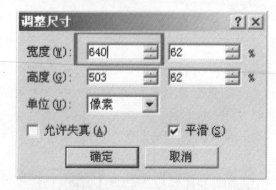

图 4-2-7　"调整尺寸"对话框

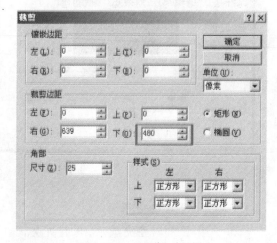

图 4-2-8　"裁剪"对话框

对话框中选择保存类型为 JPEG 格式，如图 4-2-9 所示。同样用这种方法编辑其他图像，统一图像大小与格式。

三、用 Microsoft Photo Editor 软件编辑图像效果

1. 打开"年画.jpg"文件，执行"图像"

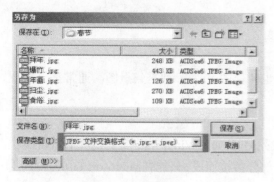

图4-2-9 "另存为"对话框

图4-2-10 自动平衡前后效果对比

→"自动平衡"命令,如图4-2-10是图像自动平衡前后的效果对比。然后保存文件,并将其他图像文件分别进行自动平衡处理。

2. 打开"爆竹.jpg"文件,执行"图像"→"平衡"命令,在对话框中对"亮度"、"对比度"及"灰度系数"进行适当的设置,如图4-2-11所示。

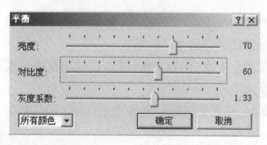

图4-2-11 "平衡"对话框

3. 打开"守岁.jpg"文件,执行"效果"→"清晰"命令,在对话框中调整"强度"为6,如图4-2-12所示。

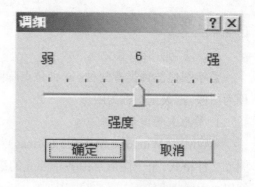

图4-2-12 "调细"对话框

4. 打开"贴窗花.jpg"文件,执行"效果"→"浮雕"命令,在对话框中调整"浮雕刻度"为5,如图4-2-13所示。

图4-2-13 "浮雕"对话框

5. 打开"拜年.jpg"文件,执行"效果"→"纹理化"命令,在对话框中设置"类型"为画布,并适当设置其他各参数,如图4-2-14所示。

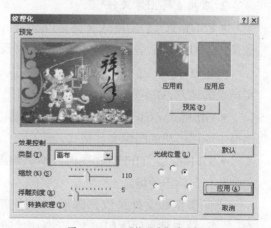

图4-2-14 "纹理化"对话框

知识链接

一、常用图形图像文件格式

数字图像的种类有两种：一种是点阵图（也叫位图）；另一种是矢量图。通常把点阵图称为图像，把矢量图称为图形。

1. 常用矢量图形文件

● WMF（Windows Metafile Format）格式是Microsoft Windows中常见的一种Win16位图元文件格式，整个图形常由各个独立的组成部分拼接而成，只能在Microsoft Office中调用编辑。

● EMF（Enhanced MetaFile）格式是由Microsoft公司开发的Windows 32位扩展图元文件格式。弥补了wmf文件格式的不足，使得图元文件更加易于使用。

● SWF（Shockwave Format）格式是用Flash制作出的动画文件，这种格式的动画图像能够用比较小的体积来表现丰富的多媒体形式，已被大量应用于WEB网页进行多媒体演示与交互性设计。

矢量类图像文件是以数学方法描述的一种由几何元素组成的图形图像，其特点是文件量小，并且任意缩放也不会改变图像质量，适合描述图形，如图4-2-15所示。

放大后　　　　　　　　　　放大前

图4-2-15　矢量图放大前后比较

2. 常用点阵图像文件

● PSD格式：PSD格式文件是Photoshop软件专用的图像文件格式，是唯一支持所有图像模式、图层效果、各种通道、调节图层以及路径等图像信息的文件格式。

● JPEG格式：这种格式的图像容量小，表现颜色丰富、内容细腻，通常被使用在描绘真实场景的地方，如多媒体软件或网页中的照片等。

● GIF格式：GIF格式的特点是图像容量极小，并且支持帧动画和透明区域，是一个在网络中应用广泛的图像文件格式。

● TIFF格式：TIFF格式图像以不影响图像品质的方式进行图像压缩，特别适用于传统印刷和打印输出的场合。

点阵类图像文件是以点阵形式描述图形图像，其特点是能真实细腻地反映图片的层次、色彩，缺点是文件体积较大，适合描述照片，如图4-2-16所示。

放大后　　　　　　　　　放大前

图4-2-16　点阵图放大前后比较

二、利用多种软件编辑图形图像文件的方法

目前编辑图形图像文件的软件有很多，以下介绍几种较常用的计算机编辑图形图像文件的软件。

1. Microsoft Photo Editor：这是一款Microsoft Office的图片处理组件，功能简捷，操作方便，速度很快，在安装office时可以选择安装。本教材介绍的就是这款图像处理软件，如图4-2-17所示。

图4-2-17　"Microsoft Photo Editor"软件　图4-2-18　ACDSee软件　　图4-2-19　Adobe Photoshop软件

2. ACDSee：是目前最流行的数字图像管理软件之一，它能广泛应用于图片的获取、管理、浏览、优化甚至和他人的分享，且是一款重量级的看图软件，能快速、高效显示图片，如图4-2-18所示。

3. Adobe Photoshop：是Adobe公司开发的专业图像处理软件，它的功能完善，性能稳定，使用方便，所以几乎是所有的广告、出版、软件公司首选的平面工具，如图4-2-19所示。

 **自主实践活动**

根据活动一所设计的作品主题及内容，参照本活动方法对多媒体素材文件进行修改与编辑，使得它们能够更好地展现主题，为充分表现主题服务。

1. 为录制好的解说词添加一个背景音乐。

2. 将所有图像文件的格式设置为JPEG，大小设置为640像素×480像素。

3. 为图像制作适当的艺术效果（如清晰、浮雕和纹理等艺术效果）。

活动三　精彩影视——完成影片制作

活动要求

多媒体信息的形式是丰富多彩的，有图片、音乐、动画、视频等，如何将这些素材整合在一起成为能表达主题思想的作品呢？本活动我们将利用Windows Movie Maker软件，把前面收集和编辑好的各种多媒体素材合成在一部四分钟左右的数字电影短片中，完成春节习俗短片的全部制作。活动样例参见书后所附光盘。

活动分析

一、活动计划

1. 首先初步认识Windows Movie Maker软件操作界面，导入声音、图像和视频等多媒体素材。

2. 为影片添加片头和片尾。

3. 在"时间线"上编辑影片，如对视频进行剪辑，让声音淡出等。

4. 为影片加上各种效果与过渡，并调整图像的播放时间使声音与图像同步。

5. 保存与共享电影作品。

二、相关技能

1. 初步认识Windows Movie Maker软件操作界面。

2. 导入声音、图像和视频等多媒体素材，并在"时间线"上编辑。

3. 为影片加上各种视频效果与过渡。

4. 保存与共享电影作品。

5. 知道目前常用的一些多媒体文档（视频）的格式。

6. 了解利用Windows Movie Maker软件保存不同视频格式的方法。

方法与步骤

一、初识软件操作界面，导入多媒体素材

1. 在"开始"菜单中找到并打开Windows Movie Maker软件，如图4-3-1所示。

2. 在"任务区"中使用导入命令，导入素材中的图像、音频和视频素材，如图4-3-2所示。

图4-3-1　Windows Movie Maker软件界面

图4-3-2 导入后的表材列表

3. 以"春节"为文件名保存项目文件"春节.MSWMM",如图4-3-3所示。

图4-3-3 保存文件

4. 执行"工具"→"选项"命令,单击对话框中"高级"选项卡,对各选项进行适当设置,如图4-3-4所示。

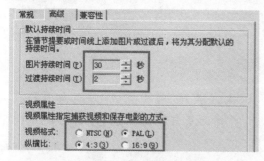

图4-3-4 "高级选项"对话框

5. 将视频文件"春节.avi"拖入至情节编辑区的第一个情节框中,然后按解说词中的解说顺序将图像文件依次放入到以后的各情节框中,如图4-3-5所示。

图4-3-5 情节提要中的情节框

二、为影片添加片头和片尾

1. 在"任务区"中使用"制作片头或片尾"命令,出现下一组选项,选择第一项"在电影开头添加片头",如图4-3-6所示。

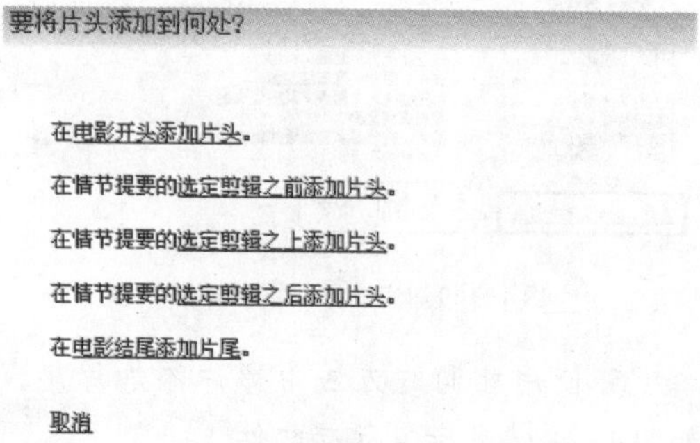

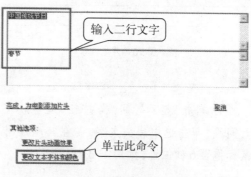

图4-3-6 制作片头或片尾选项

2. 在文本框中输入"中国传统节日"和"春节"二行文字,单击"更改文本字体和颜色"命令,如图4-3-7所示。

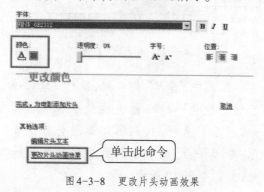

图4-3-7 更改文本字体和颜色

3. 更改背景和字体颜色为红色与黄色,选择适当字体与字号,单击"更改片头动画效果"命令,如图4-3-8所示。

图4-3-8 更改片头动画效果

4. 选择一种满意的片头二行动画效果，单击"完成为电影添加片头"命令，如图4-3-9所示。

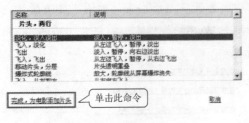

图4-3-9 完成添加片头任务

5. 使用相同的方法为影片添加片尾，如图4-3-10所示。保存文件。

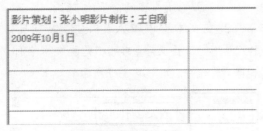

图4-3-10 片尾内容

三、在"时间线"上编辑影片

1. 单击"显示时间线"按钮，适当放大时间线，单击选中片头文字，并在其尾部用鼠标拖至6秒位置，如图4-3-11所示。

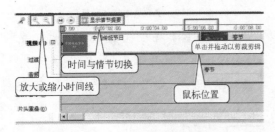

图4-3-11 时间线中的操作

2. 选中"春节"的音频，执行"剪辑→音频→静音"命令，除去视频中的声音部分，然后将素材"央视历届春联会背景音乐-春节序曲"文件加入到音频线的开始处，如图4-3-12所示。

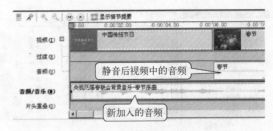

图4-3-12 添加音频

3. 选中新加入的音频，定位时间线于20秒的位置，执行"剪辑→拆分"命令，如图4-3-13所示，按［Delete］键删除被拆分的后半部分音频。对前半部分执行"剪辑/音频→淡出"命令。

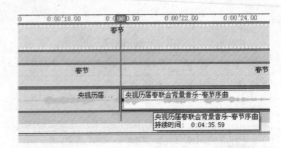

图4-3-13 拆分音频

4. 将素材"旁白完成"文件加入到其后，并拖动至与其部分重叠，如图4-3-14所示。

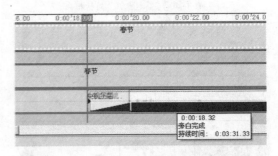

图4-3-14 添加音频

5. 使用以上"拆分"的方法将50秒以后的"春节"视频删除，如图4-3-15所示。保存文件。

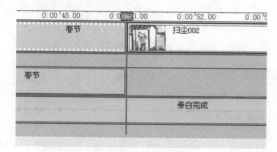

图 4-3-15　拆分视频

四、加入效果与过渡，并调整图像的播放时间使声音与图像同步

1. 切换到"情节提要"编辑状态，适当加入视频效果与视频过渡，如图 4-3-16 所示。视频效果不需要全部都加，而视频过渡需加全。

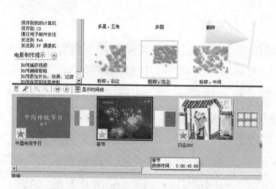

图 4-3-16　添加视频的效果与过渡

2. 切换回到"时间线"编辑状态，播放影片，当旁白解说到了某一习俗时候，暂停播放，并将图像的尾部拖动到该时间位置点上，以使图像与声音同步，如图 4-3-17 所示。

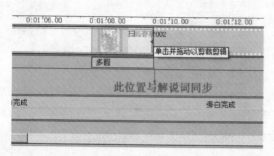

图 4-3-17　使图像与声音同步

3. 参照图 4-3-6，选择第三项"在时间线中的选定剪辑之上添加片头"。输入文字"1. 扫尘"，如图 4-3-18 所示。用同样方法为其他七张图像加上相应的片头重叠文字。

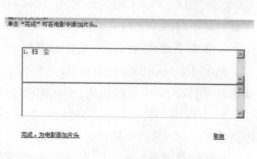

图 4-3-18　添加片头重叠文字

4. 在"任务区"中执行"保存到我的计算机"命令，在"保存电影向导"对话框中输入电影文件名和保存位置，如图 4-3-19 所示。

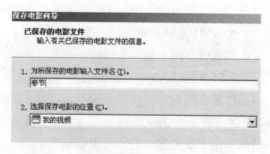

图 4-3-19　保存电影

5. 在下一步的电影设置中选择第一项，如图 4-3-20 所示。按"下一步"自动生成电影文件。

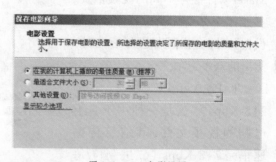

图 4-3-20　电影设置

一、常用数字视频文件格式

数字视频文件格式的种类有很多,可分成两大类:多媒体的视频编码格式,如AVI、MOV、MPEG等格式;流媒体的视频编码格式,如RM、WMV、3GP、FLV等格式,其主要特点是只要下载部分文件就可播放,特别适合在线观看影视。

1. 常用多媒体的视频编码格式文件

● AVI(Audio Video Interleaved)格式于1992年被Microsoft公司推出,其优点是图像质量好,可以跨多个平台使用,但压缩标准不统一,需下载相应的解码器来播放。

● MOV格式是从Apple移植过来的视频文件格式,它具有跨平台、存储空间小的特点,画面效果较AVI格式要稍微好一些。

● DAT格式是MPEG-1 技术应用在VCD 的制作上的视频文件,其优点是压缩率高,图像质量较好,一张VCD盘上可存放大约60分钟长的影像。

● VOB格式是MPEG-2 技术应用在DVD 的制作上的视频文件,其图像清晰度极高,60分钟长的电影大约有4GB大小。

2. 常用流媒体的视频编码格式文件

● RM格式是Real公司首创的流媒体视频文件,避免了等待整个文件全部下载完毕才能播放观看的缺点,因而特别适合在线观看影视,同时具有小体积而又比较清晰的特点。

● WMV是微软推出的一种流媒体格式,在同等视频质量下,WMV格式的体积非常小,因此很适合在网上播放和传输。利用Windows Movie Maker软件就可以制作这种视频文件。

● FLV是FLASH VIDEO的简称,是一种新的视频格式,它的文件极小,加载速度极快,目前许多在线视频网站均采用此视频格式,FLV已经成为当前视频文件的主流格式。

● 3GP是由QuikTime公司发布,主要是为了配合3G网络的高传输速度而开发的,也是目前手机中最为常见的一种视频格式。

二、利用Windows Movie Maker 软件保存不同视频格式的方法

根据视频文件用途的不同,我们可以利用Windows Movie Maker软件保存不同的视频格式。参照图4-3-20,当选择了"其他设置"时,会出现如图4-3-21所给出的众多选项。

1. Pocket PC 视频(全屏 218 Kbps):这是一种用于掌上电脑的视频文件,其信息传输速率是218 Kbps(二进制位/每

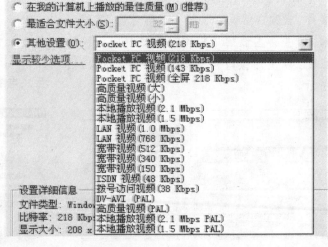

图4-3-21 各种视频格式列表

秒），图像大小是320×240像素，每秒播放15帧的画面，文件大小大约是6.44MB，如图4-3-22所示。

设置详细信息
文件类型：Windows Media Video (WMV)
比特率：218 Kbps
显示大小：320 x 240 像素
纵横比：4:3
每秒帧数：15

电影文件大小
估计的所需空间：
6.44 MB

驱动器 C：上估计的可用磁盘空间
3.56 GB

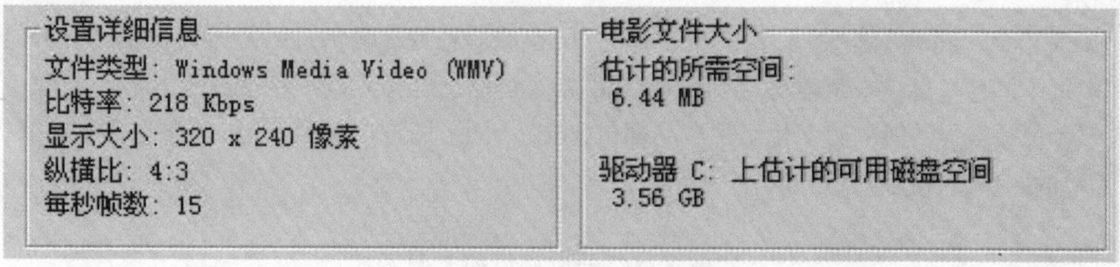

图4-3-22　视频文件详细信息

2. 本地播放视频（2.1 Mbps）：用于存放到硬盘中播放的视频文件，其图像大小是640×480像素，每秒播放25帧的画面，文件大小大约是59.34 MB。

3. 宽带视频（512 Kbps）：适用于512 kbps宽带上网用户观看的视频文件，图像大小是320×240像素，每秒播放25帧的画面，文件大小大约是14.95 MB，如图4-3-22所示。

自主实践活动

根据活动一所设计的作品主题及内容，参照本活动方法对多媒体素材进行合成与保存，要求：

1. 将各种素材制作成一个名为"上海国际艺术节.wmv"的视频文件，长度在5分钟之内。

2. 影片要用声音、图像、文字等多种形式来表达主题。

3. 影片中的解说词要与相关图像同步。

归纳与小结

　　随着信息科技的不断发展,计算机处理信息、存储信息及传输信息的能力突飞猛进,使计算机处理多媒体信息变得越来越容易,从而数字化的影视产品已经深入到了包括宣传、娱乐、教育、商业广告等各种领域。一般的数字化影视产品都包含文字、图形图像、动画、声音、视频等多种多媒体元素,简单的制作过程也应该是如下图所示。

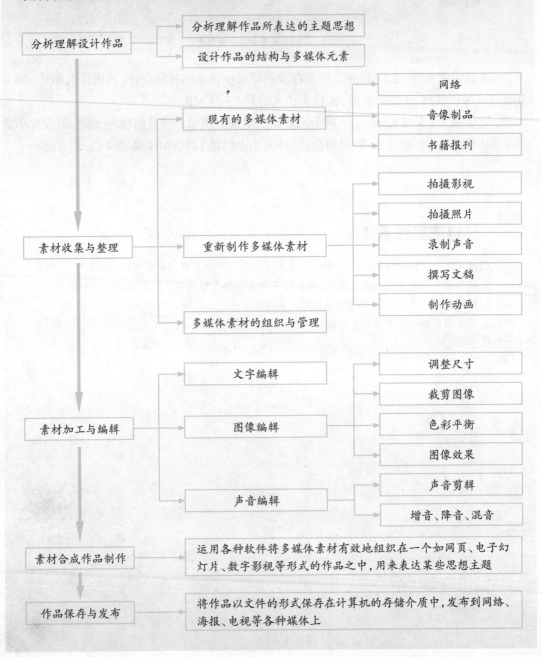

综合活动与评估　建国60周年国庆宣传展板制作

活动要求

　　在祖国60周年华诞的日子里，举国欢庆，我们自豪，我们骄傲，我们为有一个坚强的祖国而歌唱。六十年，在历史的长河中只是一个涟漪，但对于一个国家来说，这六十年却是一部伟大的崛起发展的历史，在经历走过来的数次磨砺后，祖国以其坚强不屈的脊梁高高屹立在世界的东方。为了这样一个值得纪念的节日，我们班级的同学准备开展一次"迎国庆，爱祖国"的活动。同学们首先想要制作一块展板来宣传祖国国庆节的历史，让更多的同学来了解国庆节的由来、意义及其他相关知识。

活动分析

　　1. 小组合作讨论展板的主题、构图、主色彩及运用哪些软件。

　　2. 明确并收集展板设计中所要用到的文字、图像素材。

　　3. 根据所得到的各种原始素材进行整理，合理设计版面，培养合理布局与整理信息的能力。

　　4. 使用图像编辑软件对图像素材进行适当处理，培养运用图像处理软件处理信息的能力。

　　5. 对所得到的文字和图像进行合成，在合成的过程中要合理布局，培养使用文字处理软件进行版面设计的能力，创作出主题突出、结构新颖、视觉效果良好的展板作品。

方法与步骤

一、讨论

1. 确定小组成员

姓　　　名	特　　　长	分　　工

2. 确定小组的研究主题

要制作这样一个展板需要得到哪些有关的素材（文字和图像）?

根据讨论的结果，各小组结合组内同学的兴趣等来确定小组各成员应完成哪方面的工作?

二、有关数据的处理

小组合作，可从不同的网站去获取与

主题相关的数据,通过整理、编辑、合成等步骤来完成本项任务。

1. 参考优秀的展板,设计本项目展板的结构、色彩等版面。

可以通过搜索引擎查找参考相关资源信息。

2. 获取各方面的图像素材。

通过数码相机获取的图像素材:_____
_____。

通过扫描仪获取的图像素材:_____
_____。

通过不同网站获取的图像素材:_____
_____。

3. 图像素材的处理。

利用所学的各种图像处理软件对原始的图像素材进行适当的处理加工。

4. 综合所得到的文字和图像素材,利用文字处理软件设计展板的版面。

评 估

一、综合活动的评估

根据综合实践活动,完成下面的综合活动评估表,先在小组范围内学生自我评估,再由教师对学生进行评估。

综合活动评估表

学生姓名:_____   日期:_____

学 习 目 标		自 评		教师评	
		继续学习	已掌握	继续学习	已掌握
1. 网上获取和筛选信息的能力	使用搜索引擎查找信息				
	根据网址浏览和获取信息				
2. 通过数码相机获取图像素材的能力					
3. 通过扫描仪获取图像素材的能力					
4. 综合学科的能力					
5. 恰当选择图像处理工具的能力					
6. 图像文件的管理和组织	工作界面的认识				
	查看与浏览				
	图像的管理				
	图像的查找				
	图像的查看				
7. 图像的处理	图像的裁剪				
	图像大小设置				
	亮度、对比度和灰度调整				
	图像的修饰(艺术效果)				

学　习　目　标		自　评		教师评	
		继续学习	已掌握	继续学习	已掌握
8. 根据实际需要，选择恰当的图像处理软件					
9. 综合处理文字处理软件的使用					
10. 版式设计，合理布局					
11. 文本的格式化	字体的格式化				
	段落的格式化				
	文本框的使用				
	绘图工具栏的使用				
	表格的使用				

二、整个项目的评估

复习整个项目的学习内容，完成下面的学习评估表。

整个项目学生学习评估表

学生姓名：＿＿＿＿＿＿＿

在整个项目的所有活动中喜爱的活动：＿＿＿＿＿＿＿＿＿＿＿

1. 在你完成的各个作品（声音、视频、文字、图像）中最喜欢的一件作品是什么？为什么？

＿＿＿＿＿＿＿＿＿＿＿＿＿＿＿＿＿＿＿＿＿＿＿＿＿＿＿＿＿＿＿＿＿＿＿＿

＿＿＿＿＿＿＿＿＿＿＿＿＿＿＿＿＿＿＿＿＿＿＿＿＿＿＿＿＿＿＿＿＿＿＿＿

＿＿＿＿＿＿＿＿＿＿＿＿＿＿＿＿＿＿＿＿＿＿＿＿＿＿＿＿＿＿＿＿＿＿＿＿

2. 这个学习活动包括以下哪些技术领域，请选择：

☐ 电子表格　　　　☐ 文字处理　　　　☐ 图像处理

☐ 因特网　　　　　☐ 程序设计　　　　☐ 数据库

☐ 多媒体演示文稿　☐ 网页制作　　　　☐ 文件下载

3. 为了完成这个活动，自己所必须学习的哪项技能最有挑战性？为什么？

＿＿＿＿＿＿＿＿＿＿＿＿＿＿＿＿＿＿＿＿＿＿＿＿＿＿＿＿＿＿＿＿＿＿＿＿

＿＿＿＿＿＿＿＿＿＿＿＿＿＿＿＿＿＿＿＿＿＿＿＿＿＿＿＿＿＿＿＿＿＿＿＿

＿＿＿＿＿＿＿＿＿＿＿＿＿＿＿＿＿＿＿＿＿＿＿＿＿＿＿＿＿＿＿＿＿＿＿＿

4. 为了完成这个活动，自己所必须学习的哪项技能最有趣？为什么？

＿＿＿＿＿＿＿＿＿＿＿＿＿＿＿＿＿＿＿＿＿＿＿＿＿＿＿＿＿＿＿＿＿＿＿＿

＿＿＿＿＿＿＿＿＿＿＿＿＿＿＿＿＿＿＿＿＿＿＿＿＿＿＿＿＿＿＿＿＿＿＿＿

＿＿＿＿＿＿＿＿＿＿＿＿＿＿＿＿＿＿＿＿＿＿＿＿＿＿＿＿＿＿＿＿＿＿＿＿

5. 为了完成这个活动，自己所必须学习的哪项技能最有用？为什么？

＿＿＿＿＿＿＿＿＿＿＿＿＿＿＿＿＿＿＿＿＿＿＿＿＿＿＿＿＿＿＿＿＿＿＿＿

＿＿＿＿＿＿＿＿＿＿＿＿＿＿＿＿＿＿＿＿＿＿＿＿＿＿＿＿＿＿＿＿＿＿＿＿

（续　表）

6. 比较图像处理软件、文字处理软件,它们各使用哪几方面的信息处理?

7. 请举例说明在什么情况下使用文字处理软件? 在什么情况下使用图像管理和图像处理软件?

8. 请举例说明在什么情况下需要综合使用不同信息处理软件来解决问题?

项目五　演示文稿

——节能减排宣传演示文稿的制作

情景描述

　　地球在呻吟,原本绿色的土地被黄沙吞没,原本清澈的河流被污水染黑,原本蔚蓝的天空不再蓝,原本清新的空气不再清……是什么原因使我们地球得了重病呢? 是生态的破坏和环境污染。看看我们现在的地球,正是由于人们疯狂地进行着资源的摄取,森林被砍伐了,湿地被围垦了,加上空气和水源受到污染,生态环境遭到空前的破坏,人类是要为这种行为导致的后果承担责任的!

　　生态环境保护不仅包括野生动物、森林保护、防止大气和水的污染这样一些大事,也包括我们周围生活中无处不在的各种小事,当看到水龙头在滴水时是不是能够举手关上呢? 当购物时能不能不使用塑料袋呢? 一件件小事虽然不起眼,却是一种值得提倡的、光荣的行为。节能减排从我做起。

活动一　"地球在呻吟"宣传演示文稿的制作

活动要求与样例

　　地球在呻吟:飓风、洪涝、旱灾,种种极端气候反应就是证明; 大自然在呻吟:地球上的物种正在以惊人的速度消失。要彻底医治好地球的伤痛,必须要有每一个地球公民的参与和行动,这是责任,更是义务。因此,人人参与,节能减排,势在必行。小丁同学作为社区节能减排的宣传员,他要制作一份多媒体演示文稿宣传为什么要节能减排。样例见图5-1-1。

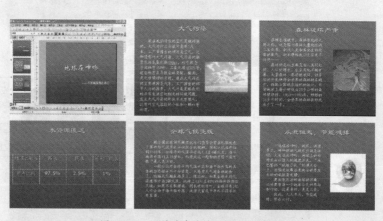

图5-1-1　"地球在呻吟"演示文稿样例

活动分析

一、活动计划

PowerPoint是制作多媒体演示材料的常用软件,活动中我们通过逐张建立演示页面,制作一份快速简易的宣传文稿,从而掌握制作宣传文稿的基本方法。能运用幻灯片应用设计模板,并在各页面中插入文字、图片、表格等资料,从而完成一份最简单的幻灯片作品。

二、相关技能

1. 新建PowerPoint文件。

2. 设计模板的应用。

3. 插入幻灯片。

4. 插入文本框。

5. 项目符号的使用。

6. 插入图片。

7. 插入表格。

8. 保存PPT文件。

方法与步骤

一、准备工作

仔细阅读所给素材,了解我们要节能减排的原因,找出重点内容,为制作演示文稿做好准备。

二、新建PPT文档

运行Microsoft PowerPoint,新建一个空白演示文稿。

三、应用幻灯片设计模板

在"格式"菜单选择"幻灯片设计",打开"幻灯片设计"任务窗格,选择自己喜爱风格的模板如图5-1-2所示。

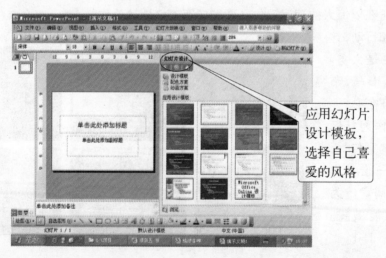

图5-1-2 "应用设计模板"任务窗格

四、插入幻灯片

选择菜单"插入"→"新幻灯片",在演示文稿中插入新的幻灯片。共六张幻灯片,如图5-1-3所示。

新插入5张幻灯片,共6张

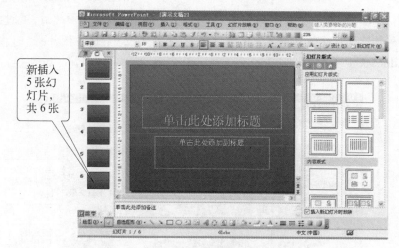

图5-1-3 插入新幻灯片

五、输入标题和副标题

选择第一张幻灯片,添加"标题"和"副标题"。在本题中"标题"为"地球在呻吟","副标题"为"节能减排势在必行"。

提 醒

如果在幻灯片编辑窗口没有出现文本框,可以通过工具栏中的文本框按钮,或者单击菜单"插入"→"文本框"选项,在窗口中先拖拉出一个文本框,然后输入标题内容,如图5-1-4所示。

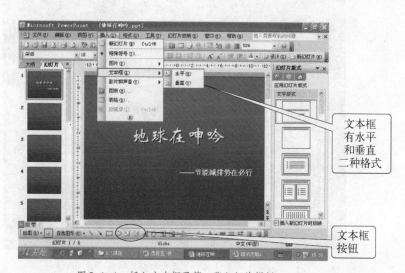

文本框有水平和垂直二种格式

文本框按钮

图5-1-4 插入文本框及第一张幻灯片样例

六、制作第二张幻灯片

1. 输入标题: 重复步骤4, 在第一个文本框中输入第二张幻灯片的标题"大气污染"。

2. 输入内容: 在第二个文本框输入内容, 或者在素材中查找相应的内容(素材为"大气污染.doc"), 复制并粘贴入PPT中, 设置相应的文字格式(字体、字号等)。

3. 插入图片: 单击菜单"插入"→"图片"→"来自文件", 选择素材盘中提供的图片(air.jpg), 插入图片后, 通过拖曳图片, 改变图片位置; 选中图片; 通过拖动图片的控制点, 改变图片大小, 如图5-1-5所示。

图 5-1-5　第二张幻灯片样例

七、参考步骤五,完成第三张幻灯片

的制作如图5-1-6所示。

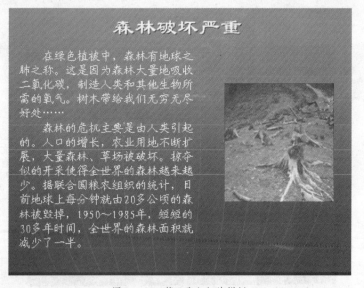

图 5-1-6　第三张幻灯片样例

八、制作第四张幻灯片

1. 输入标题：参考上述操作，输入第四张幻灯片的标题："水资源匮乏"。

2. 插入表格：单击菜单"插入"→"表格"选项，设置"2行4列"，在表格中输入从素材中提取的相应内容，如图5-1-7。并适当调整表格的行高与列宽。还可以选中表格后，通过鼠标右键选择"边框和填充"选项对表格进行格式设置，如图5-1-8。

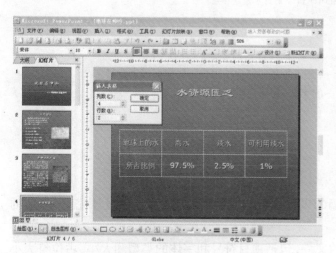

图5-1-7　插入表格菜单及第四张幻灯片样例

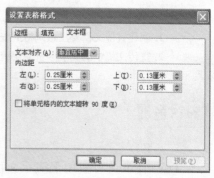

图5-1-8　设置表格格式窗口

九、参考以上操作，完成最后两张幻灯片的制作。

最后两张幻灯片样例如图5-1-9和图5-1-10，然后可以点击放映按钮进行浏览，如图5-1-11所示。

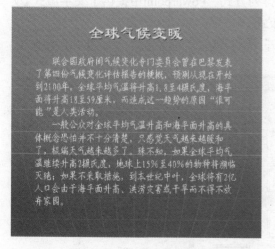

图5-1-9　第五张幻灯片样例

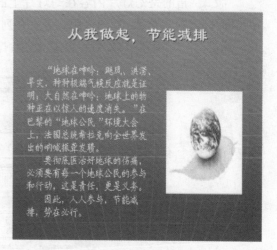

图5-1-10　第六张幻灯片样例

十、保存文件

单击菜单"文件"→"另存为…"，输入文件名"地球在呻吟"，保存类型为演示文稿（＊.ppt）。

图 5-1-11　幻灯片放映按钮

提　醒

1. 制作宣传文稿要注意风格的统一，建议每张幻灯片使用统一的模板或者背景。
2. 宣传文稿中的文字尽量使用统一的字体、字号及颜色。

知识链接

一、幻灯片设计模板的应用

PowerPoint 可应用于演示文稿的设计模板，以便为演示文稿提供设计完整、专业的外观。

设计模板：包含演示文稿样式的文件，包括项目符号和字体的类型和大小、占位符大小和位置、背景设计和填充、配色方案以及幻灯片母版和可选的标题母版。

通过"格式"菜单→"幻灯片设计"选项，打开"幻灯片设计"任务窗格，选择自己喜爱的设计模板。

二、幻灯片版式的应用

"版式"指的是幻灯片内容在幻灯片上的排列方式。Powerpoint中提供了文字版式、文字与图片版式、表格版式、图表版式等一系列版式。

通过"格式"菜单→"幻灯片版式"选项，打开"幻灯片版式"任务窗格。（如图5-1-12所示）

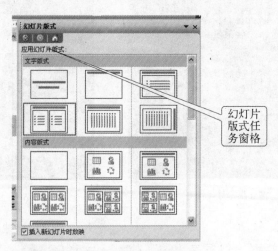

图 5-1-12　"幻灯片版式"任务窗格

自主实践活动

1. 项目背景

上海大众汽车公司将举行成立25周年庆,集团的企划部门负责此次会议的筹备工作,首先要制作公司介绍演示文稿。

2. 项目任务

有关资料放在"学生活动—上海大众汽车公司介绍"文件夹下,运用所给素材,制作一个介绍大众公司的多媒体演示文稿。将完成的作品以"上海大众汽车公司介绍.ppt"为文件名保存在D盘根目录下。

3. 设计制作要求

① 不少于五张幻灯片,版面布局合理。

② 至少有一张图片。

③ 至少一张幻灯片使用表格表现内容。

光 盘

打开光盘中"\项目五\学生自主实践活动\实践—上海大众汽车公司介绍"文件夹,根据所给素材,完成任务。

活动二 "节约用水"宣传演示文稿的制作

活动要求与样例

水是生命的重要组成部分,人对水的需要仅次于氧气。地球上水的储量很大,但淡水只占2.5%,其中易供人类使用的水不足1%,可见淡水资源极其有限。世界上许多国家正面临水资源危机。我国是一个干旱缺水严重的国家,因此我们更要节约用水。小丁同学作为社区节能减排的宣传员,他要制作一份多媒体演示文稿进行节约用水的专题宣传。参考样例如图5-2-1所示。

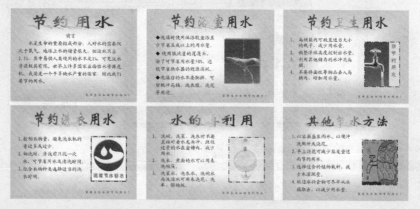

图5-2-1 "节约用水"演示文稿样例

活动分析

一、活动计划

活动二中我们需要制作一份美观的宣传文稿,通过制作幻灯片背景、在幻灯片中加入艺术字、插入图片并修饰图片、应用幻灯片母版等操作,掌握宣传文稿的格式设置,使我们的作品风格统一,更丰富、更具吸引力。

二、相关技能

1. 背景设置。

2. 艺术字标题。

3. 文本框的格式化。

4. 插入图片、编辑图片。

5. 母版的应用。

6. 项目符号和编号的应用。

方法与步骤

一、设置幻灯片背景

设置第一页的背景,之后插入的其他页的背景将默认与第一页相同。单击菜单"格式"→"背景"→下拉颜色列表→"填充效果"→"渐变"选项卡→在颜色区域选"双色"单选框并设置两种渐变的颜色,单击"确定"按钮,单击"全部应用"按钮,如图5-2-2、图5-2-3所示。

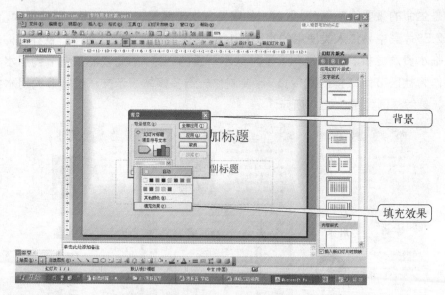

图5-2-2　幻灯片背景设置窗口

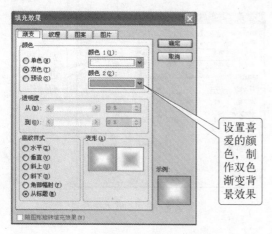

图 5-2-3　设置双色渐变背景窗口

二、插入幻灯片

单击菜单"插入"→"新幻灯片"，在演示文稿中插入新的幻灯片。共六张幻灯片。

三、完成第一张幻灯片的制作

1. 艺术字标题

● 插入艺术字标题

单击菜单"插入"→"艺术字"→选择"艺术字样式"→在"编辑艺术字文字"对话框中输入文字"节约用水"。

● 编辑艺术字

单击"艺术字"，拖动控制块根据需要调整"艺术字"的大小和位置。

提　醒

右击"艺术字"→单击"设置艺术字格式"，在艺术字格式对话框中可调整艺术字的颜色与线条、大小、版式。

2. 文字内容

从素材中选取"前言"的内容，粘贴到当前幻灯片，通过格式工具栏设置文字的字体、字号及颜色。单击菜单"格式"→"行距"中调整段落行距，本题设置1.3倍行距。

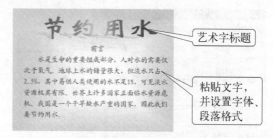

图 5-2-4　第一张幻灯片布局

四、制作第二张幻灯片（如图5-2-5）

1. 艺术字标题：参考步骤3，输入艺术字标题"节约浴室用水"。

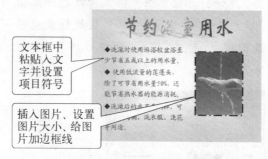

图 5-2-5　第二张幻灯片布局

2. 文字内容：从素材中选取"节约浴室用水"的内容，粘贴到当前幻灯片，并适当调整字体、字号、颜色及行距。

3. 设置项目符号：选中文本框中文字，再通过工具栏中的"项目符号"选项，设置项目符号（还可通过"编号"选项，设置数字编号。）

4. 插入图片：单击菜单"插入"→"图片"→"来自文件"，选择素材盘中提供的图片，单击"确定"按钮。

5. 编辑图片：

● 改变图片大小：右击图片→"设置图片格式"→打开设置图片格式对话框→点击"尺寸"选项→取消"锁定纵横比"，"相对于图片的原始尺寸"的选中状态（把√去掉）→在尺寸和旋转区域输入具体数值，设置图片的高度及宽度，如图5-2-6。

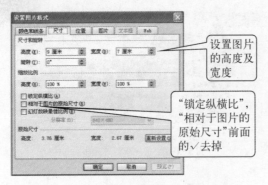

图5-2-6　设置图片尺寸窗口

- 图片加边框：右击图片→"设置图片格式"→打开设置图片格式对话框→点击"颜色和线条"选项，在线条区域设置边框线的颜色、样式、虚线、粗细等内容，如图5-2-7。

图5-2-7　设置图片边框窗口

- 裁剪图片：右击图片→"设置图片格式"→打开设置图片格式对话框→点击

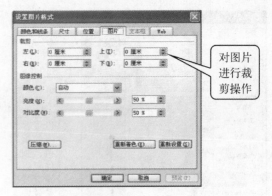

图5-2-8　裁剪图片大小窗口

"图片"选项，在裁剪区域对图片进行裁剪，如图5-2-8。

参考步骤四完成其余四张幻灯片的制作。

五、设置幻灯片母版

1. 单击菜单"视图"→"母版"→"幻灯片母版"，如图5-2-9，打开"幻灯片母版"窗口。

提　醒

母版规定了演示文稿（幻灯片、讲义及备注）的文本、背景、日期及页码格式。母版体现了演示文稿的外观，包含了演示文稿中的共有信息。在各张幻灯片中共有的图片、文字信息可以放在母版中。

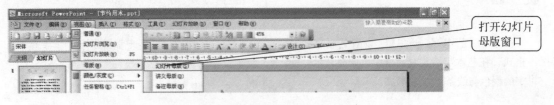

图5-2-9　幻灯片母版选项

2. 如图5-2-10在页脚位置输入文字"家居生活如何节约用水？"并设置文字格式。然后"关闭母版视图"。可以观察到六张幻灯片中都出现了页脚的内容。

六、保存文件并放映幻灯片

单击菜单"文件"→"另存为…"，输入文件名"节约用水"，保存类型为演示文稿（*.ppt）。放映幻灯片。

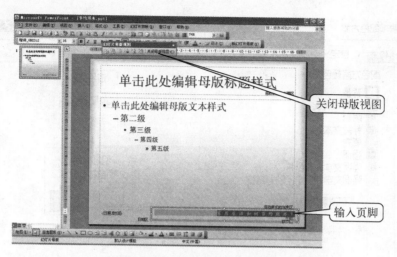

图 5-2-10　编辑幻灯片母版窗口

知识链接

一、配色方案

配色方案由幻灯片设计中使用的八种颜色（用于背景、文本和线条、阴影、标题文本、填充、强调和超链接）组成。演示文稿的配色方案由应用的设计模板确定。

可以通过选择幻灯片"幻灯片设计-配色方案"任务窗格来查看及编辑幻灯片的配色方案。所选幻灯片的配色方案在任务窗格中显示为已选中。

二、修改配色方案

可以通过编辑配色方案的自定义按钮来修改配色方案，可以为幻灯片中的任何或所有元素更改颜色。更改颜色时，可以从颜色选项的整个范围内选择，修改配色方案后，修改结果会成为一个新方案，它将作为演示文稿文件的一部分，以便以后再应用。

三、幻灯片配色原则

制作一份美观的宣传文稿，需要色彩和谐、布局合理。版面中要有主色调，配色时，构图要注意均衡，均衡与否，取决于色彩的轻重、强弱感的正确处理。同一画面中暖色、纯色面积小，冷色、浊色面积大，易

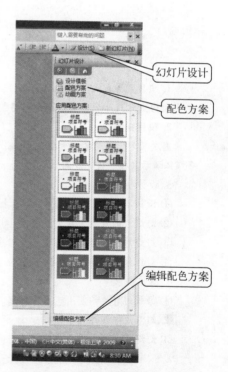

图 5-2-11　"幻灯片配色方案"任务窗格

平衡。明度相同，纯度高而强烈的色，面积要小，纯度低的浊色、灰色面积大，可以求得平衡。画面上部色亮，下部色暗，易求得安定感。重色在上，轻色在下会产生动感。为了突出某一部分或为了打破单调感，需有重点色。对于初学者来说，一般而言，深色背景配浅色文字，或浅色背景配深色文字；标题醒目；背景中大色块的颜色不超过三种，效果会比较突出。

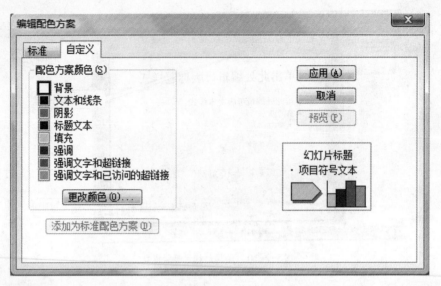

图 5-2-12 编辑幻灯片配色方案窗口

 自主实践活动

1. 项目背景

上海大众汽车公司的人事部门将制作一份"上海大众人力资源管理"的宣传文稿。

2. 项目任务

有关资料放在"学生活动二 上海大众公司人力资源管理系统"文件夹下,运用所给素材,制作多媒体演示文稿。将完成的作品以"上海大众公司人力资源管理.ppt"为文件名保存在D盘根目录下。

3. 设计要求

① 设计不少于五张幻灯片,介绍上海大众公司人力资源管理系统。

② 幻灯片的背景为双色渐变。

③ 幻灯片中包含合适的图片及相应的文字。

④ 幻灯片图文并茂、排版合理,字体大小合适。

4. 制作要求

① 每张幻灯片均使用艺术字标题。

② 幻灯片中图片大小相等。

③ 幻灯片上使用的图片要加上粗的边框。

光 盘

打开光盘中"\项目五\学生自主实践活动\实践二上海大众公司人力资源管理系统"文件夹,根据所给素材,完成任务。

活动三　"节能产品"宣传演示文稿的制作

活动要求与样例

使用节能产品在提高我们生活质量的同时,减少了能源的消耗,响应了全球无碳化生活的倡议,让我们尽可能地使用节能产品,共同创造一个绿色健康的生存环境。小丁同学作为社区节能减排的宣传员,他要制作一份多媒体演示文稿宣传节能减排产品。参考样例如图5-3-1。

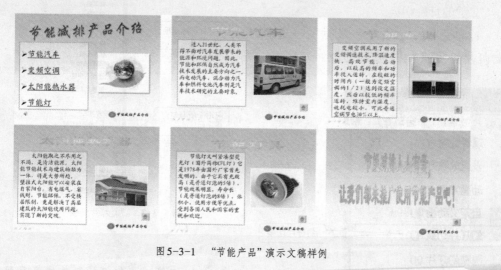

图5-3-1　"节能产品"演示文稿样例

活动分析

一、活动计划

活动三中我们需要制作一份有声有色、生动的宣传文稿。连续播放的静态页面会造成用户的视觉疲劳,在浏览过程中,用户不能方便地快速访问所需页面。在本活动中我们通过幻灯片切换、链接、设置动画效果、插入声音、视频对象等方法,掌握幻灯片放映的技巧。使我们的作品更贴近用户、更生动活泼。

二、相关技能

1. 幻灯片切换。

2. 幻灯片链接。

3. 设置动画方案。

4. 插入声音对象。

方法与步骤

一、准备工作

1. 仔细阅读所给素材，了解各种节能减排产品，找出重点内容，为制作演示文稿做好准备。

2. 新建PPT文档，参考活动二的步骤，根据所给素材，完成六张PPT的制作。

二、幻灯片切换：

1. 单击菜单"幻灯片放映"→选择"幻灯片切换"（如图5-3-2）。

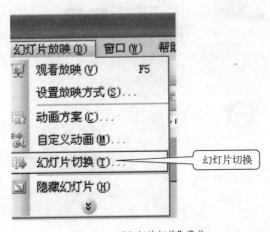

图5-3-2 "幻灯片切换"菜单

2. 在"幻灯片切换"的任务窗格中选择需要的切换方式，并按需要修改切换效果：速度、声音；换片方式：鼠标、时间的设置。点击"应用于所有幻灯片"按钮，统一设计所有幻灯片的切换方式，如图5-3-3。

提醒

在自动预览选框中打"√"能预览切换效果，在幻灯片放映时才能实现切换效果。

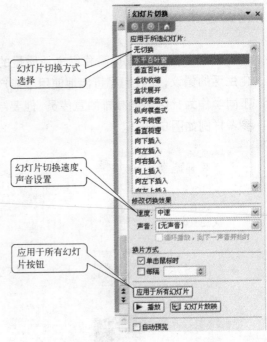

图5-3-3 "幻灯片切换"任务窗格

三、幻灯片链接

1. 把第一张幻灯片制作成产品目录的形式：选中文字"节能汽车"，右击→选择"超链接"，如图5-3-4。

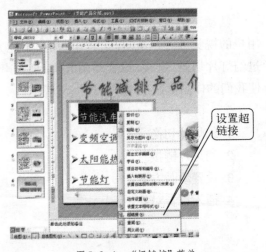

图5-3-4 "超链接"菜单

2. 在"插入超链接"对话框(如图5-3-5)中单击"本文档中的位置"选项→在右侧的"请选择文档中的位置"框中选择"幻灯片2",使第一张幻灯片中的文字

"节能汽车"与标题为"节能汽车"的第二张幻灯片建立超链接关系。并依次建立其他三行小标题与相应幻灯片的链接关系。

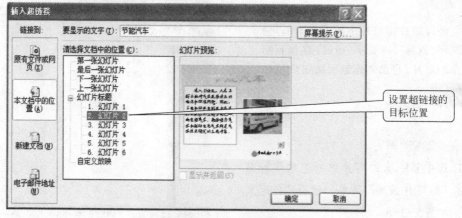

图5-3-5　"插入超链接"窗口

3. 设置返回按钮:选择第二张幻灯片,单击菜单"幻灯片放映"→"动作按钮"中的第二个按钮(形状如小房子)(如图5-3-6),鼠标变为"+",在工作区拖曳出现"返回"按钮🏠→在自动弹出的"动作设置"对话框中单击"确定"按钮(如图5-3-7)。在幻灯片放映过程中,用户只需点击🏠就能返回第一页。

提　醒

🏠默认设置为链接到第一张幻灯片,可以通过修改"超链接到"下拉列表的选择改变链接的位置。

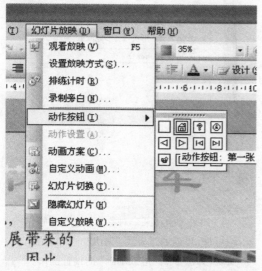

图5-3-6　"动作按钮"选项

图5-3-7　"动作设置"窗口

4.通过"复制"、"粘贴"的方式,将"返回"按钮 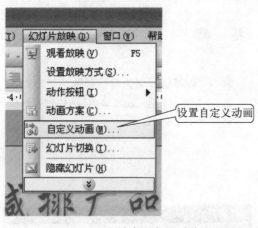 粘贴到其余各张幻灯片中。

提醒

　　还可以在幻灯片中插入文本框,输入文字"返回",将文字"返回"链接到第一张幻灯片,自己制作返回按钮效果如 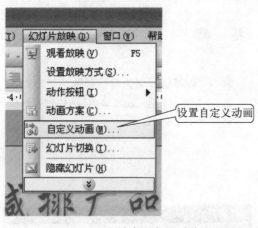 。

四、设置动画方案

　　1.选中第一张幻灯片中的艺术字标题→单击"幻灯片放映"菜单→选择"自定义动画",如图5-3-8。

图5-3-8　　"自定义动画"菜单

　　2.在任务窗格中自动打开的"自定义动画"中单击"添加效果",在下拉列表中选择动画效果(如图5-3-9)。并设置动画的开始时间、播放方向、播放速度。

　　3.参考上述操作设置"文本框"、"图片"等对象的动画效果。

　　如图5-3-10显示是第1张幻灯片3个对象所包含的动画效果。每行效果前的数字表示效果的播放顺序,幻灯片上的对象也会显示这些数字与其对应。每行效果中

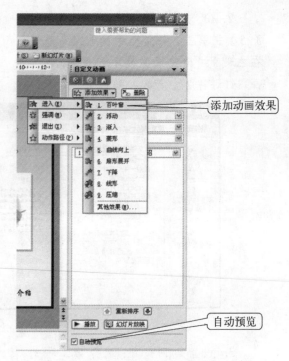

图5-3-9　　"自定义动画"任务窗格

图5-3-10　　"自定义动画"任务窗格

提醒

　　如果希望在某个对象演示过程中退出幻灯片,可以通过设置"退出动画"效果来实现,方法参照"进入动画"的设置操作。

的鼠标图标表示此效果以单击鼠标开始。每行效果第3项内容表示效果的类型。如果要以另一个效果替换现有效果,可在图5-3-10中进行修改。

五、插入声音

1. 插入声音:选择第一张幻灯片,单击菜单"插入"→"影片和声音"→"文件中的声音",打开"插入声音"对话框(如图5-3-11),选择素材中的声音文件,当前窗

口会跳出"喇叭"图标。在自动弹出的"您希望在幻灯片放映时如何开始播放声音"对话框中单击"自动"按钮,设置声音播放模式,如图5-3-12。

提　醒

如果希望通过单击幻灯片上的喇叭图标后播放声音,可单击"在单击时"按钮。

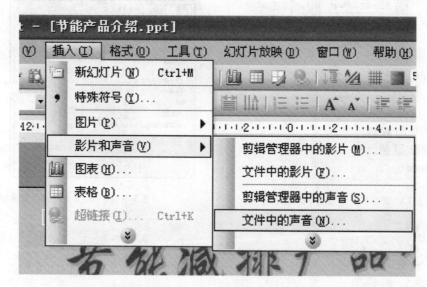

图5-3-11　插入声音菜单

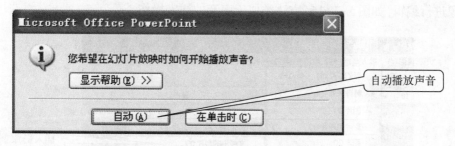

图5-3-12　设置播放声音的方式

2. 编辑声音对象:在"自定义动画"任务窗格中右击"声音文件"→"效果选项"(如图5-3-13),打开"播放声音"对话框,在"效果"选项中,设置开始播放声音与结

束播放声音的位置,如图5-3-14。

六、保存文件

以"节能产品介绍.ppt"为文件名把文件保存在D盘根目录中,放映幻灯片。

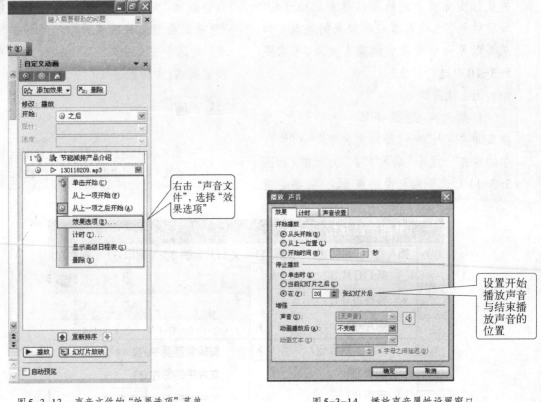

图 5-3-13　声音文件的"效果选项"菜单　　　　图 5-3-14　播放声音属性设置窗口

知识链接

一、插入视频

　　单击菜单"插入"→"影片和声音"→"文件中的影片",插入视频对象,并且可以视频对象进行编辑,如图 5-3-15,方法类似于声音的插入操作。

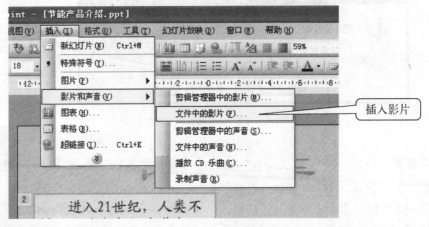

图 5-3-15　"插入视频"菜单

二、插入Flash动画（利用Active X控件插入动画）

- 单击"视图"→"工具栏"→"控件工具箱"，如图5-3-16。

图5-3-16 控件工具箱

- 单击"其他工具图标"，从下拉列表中选择"ShockWave Flash Object"选项，鼠标变成"+"形状，将其拖动即出现Flash控件图形，如图5-3-17。

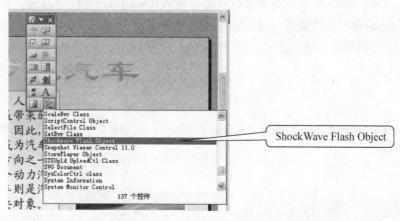

图5-3-17 "插入Flash对象"选项

- 单击"控件工具箱"上的"属性"按钮，打开属性对话框，或右击控件图形→"属性"，如图5-3-18。
- 在"属性"对话框中设置相关参数：如在"Movie"中输入swf文件的具体路径及名称

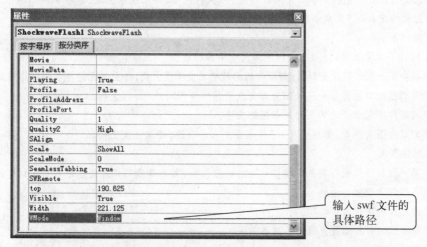

图5-3-18 Flash对象的属性设置窗口

属性里的常用参数：

① Movie属性　输入要插入的flash的影片文件名。如果不在当前文件夹中，则需要指明文件的路径，最好是将文件拷贝到当前文件夹中。

② WMode属性　播放Flash窗口模式，有：Window—普通窗口模式，Qpaque—不透明窗口模式，Transparent—透明窗口模式。

③ Top、Left、Height、Width属性　设定播放Flash窗口的位置及大小，我们既可以在这里输入数值，也可以用鼠标在PowerPoint中调整这个窗口的位置及大小。以上的设定，在实际应用中，只要将前三个设定好了，其他的设定可以不用调整，直接用原来的值就行了。

④ DeviceFont、EmbedMovie、Loop、Menu、Playing属性　DeviceFont 表示是否允许重新设计字体、EmbedMovie 表示是否允许将影片嵌入PowerPoint文件中、Loop 表示是否进行循环放映、Menu 表示是否播放时显示出flash的操作菜单、Playing 表示是否自动播放影片。以上几个属性可根据需要进行设定，他们的取值只能是Ture（是）或False（否）。

提　醒

插入Flash动画的方法有多种，本书只介绍了其中的一种，建议同学们可以通过网络等途径寻找到其他的方法。

自主实践活动

1. 项目背景

上海大众汽车公司的销售部门将制作一份"上海大众新品报价"的宣传文稿。

2. 项目任务

有关资料放在"学生活动三 大众新品报价"文件夹下，运用所给素材，制作多媒体演示文稿。将完成的作品以"大众新品报价.ppt"为文件名保存在D盘根目录下。

3. 设计要求

① 设计不少于五张幻灯片，介绍上海大众新品的报价。

② 其中第一张幻灯片是封面，封面中的标题要求能体现主题，并且封面能与各幻灯片相互链接。

③ 第二张幻灯片开始分别介绍上海大众新品的报价。

④ 幻灯片中包含合适的图片及相应的文字

⑤ 幻灯片图文并茂、排版合理，字体与图片大小合适，图文搭配正确。

4. 制作要求

① 第一张幻灯片能与其余各幻灯片建立链接关系，其余各张幻灯片能返回第一张幻灯片。

② 各幻灯片设置合适的切换方式。

③ 幻灯片中图片大小相等。

④ 每一张幻灯片均设置醒目的动画效果。

活动四　"节能减排小贴士"宣传演示文稿的制作

活动要求与样例

　　小丁同学作为社区节能减排的宣传员,他要制作一份多媒体演示文稿在社区居民中宣传节能减排的方法。

　　参考样例见图5-4-1。

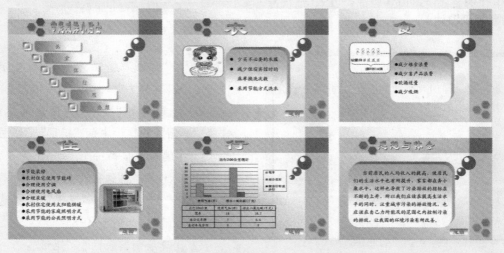

图5-4-1　"节能减排小贴士"演示文稿样例

活动分析

　　一、活动计划

　　活动四中我们通过制作一份图文并茂、个性化的宣传文稿,了解母版的设计,幻灯片配色等知识。如果只会应用现成的幻灯片模板,那么作品难免雷同,缺乏新意。本次活动中通过运用自定义图形工具,自行设计幻灯片母版,制作极具特色的幻灯片背景,使我们的作品更具创意,更能吸引眼球。

　　二、相关技能

　　1.幻灯片母版的设计。

　　2.自定义图形的应用。

　　3.幻灯片配色。

　　4.由表格生成图表。

方法与步骤

一、准备工作

1. 仔细阅读所给素材，了解各种节能减排产品，找出重点内容，为创建演示文稿做好准备。

2. 新建PPT文档，参考活动三，设置双色渐变背景。

二、幻灯片母版设计：根据个人喜好，设计一份独特的母版（这里仅对样例做说明，如图5-4-2所示，同学可以根据自己的喜好来设计）。

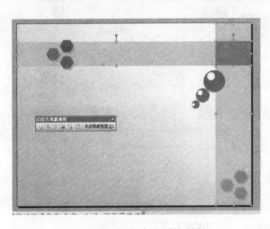

图5-4-2　幻灯片"母版"样例

1. 单击菜单"视图"→"母版"→"幻灯片母版"（如图5-4-3），进入幻灯片母版编辑状态。

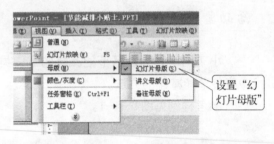

图5-4-3　幻灯片母版选项

2. 在"母版"编辑窗口绘制自定义图形。

① 绘制一个"矩形"并设置其格式：选择"绘图"工具栏中的"矩形"，（如图5-4-4）。在编辑窗口画一个"矩形"对象，右击"矩形"设置"自选图形格式"，单击"颜色与线条"选项卡，在"填充"区域选择"矩形"的颜色，如图5-4-5。

② 同理绘制其余两个"矩形"。

③ 把三个矩形组合：按住［Shift］键，

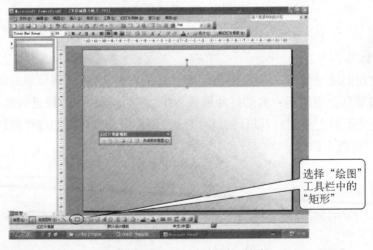

图5-4-4　在母版中绘制"矩形"

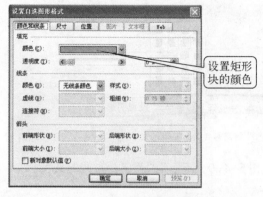

图 5-4-5 设置矩形块颜色

同时选中三个"矩形"→鼠标右击,在弹出的对话框中选择"组合"→"组合",将图形组合,如图 5-4-6。

④ 绘制其他的自选图形:选择"绘图"工具栏中的"自选图形"→选择"基本形状"→选择"八边形"→在编辑窗口画一个"八边形"(如图 5-4-7)→右击"八边形",设置"自选图形格式"→选择"颜色与线条"选项卡→在"填充"区域设置八边形的

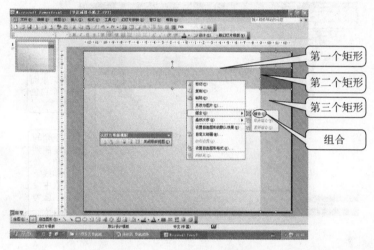

第一个矩形
第二个矩形
第三个矩形
组合

图 5-4-6 组合绘制的三个矩形

颜色。选中"八边形"单击"绘图"工具栏中的阴影,设置"八边形"的阴影效果,如

图 5-4-8。同理绘制其余二个"八边形"。并把三个"八边形"组合在一起。

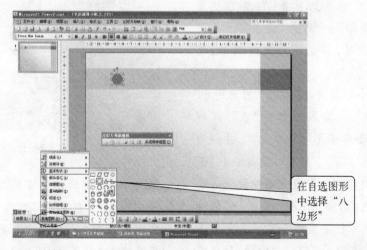

在自选图形中选择"八边形"

图 5-4-7 在母版中绘制"八边形"

图 5-4-8　设置"八边形"的阴影效果

⑤ 参考上述步骤绘制其余图形，创建一个有自己独特风格的"幻灯片母版"，如图 5-4-9 所示，并"关闭幻灯片母版"。

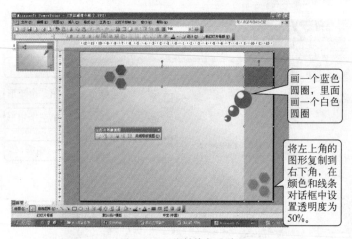

画一个蓝色圆圈，里面画一个白色圆圈

将左上角的图形复制到右下角，在颜色和线条对话框中设置透明度为50%。

图 5-4-9　绘制其余图形

三、创建第一张幻灯片

1. 插入艺术字标题

2. 创建小标题

① 制作小标题的背景：绘制自选图形→"圆角矩形"→设置"圆角矩形"的颜色及阴影效果，将该图形复制五个，按样例排列。

② 添加小标题文字：右击"圆角矩形"→"添加文字"→输入小标题"衣"，同理给其他5个"圆角矩形"添加文字，分别为"食"、"住"、"行"、"用"、"感想"，见图 5-4-10。

3. 设置幻灯片的配色方案并改变超链接文字的颜色：选择"视图"菜单→"任务窗格"，右侧显示任务窗格→在任务窗格上部的下拉菜单中选择"幻灯片设计-配色方

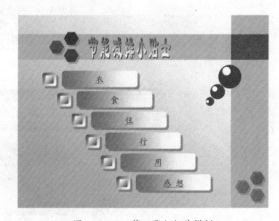

图 5-4-10　第一张幻灯片样例

案"，单击"编辑配色方案"，在弹出的对话框中，单击"自定义"选项卡：设置"强调文字和超链接"以及"强调文字和已访问超链接"的颜色，如图 5-4-11 所示。

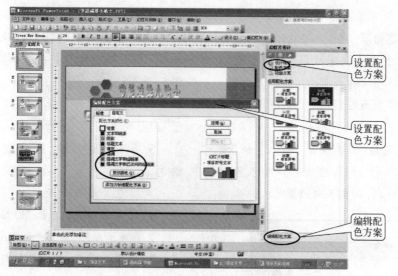

图5-4-11 "编辑配色方案"窗口

提　醒

通过配色方案,可以将色彩单调的幻灯片快速地重新修饰一番。配色方案由幻灯片设计中使用的八种颜色组成,演示文稿的配色方案由应用的设计模板确定。链接文字的颜色只能在配色方案中设置。

四、创建第二张幻灯片

1. 插入艺术字标题

2. 在自选图形中填充图片:绘制自选图形,插入"圆角矩形",右击"圆角矩形",单击"设置自选图形格式",单击"颜色与线条"选项卡,在"填充"区域单击下拉菜单"颜色"→"填充效果"→"图片"选项卡,单击"选择图片",在弹出的对话框中选择素材中所需的图片,如图5-4-12,单击"确定"按钮。

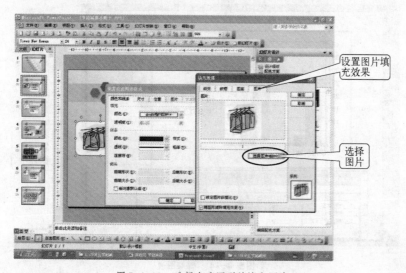

图5-4-12 选择自选图形并填充图片

3. 再绘制一个自选图形，并添加素材中提取的文字内容。

4. 参考上述步骤完成第三、第四张幻灯片。

五、创建第五张幻灯片

1. 插入艺术字标题

2. 插入表格：单击菜单"插入"→"表格"→设置"4行3列"，在表格中输入素材中的相应的内容，如图5-4-13所示。

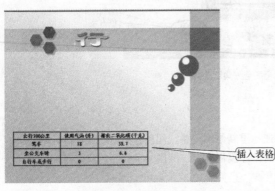

图5-4-13 插入表格

3. 插入图表：选中表格的全部内容，右击"复制"，将表格内容复制到剪贴板。

选择菜单"插入"→"图表"，在弹出的数据表中选中原有内容所在的行或列，并右击选择"删除"→再"粘贴"表格的内容，如图5-4-14所示。

4. 选中"图表"右击可以对"图表类型"、"图表区格式"进行设置。

5. 参考上述步骤，完成其余幻灯片的创建。

六、后续操作

1. 参考活动三，设置"幻灯片切换"。

2. 参考活动三，设置"幻灯片动画效果"。

3. 参考活动三，设置"幻灯片链接"以及"幻灯片返回"。

4. 保存文件：以"节能减排小贴士.ppt"为文件名，将文件保存在D盘根目录下。

5. 放映幻灯片。

提　醒

注意此步骤中删除的是默认数据表的行和列，不能使用DEL键来清除内容。

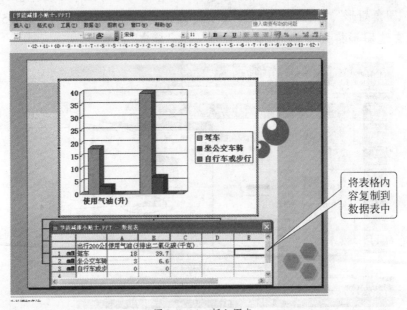

图5-4-14 插入图表

一、设置自定义动画路径

如果对系统内的动画路径（动画运动轨迹）不满意，可以设定动画路径。设定动画路径的方法为：

1. 选中需要设置动画的对象，右击→"自定义动画"→打开"自定义动画"任务窗格→单击"添加效果"选项卡，在弹出的菜单中选择"动作路径"→"绘制自定义路径"→选中其中某个选项（如"曲线"），如图5-4-15所示。

2. 此时，鼠标变成细十字线状，根据需要，在工作区中描绘动画的路径。在需要变换方向的地方，单击一下鼠标。全部路径描绘完成后，双击鼠标结束路径设置，路径设置效果如图5-4-16所示。

3. 如果要使描绘的路径更加准确，可执行"视图网格和参考线"→"网格线和参考线"命令，打开"网格线和参考线"对话框。

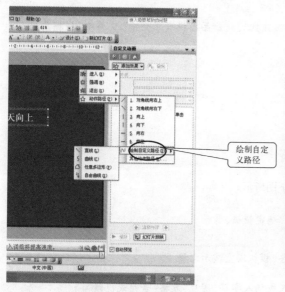

图5-4-15　"绘制自定义动画"选项

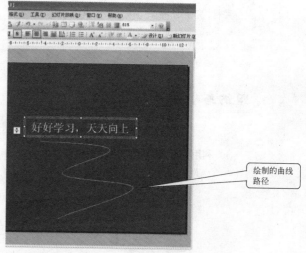

图5-4-16　绘制动画的曲线路径

自主实践活动

1. 项目背景

上海大众汽车公司的市场部将制作一份"上海大众新品精锐汽车介绍"的宣传文稿。

2. 项目任务

有关资料放在"学生实践四　大众新品晶锐汽车介绍"文件夹下，运用所给素材，制作多媒体演示文稿。

将完成的作品以"上海大众新品精锐汽车介绍.ppt"为文件名保存在D盘根目录下。

3. 设计要求

① 设计不少于五张幻灯片,介绍上海大众新品晶锐汽车。

② 其中第一张幻灯片是封面,封面中的标题要求能体现主题,并且封面能与各幻灯片相互链接。

③ 第二张幻灯片开始分别介绍上海大众新品晶锐汽车的各类参数。

④ 幻灯片中包含合适的图片及相应的文字。

⑤ 幻灯片图文并茂、排版合理,字体与图片大小合适,图文搭配正确。

4. 制作要求

① 标题使用"艺术字"。

② 第一张幻灯片能与其余各幻灯片建立链接关系,其余各张幻灯片能返回第一张幻灯片。

③ 各幻灯片设置合适的切换方式。

④ 每一张幻灯片均设置醒目的动画效果。

光 盘

打开光盘中"\项目五\学生自主实践活动\实践四大众新品晶锐汽车介绍"文件夹,根据所给素材,完成任务。

归纳与小结

利用演示文稿制作软件制作的基本流程如下图所示。

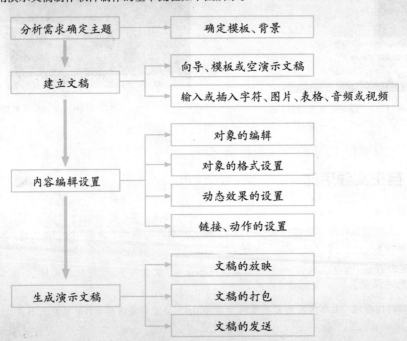

活动要求

经班委会讨论,根据当前大多数独生子女表现出的他们所获得的一切都是理所当然的这样一种无所谓的态度,拟进行一次 "让感恩走进心灵" 的主题班会活动,激发学生爱的情感,引领学生学会感恩、善于感恩,使学生懂得在家感恩父母,对家庭负责;在学校感恩教师和同学,对学校对班级负责;感恩生存于这个社会,对社会负责,以实际行动回报家庭、学校和社会,报效祖国。

活动分析

1. 个人或小组合作讨论,明确主题班会中的节目单。

2. 查找和筛选相关素材,培养获取信息、筛选信息的能力。

3. 将获取的信息加以整理,并依此合理布局页面的内容。

4. 使用演示文稿制作软件进行文稿制作,培养使用信息技术进行信息发布及宣传的能力。

方法与步骤

一、素材准备

1. 使用网络搜索引擎查找信息

① 到网上去寻找一些关于感恩的诗歌、演讲稿。

② 下载以 "感恩" 为主题的音乐、歌曲。

③ 到网上收集以 "感恩" 为主题的小测试题。

2. 利用周记的写作,引导大家尝试用欣赏的目光看待自己的周围,品味自己所感触到的关心与爱护。

3. 创作以 "感恩" 为主题的小品。

二、信息整理

1. 确定主题班会的主题、封面。

2. 确定主题班会的节目单。

3. 每个节目相应的内容整理,填入节目单。

节目名称	相关内容	所需素材	备　注
例1. 演讲《感恩母爱》	演讲稿《感恩母爱》	背景音乐:歌曲《感恩的心》	将音乐播放器与PPT建立超链接

（续　表）

节目名称	相关内容	所需素材	备　注
例2. 观视频谈体会	视频《感恩》	视频《感恩》	在PPT中插入视频素材，注意控制时间

三、演示文稿的制作

设计一份"让感恩走进心灵"的多媒体演示文稿。

设计要求：1. 能体现主题班会的整个过程。

2. 演示文稿布局合理、配色美观大方。

3. 演示文稿生动活泼、有声有色。

4. 设计演示文稿的母版，使其个性鲜明。

评　估

一、综合活动的评估

根据综合实践活动，完成下面的评估表，先在小组范围内学生自我评估，再由教师对学生进行评估。

综合活动评估表

学生姓名：_____　　　　　　　　　　　　　　　日期：_____

学　习　目　标		自　评		教师评	
		继续学习	已掌握	继续学习	已掌握
1. 获取和筛选信息的能力	使用网络搜索引擎查找信息				
	将文字素材整理成计算机文档				
	根据主题需要筛选内容				
2. 根据主题班会的需要，小组合作，规划主题班会的各个环节，制定节目单					
3. 恰当选择信息处理工具的能力	会使用文字处理软件				
	会使用音频播放软件				
	会使用视频播放软件				
	会使用图形处理软件				
4. 建立演示文稿	插入文字对象				
	插入图片对象				
	插入音频对象				
	插入视频对象				

学 习 目 标		自 评		教师评	
		继续学习	已掌握	继续学习	已掌握
5. 内容对象的格式化	文字、段落格式的设置				
	图片对象、艺术字格式设置				
	多媒体对象的添加及设置				
6. 演示文稿版式设计	应用设计模板的应用				
	个性化母版的制作				
7. 动态效果的设置	幻灯片的切换				
	对象的动画设置				
8. 超级链接设置	链接的设置				
	动作按钮的使用				
9. 通过网络交流信息的能力	资源共享及网上邻居的使用				
10. 综合运用多个软件解决问题的能力					
11. 分析问题、解决问题的能力					

二、整个项目的评估

复习整个项目的学习内容、完成下面的学习评估表。

整个项目学生学习评估表

学生姓名：_____

在整个项目的所有活动中喜爱的活动：_____

1. 在"演示文稿制作"项目中最喜欢的一件作品是什么？为什么？

_____

_____

2. 这个学习活动包括以下技术领域

☐ 文字处理　　　☐ 图像处理　　　☐ 多媒体演示文稿

☐ 因特网　　　☐ 资料扫描及拍摄　　　☐ 声音视频

3. 为了完成这个活动，自己所必须学习的哪项技能最有挑战性？为什么？

_____

_____

4. 为了完成这个活动，自己对必须学习的哪项技能最有兴趣？为什么？

_____

_____

（续　表）

5. 为了完成这个活动, 自己所学习的哪项技能最有用? 为什么?

＿＿＿＿＿＿＿＿＿＿＿＿＿＿＿＿＿＿＿＿＿＿＿＿＿＿＿＿＿＿＿

＿＿＿＿＿＿＿＿＿＿＿＿＿＿＿＿＿＿＿＿＿＿＿＿＿＿＿＿＿＿＿

6. 比较文字处理软件、多媒体演示文稿制作软件、图像处理软件, 它们各使用哪几方面的信息处理?

＿＿＿＿＿＿＿＿＿＿＿＿＿＿＿＿＿＿＿＿＿＿＿＿＿＿＿＿＿＿＿

＿＿＿＿＿＿＿＿＿＿＿＿＿＿＿＿＿＿＿＿＿＿＿＿＿＿＿＿＿＿＿

7. 请举例说明文字处理软件、多媒体演示文稿制作软件及图像处理软件的使用组合?

＿＿＿＿＿＿＿＿＿＿＿＿＿＿＿＿＿＿＿＿＿＿＿＿＿＿＿＿＿＿＿

＿＿＿＿＿＿＿＿＿＿＿＿＿＿＿＿＿＿＿＿＿＿＿＿＿＿＿＿＿＿＿

8. 请归纳使用多媒体演示文稿制作策划的重点、难点?

＿＿＿＿＿＿＿＿＿＿＿＿＿＿＿＿＿＿＿＿＿＿＿＿＿＿＿＿＿＿＿

＿＿＿＿＿＿＿＿＿＿＿＿＿＿＿＿＿＿＿＿＿＿＿＿＿＿＿＿＿＿＿

项目六 电子表格

——销售业绩的统计与分析

情景描述

一个公司要赚取利润就必须努力把产品销售出去，经过创新集团公司各销售部所有销售人员的共同努力，创新集团各种产品的销售量都有不同程度的提高，为了能实时掌握公司销售情况，及时分析产品销售量，需要对销售情况进行统计与分析。

比较分析之前，首先，需要获取有关产品销售的数据，包括销售产品的品名、数量、规格、价格、销售的总收入等。有些数据是直接获取的，有些数据则是通过统计后得到的。通过本项目的完成，要学会输入数据，然后使用公式与函数来计算各种统计值，最后生成直方图和折线统计图等各种图表，更加直观、清晰地帮助分析个人和部门的销售业绩。

活动一 销售员个人销售业绩的统计与分析

活动要求与样例

创新集团公司销售员小李在2004年3月每日某种商品的销售和收款情况如下：3月1日销售货物数量是3，销售价格是每件货物1 080元；3月2日销售货物数量是2，销售价格是1 000元；3月3日销售货物数量是3，销售价格是每件货物1 020元……

通过公式或函数，计算小李每天的销售金额，当月销售数量、销售金额、收款金额的合计等，为了让表格更加美观和直观醒目，需要设置表格的格式。

参考样例如图6-1-1所示。

销售员月销售情况的分析报告

销售员：	小李			月份：	2004年3月	
日	销售价格	销售货物数量	收款货物数量	销售金额	收款金额	赊销余额
1	￥1,080.00	3	2	￥3,240.00	￥2,160.00	￥1,080.00
2	￥1,000.00	2	1	￥2,000.00	￥1,000.00	￥1,000.00
3	￥1,020.00	3	2	￥3,060.00	￥2,040.00	￥1,020.00
4	￥1,080.00	2	2	￥2,160.00	￥2,160.00	￥0.00
5	￥1,000.00	2	2	￥2,000.00	￥2,000.00	￥0.00
6	￥1,100.00	3	2	￥3,300.00	￥2,200.00	￥1,100.00
……	……	……	……	……	……	……
29	￥1,020.00	2	2	￥2,040.00	￥2,040.00	￥0.00
30	￥1,100.00	3	2	￥3,300.00	￥2,200.00	￥1,100.00
31	￥1,000.00	0	0	￥0.00	￥0.00	￥0.00
合计		70	56	￥72,940.00	58,450.00	￥14,490.00

图6-1-1 销售情况分析报告的样例

活动分析

一、活动计划

1. 交流与讨论

要了解一个销售员的销售业绩,一般需要知道这个销售员的哪些情况?

2. 设计统计表

对表格进行规划设计,请在纸张上设计一个销售员个人销售业绩统计表格。

3. 输入日销售数据

在电子表格软件中,设计销售员个人销售业绩统计表格,然后在表格中输入销售员每天销售情况的基本数据。

4. 统计数据

统计每日的销售金额,计算当月的销售数量、销售金额、收款数量、收款金额的合计,然后用电子表格软件来进行统计。

5. 格式化统计表

对销售员个人销售业绩进行格式化。

二、相关技能

1. 表格的设计。

2. 电子表格中数据的输入与编辑。

3. 利用公式进行数据的统计。

4. 表格格式的设置。

方法与步骤

一、设计"销售员个人销售业绩统计表"

表格设计的内容包括:确定表格数据的构成;确定表格数据项目的名称;确定各项数据的位置与相互次序。规划表格主要是设计表格的第一行,即表格数据项目的名称、位置等,一般将数据统计项目依次排列在这一行中;然后设计表格每一行该输入什么内容。表6-1-1仅供参考。

表6-1-1 销售员个人销售业绩月统计表(供参考)

销售员姓名: 月份: 年 月

日	销售价格	销售货物数量	收款货物数量	销售金额	收款金额
1					
2					
3					
……					
当月累计					

二、运行Excel，认识Excel窗口界面

① 运行Excel：单击"开始"→"程序"→"Microsoft Excel"。

② 讨论Excel和Word的相同点和不同点，工具栏有相同之处吗？哪些按钮是新的？

③ 认识Excel窗口界面，认识表格软件Excel中的行、行号、列、列标、单元格、单元格标识符等，如图6-1-2所示。

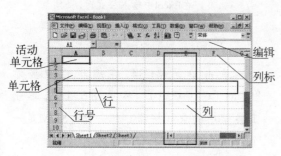

图6-1-2　Excel窗口

三、输入数据，进行数据的统计

1. 输入数据

① 输入电子表格的列标题，用同样的方法输入其他单元格的列标题。

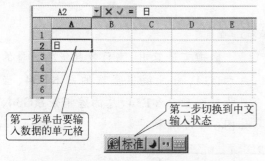

图6-1-3　Excel工作表的窗口

② 输入当月所有的日期（连续数字的输入）：在单元格A3、A4中分别输入数字1、2；选择单元格A3、A4，如图6-1-4，将鼠标指针移到单元格右下方的填充柄

上，此时鼠标指针变成黑色十字形状；按住鼠标左键的同时向下进行拖曳，一直拖曳到单元格A33即可。

图6-1-4

点　拨

当输入一些有特定规律的数字，如递增的数据1，2，3，4，…，n或者1，3，5，7…，n，递减的数据99，98，97，…，1等这样的数字时，Excel提供了比较简便的输入方法。

③ 在列标题销售价格、销售货物数量、收款货物数量下输入销售员的每日产品销售的数据。

光　盘

参考数据见学生光盘的"\项目六\活动一\材料\个人销售业绩月统计表.xls"文件。

2. 计算

① 用公式计算销售金额、收款金额和赊销余额，如图6-1-5所示。

讨论：一天的销售金额应该怎样计算？计算公式是什么？

运用公式计算销售员该月1日的销售金额。参见图6-1-5。

同理，将鼠标指针移到单元格E3右下方的填充柄上，此时鼠标指针变成黑色十字形状；按住鼠标左键的同时向下进行拖曳，一直拖曳到单元格E33，即可计算完成

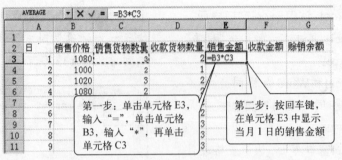

图 6-1-5　公式的使用

当月每日的销售金额。

讨论：一天的收款金额应该怎样计算？计算公式是什么？用同样的方法计算完成当月每日的收款额。

讨论：一天的赊销余额应该怎样计算？计算公式是什么？用同样的方法计算完成当月每日的赊销余额。

②用自动求和的方法计算当月各项销售数据的总和，如图 6-1-6 所示。

点　拨

在Excel中输入公式时，必须先输入等号"="。

单击单元格C34，在编辑栏中显示"SUM（C3：C33）"，参见图 6-1-6，单击工具箱中的求和按钮。想一想：SUM是一个什么函数？ C3：C33表示什么？

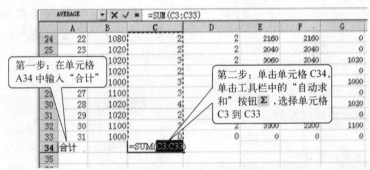

图 6-1-6　自动求和工具的使用

提　醒

通过菜单"插入"→"函数"的方法，在单元格C34中也能计算销售数量当月总和。

同理可计算出，当月收款货物数量的总和D34、当月销售金额的总和E34、当月收款金额总和F34、总的赊销余额G34，如图 6-1-7 所示。

	A	B	C	D	E	F	G
24	22	1080	2	2	2160	2160	0
25	23	1020	2	2	2040	2040	0
26	24	1020	3	2	3060	2040	1020
27	25	1020	2	2	2040	2040	0
28	26	1000	3	2	3000	2000	1000
29	27	1100	3	3	3300	3300	0
30	28	1020	4	3	4080	3060	1020
31	29	1100	2	2	2200	2200	0
32	30	1100	3	2	3300	2200	1100
33	31	1000	0	0	0	0	0
34	合计		70	56	72940	58450	14490
35							

图 6-1-7　公式的复制

四、格式化表格中的数据

为了使得表格更加美观,需要对表格进行格式化。

1. 表格标题的插入

① 单击行号"1",选择菜单"插入"→"行",在第1行前插入一空白行。

② 在第一行中输入表格标题"销售员个人销售业绩月统计表"。如图6-1-8。

③ 在标题下插入一空白行,输入销售员名称和统计月份。

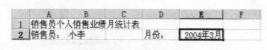

图6-1-8　表格标题的输入

2. 标题的格式化

① 首先选择需要设定格式的单元格,然后设定标题的字体和颜色,如图6-1-9所示。

② 设定标题的对齐方式:把表格标题显示在表格的中间位置。选择单元格A1

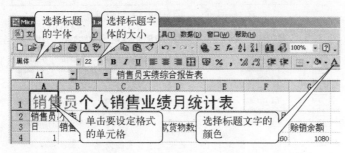

图6-1-9　表格标题形式的设置

到G1,选择菜单"格式"→"单元格",如图6-1-10所示。

结果如图6-1-11所示。

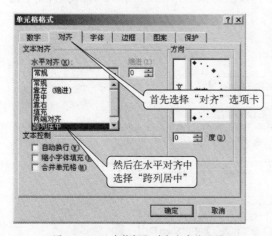

图6-1-10　表格标题对齐方式的设置

图6-1-11

3. 表格自动套用格式

使用Excel提供的自动套用格式的功能,可以非常有效地节省时间、提高效率,使编排出的表格规范,且具有一定的专业性。

选择表格内容,即选择单元格B3到G35,选择菜单"格式"→"自动套用格式",弹出"自动套用格式"对话框,如图6-1-12所示。

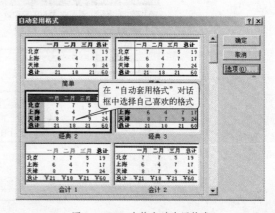

图6-1-12　表格自动套用格式

4. 表格内容的手动格式化

对于表格的格式化，除了能使用“自动套用格式”外，还可以自己设定格式，包括字体、对齐方式、数据显示格式等。

① 选择表格相应内容，选择菜单“格式”→“单元格”，弹出“单元格格式”对话框。

② 选择“字体”选项，可以设定表格的字体。

③ 选择“对齐”选项，可以设定表格各部分内容的对齐方式。

④ 选择“数字”选项，可设定数字显示格式。表格中有关金额的数据最好显示成货币格式，选择“货币”数字格式后效果如图6-1-13所示。

5. 比较

表格格式化可采用自动套用格式，也可以自己分步设定表格各个部分的字体、对齐方式等。比较这两种方式各有什么优缺点？

	A	B	C	D	E	F	G
1	销售员个人销售业绩月统计表						
2	销售员:小李				月份:	2004年3月	
3	日	销售价格	销售货物数量	收款货物数量	销售金额	收款金额	赊销余额
4	1	￥1,080.00	3	2	￥3,240.00	￥2,160.00	￥1,080.00
5	2	￥1,000.00	2	1	￥2,000.00	￥1,000.00	￥1,000.00
6	3	￥1,020.00	3	2	￥3,060.00	￥2,040.00	￥1,020.00
7	4	￥1,080.00	2	2	￥2,160.00	￥2,160.00	￥0.00
8	5	￥1,000.00	2	2	￥2,000.00	￥2,000.00	￥0.00
9	6	￥1,100.00	3	2	￥3,300.00	￥2,200.00	￥1,100.00
10	7	￥1,030.00	4	3	￥4,120.00	￥3,090.00	￥1,030.00
11	8	￥1,030.00	3	3	￥3,090.00	￥3,090.00	￥0.00

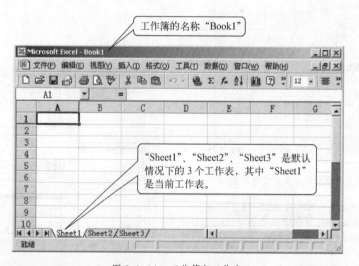

图6-1-13　数据显示格式的设置

知识链接

一、Excel的运行与认识

常见的电子表格软件有Excel软件、金山电子表格软件、OpenOffice.org Calc软件等，我们现在学习的是Excel软件。

1. 认识工作簿与工作表

图6-1-14　工作簿与工作表

启动Excel后，会自动创建并打开一个新的工作簿。工作簿文件扩展名为".xls"。每一个工作簿最多可包含255个不同类型的工作表，默认情况下一个工作簿中包含3个工作表。

Excel中工作表是一个表格，行号由1、2、3……进行编号，列号采用A、B、C……进行编号。每个工作表由多个纵横排列的单元格构成。

2. 学习电子表格软件的基本操作

光 盘

打开光盘中\项目六\活动一\材料\神秘单词.xls文件，找出神秘单词并大声朗读这个词。

二、行高、列宽的调整

1. 用鼠标设置行高、列宽

将鼠标光标移动到行（列）的边界线上，当鼠标光标变成双箭头时，按下鼠标左键，拖动行（列）标题的下（右）边界来设置所需的行高（列宽），调整到合适的高度（宽度）后松开鼠标左键。

在行的下边界线和列的右边界线上双击，即可将行高、列宽调整到与其中内容相适应。

2. 利用菜单精确设置行高、列宽

方法一：选定所需调整的区域，单击菜单"格式"→"行"（或"列"）→"行高"（或"列宽"），然后在"行高"（或"列宽"）对话框上设定行高或列宽的精确值，如图6-1-15所示。

图6-1-15　表格行高设定的对话框

方法二：选定需要设置的行或列，单击菜单"格式"→"行"（或"列"）→"最适合行高"（或"最适合列宽"），如图6-1-16所示，系统将自动调整到最佳的行高或列宽。

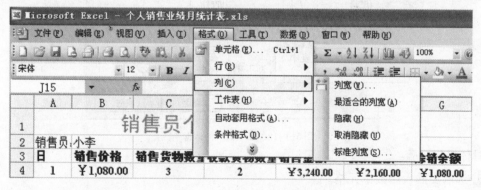

图6-1-16　表格列宽的设定

三、公式与函数的使用

1. 公式

在电子表格软件中，使用公式可以对表中的数值进行加、减、乘、除等运算，用"+"号

表示加,用"−"号表示减,用"*"号表示乘,用"/"表示除;公式中只能使用圆括号,圆括号可以有多层。

图 6-1-17　公式的输入

在输入公式时,要以等号"="开头。在公式中,还可以用到其他单元格的数据,在计算公式的值时,把其他单元格的值代入公式计算。

例如输入公式:"=11+B1*C2",按回车键,表示用单元格B1中的值乘以单元格C2中的值再与11相加,然后把计算的结果显示在输入公式的单元格中,如图6-1-17所示。

2. 函数

函数是一个预先定义好的内置公式,利用函数可以进行简单或复杂的计算。

函数由函数名和用括号括起来的参数组成。如果函数以公式的形式出现,应在函数名前面键入等号"="。例如,求学生成绩表中的班级总分,可以键入:"=SUM（G4：G38）",其中G4到G38单元格中输入的是每个学生的成绩。

函数的输入有以下两种方法:

方法1:对于比较简单的函数,可采用直接输入的方法。

方法2:通过函数列表输入,如图6-1-18所示。

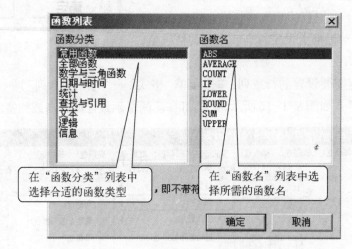

图 6-1-18　函数列表对话框

具体操作步骤:

① 选取要插入函数单元格。

② 单击"插入"→"函数",打开"函数列表"对话框。

四、表格格式的设置（一）

1. 设置字符格式

方法一:利用"格式"工具栏设置字符格式

方法二：选定单元格，选择菜单"格式"→"单元格"，利用"单元格格式"对话框设置字符格式

2. 设置数据格式

在"单元格格式"对话框中选择"数字"选项，设置单元格数据格式。

数据格式的类型如下：

"常规"：单元格格式不包括任何特定的数字格式；

"数值"：设置数值需保留的小数位数和是否使用千位分隔符；

"货币"和"会计专用"：设置币符；

"日期"或"时间"：设置日期或时间的显示格式；

"文本"：将单元格中的数字视作文本处理。

五、系统的帮助功能

在使用电子表格软件处理数据过程中经常会遇到各种问题，可以请教老师，也可以请教其他学生，还可以通过电子表格软件提供的帮助功能来解决。

选择菜单"帮助"→"Microsoft Excel帮助"，打开帮助窗口，如图6-1-19所示。

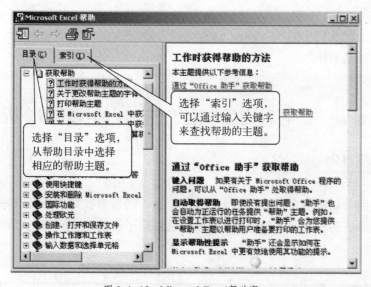

图6-1-19　Microsoft Excel帮助窗口

提醒

1. 各种软件的作用互不相同，文字处理软件主要用来处理以文字为主的文档，电子表格软件主要用来处理数据及表格，要根据自己不同的需要，合理选择处理软件。

2. 在电子表格中可以方便地利用公式和函数进行数据的统计。

3. 公司的有些统计数据不应当让所有的人知道，注意重要信息的保密性。

自主实践活动

上海入境旅游情况统计

旅游业作为一种产业，可以促进地区的发展，上海是一座充满生机的城市，旅游业近年来始终保持持续、稳定、健康的发展，每年来上海旅游的国外旅客人数在百万人次以上。对国外、中国香港、中国澳门、中国台湾地区2005年第一季度入境上海旅游情况进行统计分析。2005年第一季度的有关数据可以从配套光盘的"2005年1—3月上海旅游统计资料.doc"文件中找到。

具体要求：

1. 设计统计表，表格应该统计国外、中国香港、中国澳门、中国台湾地区入境上海旅游的情况。表格中应该包括地区名称、今年1—3月各个月的入境上海旅游者信息（人数、与去年同期比）。

2. 使用公式和函数统计第一季度总人数，与去年同期相比的增长情况进行数据的统计，计算正确。

3. 创建的统计表格进行格式的设置，要清晰和醒目。

光 盘

打开光盘中"\项目六\活动一\材料\2005年1月—3月上海旅游统计资料.doc"文件，根据文件中给出的数据，完成任务。

活动二 各种商品年度销售情况的统计与分析

活动要求与样例

创新集团公司销售多种产品，一个月各产品的销售情况如表6-2-1所示。公司为了能准确地分析每种产品的销售情况，需要通过电子表格软件对每种产品的销售数据进行统计分析。

表6-2-1 产品销售额上半年度统计表

产品名称	1月	2月	3月	4月	5月	6月
产品1	102 000	112 300	150 000	100 800	140 600	165 000
产品2	5 250	4 560	3 500	6 500	3 900	3 200
产品3	170 000	203 000	148 000	234 000	240 000	26 500
产品4	27 850	25 400	9 800	19 800	30 940	35 000
……	……	……	……	……	……	……

找出每个月销售额最高的三种产品；统计出每种产品上半年的销售情况。撰写公司多种产品销售情况的统计与分析报告，报告中有数据表还要有统计图，通过统计图能十分清晰地看出上半年哪种产品销售额最高，哪种产品最低；最后还要对多种产品销售情况进行文字分析，为公司领导了解、分析公司多种产品的销售情况提供有利的依据。

参考样例见图6-2-1。

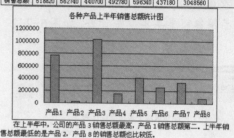

各种产品上半年每月销售情况

各种产品上半年销售总额统计表

2000 年

产品名称	1 月	2 月	3 月	4 月	5 月	6 月	销售总额	平均销售额
产品 1	102000	112300	150000	100800	140600	165000	770700	220200.00
产品 2	5250	4560	3500	6500	3900	3200	26910	7688.57
产品 3	170000	203000	148000	234000	240000	26500	1021500	291857.14
产品 4	27850	25400	9800	19800	30940	35000	148790	42511.43
产品 5	53400	98800	38900	59800	65600	87900	404400	115542.86
产品 6	46000	33000	29900	26300	56700	64900	256800	73371.43
产品 7	90000	68900	45800	35780	53000	45900	339380	96965.71
产品 8	24320	16780	14800	9800	6540	8780	80080	22880.00
销售总额	518820	562740	440700	492780	596340	437180	3048560	

在上半年中，公司的产品3销售总额最高，产品1销售总额第二。上半年销售总额最低的是产品2，产品8的销售总额也比较低。

图6-2-1　各种产品销售情况分析报告的样例

一、活动计划

1. 讨论文字处理软件表格中有关产品销售额的数据

2. 统计产品的销售总额和销售平均值

3. 格式化产品销售额上半年度统计表

先讨论如何格式化，再具体操作实施。

4. 讨论统计图

为了能清晰地看出在某个月中哪种产品销售额最高，应该制作什么类型的统计图？

5. 创建图表分析产品的销售情况

学习在电子表格中根据数据表制作统计图表。

6. 撰写一份"各种产品上半年每月销售情况"的分析报告

对公司多种产品销售额统计表与统计图进行讨论与分析，根据讨论结果撰写分析报告。

二、相关技能

1. 将Word中的表格复制到Excel中。

2. 数据的计算（利用函数）。

3. 数据表的格式化（二）（数据显示格式、边框、底纹）。

4. 数据的排序。

5. 数据图表（直方图）的创建。

6. Excel中的数据表和图表复制到Word中的方法。

方法与步骤

一、讨论文字处理软件表格中有关产品销售额的数据

1. 打开Word文档文件

启动文字处理软件，打开"产品销售额统计表.doc"文档文件，该文件中存放是公司产品销售额上半年度统计表，如图6-2-2所示。

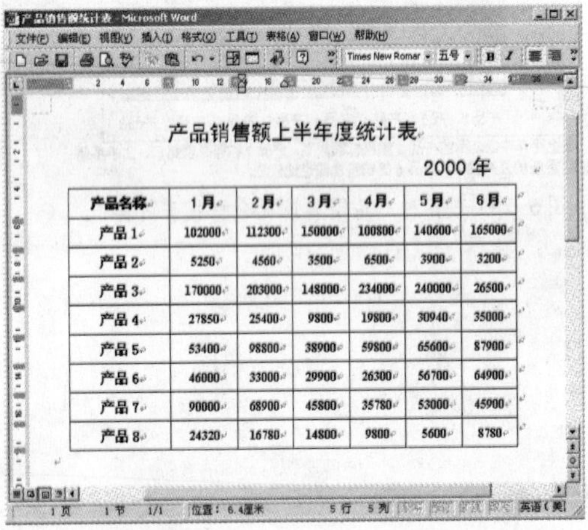

图6-2-2 产品销售额统计表.doc文档

光 盘

参考数据见学生光盘的"\项目六\活动二\材料\产品销售额统计表.doc"文件。

2. 讨论与计算各种产品上半年度的销售总额

① 如何计算公司各种产品上半年度的销售总额？

② 使用"附件"中"计算器"应用程序，分别计算公司各种产品上半年度的销售总额，如图6-2-3。

产品1上半年销售总额为：_____；

产品2上半年销售总额为：_____；

产品3上半年销售总额为：_____。

图6-2-3 计算器

3. 浏览表格，找出每个月销售额最高的产品

3月份销售额最高的产品为：_____

_____；

3月份销售额排名第2的产品为：____

_____；

3月份销售额排名第3的产品为：____

_____。

二、统计产品的销售总额和销售平均值

1. 启动电子表格软件，把文字处理软件表格中的数据复制到电子表格软件的工作表中

① 切换到文字处理软件，选择其中的表格。

② 选择"编辑"→"复制"。

③ 切换到电子表格软件，单击单元格B4。

④ 选择"编辑"→"选择性粘贴"，如图6-2-4所示。

文字处理软件中的数据复制到电子表格软件的工作表中。

2. 讨论与分析

① 产品1上半年度销售总额的计算公式：_____；

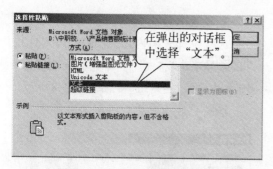

图 6-2-4　选择性粘贴对话框

② 产品 1 上半年度平均销售额的计算公式：_____；

③ 1 月份公司所有产品的销售总额的计算公式：_____。

3. 数据的统计

① 计算各种产品上半年的销售总额：

在单元格 I4 中输入文字"销售总额"；

在单元格 I5 中，用"自动求和"工具计算"产品 1"上半年销售总额；

把单元格 I5 中公式复制到 I6 到 I12 单元格，计算其他产品上半年销售总额。

② 计算各种产品上半年的平均销售额

在单元格 J4 中输入文字"平均销售额"。

用插入函数的方法计算"产品 1"上半年的平均销售额。

单击单元格 J5，选择菜单"插入"→"函数"，在函数列表中选择求平均值函数 AVERAGE，数据源选择 C5 到 H5。

把单元格 J5 中公式复制到 J6 到 J12 单元格，计算其他产品上半年的平均销售额。

③ 计算每个月的所有产品的月销售总额。

在单元格 B13 中输入文字"销售总额"。

用自动求和的方法计算 1 月份所有产品的销售总额。

把单元格 B13 中的公式复制到 C13 到 H13 单元格中，计算其他月份的所有产品的销售总额。结果如图 6-2-5。

产品名称	1月	2月	3月	4月	5月	6月	销售总额	平均销售额
产品1	102000	112300	150000	100800	140600	165000	770700	128450
产品2	5250	4560	3500	6500	3900	3200	26910	4485
产品3	170000	203000	148000	234000	240000	26500	1021500	170250
产品4	27850	25400	9800	19800	30940	35000	148790	24798.33
产品5	53400	98800	38900	59800	65600	87900	404400	67400
产品6	46000	33000	29900	26300	56700	64900	256800	42800
产品7	90000	68900	45800	35780	53000	45900	339380	56563.33
产品8	24320	16800	14800	5600	8780	8780	80080	13346.67
销售总额	518820	562740	440700	492780	596340	437180	3048560	

图 6-2-5　销售总额与平均额统计结果

三、格式化"产品销售额上半年度统计表"

1. 设置表格数据显示格式

在统计表中，平均销售额的数据小数位数都不一样，看起来很不美观。需要把平均销售额的数字格式设定为保留 2 位小数。

选择区域 B5 到 B12。选择菜单"格式"→"单元格"。在弹出的对话框中选择"数字"选项，如图 6-2-6 所示。

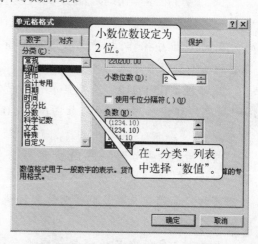

图 6-2-6　单元格格式对话框——"数字"

2. 设置表格边框

选择统计表的内容，即区域B4到J13。选择菜单"格式"→"单元格"。在弹出的对话框中选择"边框"选项，如图6-2-7所示。

3. 设置表格底纹

选择统计表的内容，即区域B4到J13。选择菜单"格式"→"单元格"。在弹出的对话框中选择"图案"选项，如图6-2-8所示。

格式化后的表格如图6-2-9所示。

图6-2-7　单元格格式对话框——"边框"

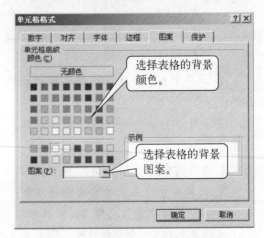

图6-2-8　单元格格式对话框——"图案"

产品名称	1月	2月	3月	4月	5月	6月	销售总额	平均销售额
产品1	102000	112300	150000	100800	140600	165000	770700	128450.00
产品2	5250	4560	3500	6500	3900	3200	26910	4485.00
产品3	170000	203000	148000	234000	240000	26500	1021500	170250.00
产品4	27850	25400	9800	19800	30940	35000	148790	24798.33
产品5	53400	98800	38900	59800	65600	87900	404400	67400.00
产品6	46000	33000	29900	26300	56700	64900	256800	42800.00
产品7	90000	68900	45800	35780	53000	45900	339380	56563.33
产品8	24320	16780	14800	9800	5600	8780	80080	13346.67
销售总额	518820	562740	440700	492780	596340	437180	3048560	

图6-2-9　格式化后的表格

四、通过排序操作对产品上半年度销售情况进行分析

1. 通过排序操作，把产品按上半年销售总额从高到低顺序排列

选择区域B5到J12。选择菜单"数据"→"排序"，弹出排序对话框，如图6-2-10所示。

排序后的结果如图6-2-11所示。

讨论：

哪种产品销售总额最高？哪种产品销售总额最低？

如果按1月份产品的销售金额排序，

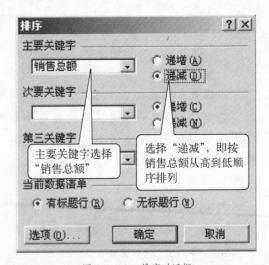

图6-2-10　排序对话框

产品名称	1月	2月	3月	4月	5月	6月	销售总额	平均销售额
产品3	170000	203000	148000	234000	240000	26500	1021500	170250.00
产品1	102000	112300	150000	100800	140660	165000	770700	128450.00
产品5	53400	98800	38900	59800	65600	87900	404400	67400.00
产品7	90000	68900	45800	35780	53000	45900	339380	56563.33
产品6	46000	33000	29900	26300	56700	64900	256800	42800.00
产品4	27850	25400	9800	19800	30940	35000	148790	24798.33
产品8	24320	16780	14800	9800	5600	8780	80080	13346.67
产品2	5250	4560	3500	6500	3900	3200	26910	4485.00
销售总额	518820	562740	440700	492780	596340	437180	3048560	

图6-2-11　排序后的结果

哪种产品最多,哪种产品最少?

通过电子表格的"排序"操作和文字处理软件中手工排序,哪个更方便?

五、创建图表分析产品的销售情况

1. 统计数据除了可以分类整理制成统计表以外,还可以制成统计图,用统计图表示有关数量之间的关系,比统计表更加形象、具体,使人一目了然,印象深刻。常用的统计图有条形统计图、折线统计图等。

2. 讨论:

① 为了能直观地看出每种产品上半年销售总额的高低,需要采用什么类型的统计图?

② 什么是条形统计图? 一个条形统计图包括哪些部分?

③ 在纸张上手工制作条形统计图的一般步骤是什么?

3. 讨论:公司各种产品上半年度销售总额统计图。

根据图6-2-12所示的统计图,讨论:

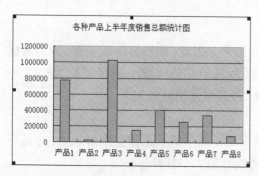

图6-2-12　各种产品上半年度销售总额统计图

哪种产品上半年销售总额最高?

哪种产品上半年销售总额最低?

4. 创建各种产品上半年度销售总额统计图。

选择区域B4到B12,按住[Ctrl]键不放,选择区域I4到I12。选择"插入"→"图表";根据图表向导-4步骤创建图表,如图6-2-13、图6-2-14、图6-2-15所示。

创建的统计图如图6-2-16所示。

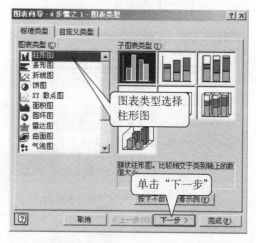

图6-2-13　图表向导-4步骤之1对话框

点　拨

图表是工作表数据的图形表示。图表依赖于工作表中的数据而存在,当修改、删除工作表中对图表有链接的数据时,图表会自动改变相应的数据点,发生相应的变化。

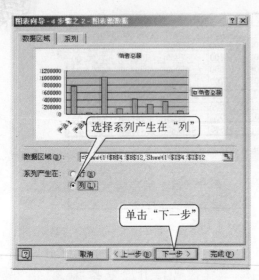

图6-2-14　图表向导-4步骤之2对话框

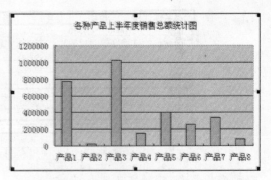

图6-2-16　各种产品上半年度销售总额统计图

六、撰写一份"各种产品上半年每月销售情况"的分析报告

1. 启动文字处理软件。

2. 输入报告标题"各种产品上半年每月销售情况",并设定标题的格式。

3. 把电子表格软件中的统计表和统计图复制到文字处理软件标题的下面。

4. 在文字处理软件中,在复制的图表下面,利用文字阐述各种产品在上半年中的销售情况。

七、开展交流与讨论

1. 把自己撰写的分析报告文件通过电子邮件发送给教师和其他同学。

2. 收看其他同学发过来的电子邮件,浏览其他同学创建的分析报告。

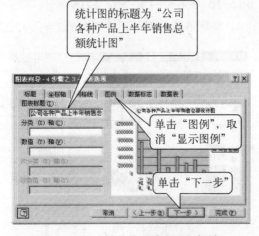

图6-2-15　图表向导-4步骤之3对话框

知识链接

一、表格格式的设置(二)

Excel中呈网格状的水印表格线,不能被打印出来。因此,如想打印成表格,需为表格设置框线。其操作方法如下:选定要设置边框和底纹的单元格区域;选择菜单"格式"→"单元格",或在选定区域右击打开快捷菜单,选择"设置单元格格式"。

二、图表的创建

利用电子表格软件提供的图表功能,可以基于工作表中的数据建立图形表格,这是一种使用图形来描述数据的方法,用于直观地表达各统计值大小差异。

数据图表化是用图形的方式显示工作表中的数据,利用生动的图形和鲜明的色彩使工作表更引人注目,更加完美。

创建图表的步骤如下:

步骤一:选定要绘制成图表的单元格数据区域,即数据源,如图6-2-17所示。

产品名称	1月	2月	3月	4月	5月	6月	销售总额	平均销售额
产品3	170000	203000	148000	234000	240000	26500	1021500	170250.00
产品1	102000	112300	150000	100800	140600	165000	770700	128450.00
产品5	53400	98800	38900	59800	65600	87900	404400	67400.00
产品7	90000	68900	45800	35780	53000	45900	339380	56563.33
产品6	46000	33000	29900	26300	56700	64900	256800	42800.00
产品4	27850	25400	9800	19800	30940	35000	148790	24798.33
产品8	24320	16780	14800	9800	5	8780	80080	13346.67
产品2	5250	4550	3500	6500	3900	3200	26910	4485.00
销售总额	518820	5			596340	437180	3048560	

选择数据表中用来
创建图表的数据。

图6-2-17 数据源的选择

步骤二:选择菜单"插入"→"图表",或单击"图表向导"按钮,如图6-2-18所示,打开"图表向导"对话框。

步骤三:选择图表类型。

步骤三:确定图表源数据区域。

步骤四:设置图表选项。

步骤五:设置图表放置位置。

选择将图表"作为新工作表插入"放置于一张新的工作表中,选择"作为其中的对象插入"则将图表插入到当前工作表中。

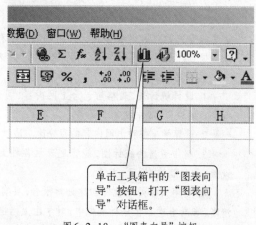

单击工具箱中的"图表向导"按钮,打开"图表向导"对话框。

图6-2-18 "图表向导"按钮

点 拨

图表能更加清晰地反映数据所表达的含义;不同类型的图表,表达的作用是不同的,要根据需要合理选择图表的类型。

生成图表先要选择数据,当工作表中的数据发生变化时,由这些数据生成的图表会自动进行调整,以反映数据的变化。

三、数据的排序

数据排序是将工作表中选定区域中的数据按指定的条件进行重新排列。数据排序的操作如下。

1. 选定数据清单。

2. 选择菜单"数据""排序",打开"排序"对话框。

3. 打开"主要关键字"列表，选择主要关键字，选择按递增或递减的排序方式，如果需要，再选择次要关键字、第三关键字。

4. 设置完毕，单击"确定"。

 点 拨

数据的排序是数据处理的常用功能之一，经过排序整理后的数据便于观察，易从中发现规律。可以根据某个关键字排序，也可以根据多个关键字排序。

 自主实践活动

学生假期上网情况的分析

网络已经深入到学生生活的各个方面，不仅是学生学习上的帮手，同时也是学生娱乐生活中不可缺少的工具，上网已经成为越来越多的学生假期生活的一个重要组成部分。2005年某部门对北京、上海、深圳三地中小学生寒假上网情况进行了问卷调查。运用所给出的文件（文件中包含调查信息的有关数据），以表格和统计图表的形式对中小学生寒假上网情况进行统计分析，形成自己的分析报告。最后完成的作品以"寒假上网"为文件名保存。

具体要求如下：

1. 设计统计表，表格应包含上网内容、调查票数、所占百分比三个项目。创建的统计表格要进行格式的设置，要求清晰和醒目。

2. 计算学生每种上网内容的百分比。通过排序操作找出学生上网做得最多和最少各两项内容。

3. 制作适当的统计图，能直观表示各种上网的情况。根据统计表创建的统计图要进行格式的设置，做到简洁、明了、美观。

4. 利用文字处理软件创建分析报告，要有统计表、统计图，并有文字表述，要求主题鲜明、版面清晰、布局合理。在分析报告中，对学生上网情况进行分析。

光 盘

打开光盘中"\项目六\活动二\材料\中小学生寒假上网情况.doc"文件，根据文件中给出的数据，完成任务。

活动三 各销售部门每月销售情况的汇总与分析

活动要求与样例

创新集团公司下有二个销售部，分别是销售一部、销售二部，每个销售部都有许多销售人员，现在每位销售人员每个月的销售额情况存放在文字处理软件的表格中。

2000年上半年各销售部人员销售情况统计表

销售部门	销售员姓名	1月	2月	3月	4月	5月	6月
销售一部	销售员1	9 200	11 200	9 800	13 200	21 200	8 200
销售一部	销售员2	22 500	12 500	2 500	29 500	9 250	20 000
销售一部	销售员3	17 000	7 000	31 000	9 870	15 700	8 700
销售二部	销售员4	17 850	9 200	17 850	19 700	17 850	37 850
……	……	……	……	……	……	……	……

帮助公司根据销售人员个人销售数据对各销售部的销售业绩进行统计与分析,统计出各个销售部每月的销售额与销售人员平均销售额;统计出每个销售部年度销售总额与平均值。撰写一份分析报告,分析各销售部销售业绩,分析报告中要有统计表和统计图。报告一方面要反映出各个销售部销售额变化趋势;另一方面能十分清晰地反映每月各销售部销售额的高低。

参考样例见图6-3-1所示。

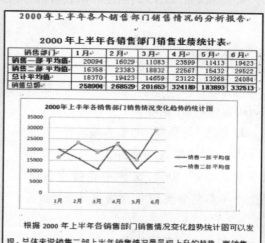

图6-3-1 各销售部销售业绩分析报告的样例

活动分析

一、活动计划

1. 统计每位销售人员的上半年销售额与销售平均值,统计每个月销售总额。

2. 查找销售一部每个销售员的销售情况。

讨论: 如何只显示销售一部每个销售员的销售情况?

3. 通过手工查找、排序、筛选三种不同的方法来查找所有上年度销售额超过公司平均值的销售员。

4. 根据销售部门进行分类,计算每个部门每个月的销售平均值。

根据销售部门进行汇总,计算每个销售部门每个月的销售平均值。

5. 创建反映某个销售部门上半年销售情况变化趋势的统计图。

在电子表各种创建反映某个销售部门半年来销售额变化的统计图,并设定图表对象的格式,使之更美观、清晰。

6.撰写各销售部销售业绩的统计分析报告。

分析报告要反映出各个销售部门的销售额变化趋势,同时要能十分清晰地反映每个月各销售部门销售额的高低。

二、相关技能

1.利用函数进行数据的统计。

2.数据的筛选。

3.数据的分类汇总。

4.图表(折线图)的创建和图表各部分格式的设置。

方法与步骤

一、统计每位销售人员的上半年销售额与销售平均值,统计每个月销售总额

1.创建"销售部"电子表格文件

① 启动文字处理软件,打开"销售部销售情况.doc"文件,文件中存放有2000年上半年各销售员销售业绩统计表,如图6-3-2所示。

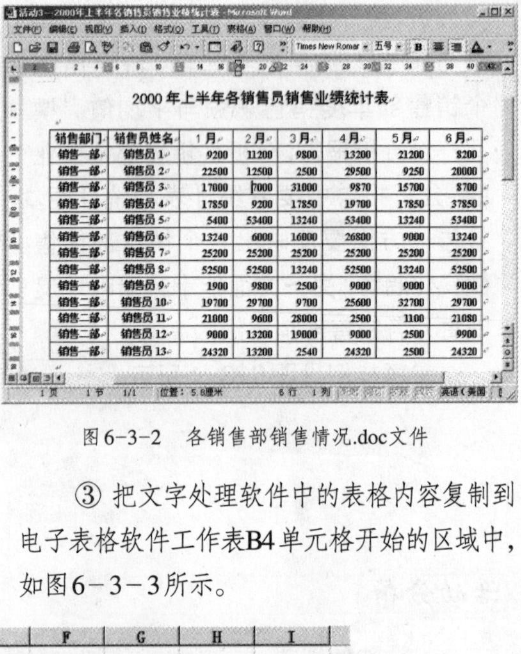

② 把文字处理软件中的表格标题复制到电子表格软件工作表的B2单元格。

图6-3-2 各销售部销售情况.doc文件

光 盘

参考数据见学生光盘的"\项目六\活动三\材料\销售部销售情况.doc"文件。

③ 把文字处理软件中的表格内容复制到电子表格软件工作表B4单元格开始的区域中,如图6-3-3所示。

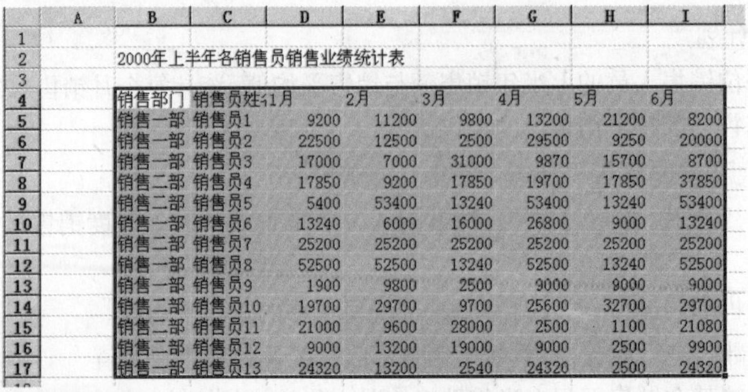

图6-3-3 表格内容复制结果

2. 计算每个销售员的上半年销售总额和销售平均值

① 讨论: 如何计算每个销售员上半年销售总额? 计算公式是怎样的?

② 利用SUM函数计算每个销售员的上半年销售总额。

③ 讨论: 如何计算每个销售员的上半年销售平均值? 计算公式是怎样的?

④ 利用AVERAGE函数计算每个销售员的上半年销售平均值, 结果如图6-3-4所示。

3. 计算每个月份的销售总额

讨论:

如何计算1月份的销售总额? 计算公式是怎样的?

计算1—6月每个月份的所有人员的销售总额。

	销售部门	销售员姓	1月	2月	3月	4月	5月	6月	销售总额	销售平均值
2000年上半年各销售员销售业绩统计表										
	销售一部	销售员1	9200	11200	9800	13200	21200	8200	72800	12133.33
	销售一部	销售员2	22500	12500	2500	29500	9250	20000	96250	16041.67
	销售一部	销售员3	17000	7000	31000	9870	15700	8700	89270	14878.33
	销售二部	销售员4	17850	9200	17850	19700	17850	37850	120300	20050
	销售一部	销售员5	5400	53400	13240	53400	13240	53400	192080	32013.33
	销售一部	销售员6	13240	6000	16000	26800	9000	13240	84280	14046.67
	销售二部	销售员7	25200	25200	25200	25200	25200	25200	151200	25200
	销售二部	销售员8	52500	52500	13240	52500	13240	52500	236480	39413.33
	销售二部	销售员9	1900	9800	2500	9000	9000	9000	41200	6866.667
	销售二部	销售员10	19700	29700	9700	25600	32700	29700	147100	24516.67
	销售二部	销售员11	21000	9600	28000	2500	1100	21080	83280	13880
	销售二部	销售员12	9000	13200	19000	9000	2500	9900	62600	10433.33
	销售二部	销售员13	24320	13200	2540	24320	2500	24320	91200	15200
	销售总额		238810	252500	190570	300590	172480	313090		

图6-3-4　销售总额与平均值的计算结果

二、查找销售一部每个销售员的销售情况

请手工找出所有销售一部的销售员姓名及各个月的销售情况, 完成表格6-3-1。

表6-3-1　销售员的销售情况表

销售员	1月	2月	3月	4月	5月	6月
……	……	……	……	……	……	……

通过电子表格中"筛选"来找出所有销售一部的销售员姓名及各个月的销售情况。

鼠标选择销售业绩统计表的任何一个单元格。选择菜单"数据"→"筛选"→"自动筛选", 如图6-3-5所示。

结果如图6-3-6, 如果要只显示出销售一部所有销售员的销售情况, 则单击B列

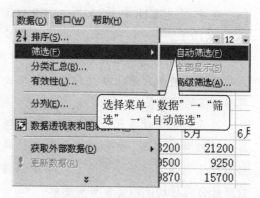

图6-3-5　"自动筛选"菜单的选择

"销售部"右边的三角形, 在下拉列表中选"销售一部", 如图6-3-6所示。

三、查找所有上年度销售额超过公司平均值的销售员

1. 计算公司上半年度所有销售人员的销售平均值

① 取消上次的筛选, 再次选择菜单"数据"→"筛选"→"自动筛选", 取消前

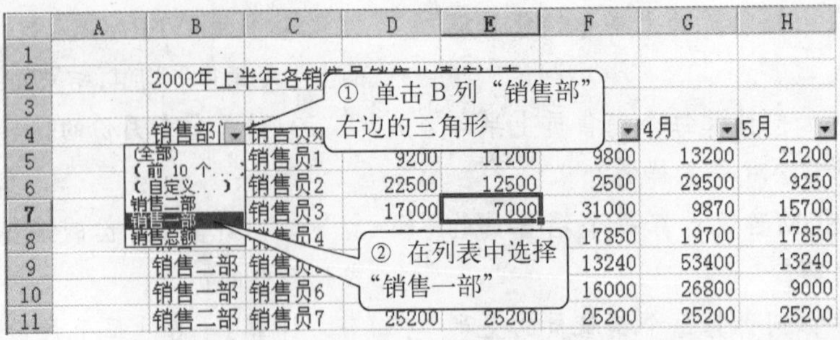

图6-3-6　筛选条件的选择

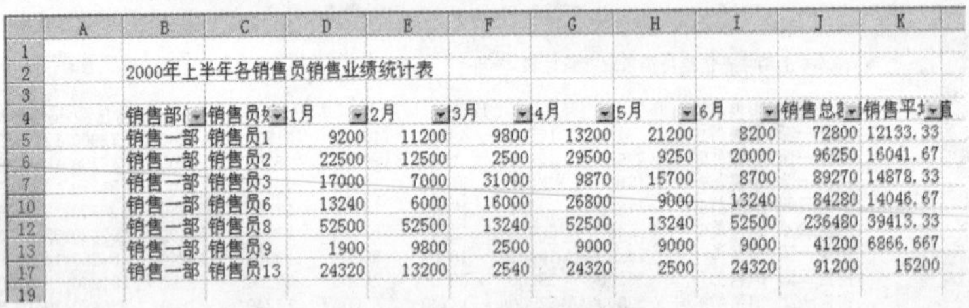

图6-3-7　销售一部各销售员的销售业绩

面的筛选操作,显示出所有内容。

② 在单元格K18中计算公司上半年度销售人员的销售平均值。

在单元格K18中输入"=AVERAGE（K5：K17）"。

③ 设定销售平均值保留2位小数。

2. 手工查找所有上年度销售额超过公司平均值的销售员

请比较每位销售员的上半年度平均值与公司销售平均值,找出所有上年度销售额超过公司平均值的销售员。上年度销售额超过公司平均值的销售员有哪些?

3. 先排序,再查找所有上年度销售额超过公司平均值的销售员

根据销售平均值排序,再找出所有上年度销售额超过公司平均值的销售员。

① 选择所有销售员的数据,即选择区域B5到K17。

② 选择菜单"数据"→"排序"。以"销售平均值"为关键字进行排序,如图6-3-8所示。

排序的结果如图6-3-9所示。

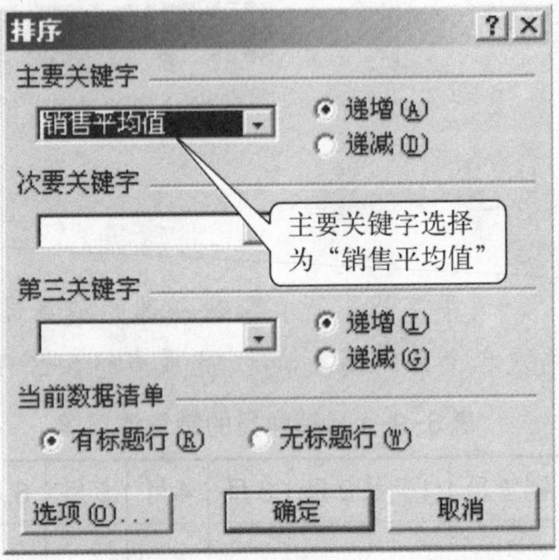

图6-3-8　"排序"对话框

③ 根据排序结果,找出所有上年度销售平均额超过公司平均值的销售员。

4. 使用"筛选"功能,找出所有上年度销售额超过公司平均值的销售员

① 执行"撤销",取消前面的排序操作。

② 鼠标选择各销售员销售业绩统计表的任何一个单元格。

③ 选择菜单"数据"→"筛选"→

图6-3-9　排序的结果

"自动筛选"。单击"销售平均值"右边的三角，在下拉列表中选择"自定义"，如图6-3-10所示，弹出"自定义自动筛选方式"对话框，如图6-3-11所示。

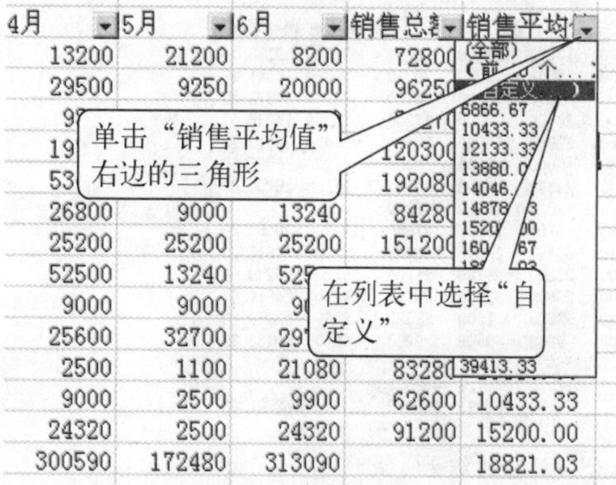

在"自定义自动筛选方式"对话框中设定条件，单击"确定"按钮，筛选的结果如图6-3-12所示。

5. 比较"手工查找"、"先排序再查找"、"自动筛选"三种查找方法。

图6-3-10

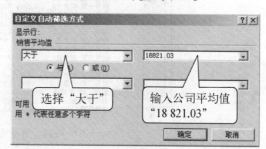

图6-3-11　"自定义自动筛选方式"对话框

图6-3-12　筛选的结果

三、根据销售部门进行分类，计算每个部门每个月的销售平均值

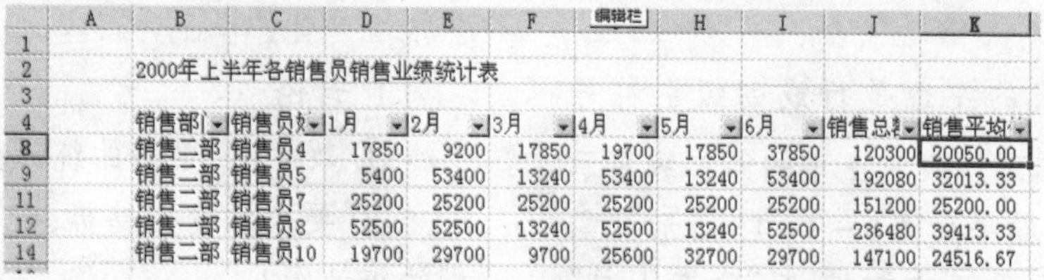

1. 手工统计"销售二部"所有销售员每个月的销售平均值，完成下列表格

部　　门	1月份销售平均值	2月份销售平均值	3月份销售平均值	4月份销售平均值	5月份销售平均值	6月份销售平均值
销售二部						

2. 通过"分类汇总"进行统计

① 数据的排序

选择区域B5到K17。

选择菜单"数据"→"排序",根据"销售部门"的"递减"顺序排列。

② 数据的分类汇总

选择区域B4到K17

选择菜单"数据"→"筛选"→"分类汇总",弹出"分类汇总"对话框,如图6-3-13所示。

分类汇总后的结果如图6-3-14。

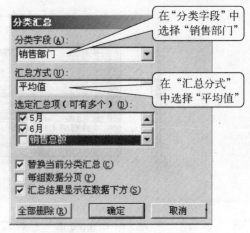

图6-3-13 "分类汇总"对话框

1 2 3		A	B	C	D	E	F	G	H	I	J	K
	1											
	2		2000年上半年各销售员销售业绩统计表									
	3											
	4		销售部门	销售员姓	1月	2月	3月	4月	5月	6月	销售总额	销售平均值
	5		销售一部	销售员1	9200	11200	9800	13200	21200	8200	72800	12133.33
	6		销售一部	销售员2	22500	12500	2500	29500	9250	20000	96250	16041.67
	7		销售一部	销售员3	17000	7000	31000	9870	15700	8700	89270	14878.33
	8		销售一部	销售员6	13240	6000	16000	26800	9000	13240	84280	14046.67
	9		销售一部	销售员8	52500	52500	13240	52500	13240	52500	236480	39413.33
	10		销售一部	销售员9	1900	9800	2500	9000	9000	9000	41200	6866.67
	11		销售一部	销售员13	24320	13200	2540	24320	2500	24320	91200	15200.00
	12		销售一部 平均值		20094.3	16028.6	11082.9	23598.6	11412.9	19422.9		
	13		销售二部	销售员4	17850	9200	17850	19700	17850	37850	120300	20050.00
	14		销售二部	销售员5	5400	53400	13400	53400	13240	53400	192080	32013.33
	15		销售二部	销售员7	25200	25200	25200	25200	25200	25200	151200	25200.00
	16		销售二部	销售员10	19700	29700	9700	25600	32700	29700	147100	24516.67
	17		销售二部	销售员11	21000	9600	23800	2500	1100	21080	83280	13880.00
	18		销售二部	销售员12	9000	13200	19000	9000	2500	9900	62600	10433.33
	19		销售二部 平均值		16358.3	23383.3	18831.7	22566.7	15431.7	29521.7		
	20		总计平均值		18370	19423.1	14659.2	23122.3	13267.7	24083.8		
	21		销售总额		258904	268529	201653	324189	183893	332513		18821.03

图6-3-14 根据销售部门分类汇总的结果

3. 改变显示的级别行或列级别符号

在工作表的左边是行或列级别符号，单击工作表左上角的第二级显示级别符号 2，结果如图6-3-15所示。

4. 比较手工统计和通过"分类汇总"功能进行统计这两种方法。

四、创建反映每个销售部门上半年销售情况变化趋势的统计图

1. 讨论

① 数学中,常用的统计图有哪几种?

② 要表示变化趋势,应该采用什么类型的统计图?

③ 折线统计图包括哪几部分? 折线统

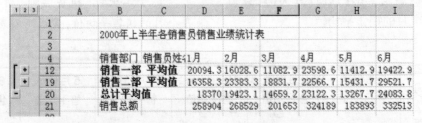

1 2 3		A	B	C	D	E	F	G	H	I
	1									
	2		2000年上半年各销售员销售业绩统计表							
	3									
	4		销售部门	销售员姓	1月	2月	3月	4月	5月	6月
	12		销售一部 平均值		20094.3	16028.6	11082.9	23598.6	11412.9	19422.9
	19		销售二部 平均值		16358.3	23383.3	18831.7	22566.7	15431.7	29521.7
	20		总计平均值		18370	19423.1	14659.2	23122.3	13267.7	24083.8
	21		销售总额		258904	268529	201653	324189	183893	332513

图6-3-15 分类汇总的结果

计图的制作步骤是什么？

2. 创建2000年上半年"销售一部"销售情况变化趋势的统计图

① 讨论：

要创建2000年上半年销售一部销售情况变化的统计图，需要哪些数据？图表类型是什么？为什么？统计图的标题是什么？是否需要"图例"？为什么？

② 创建2000年上半年销售一部销售情况变化趋势的统计图

选择创建图表的数据，如图6-3-16所示。

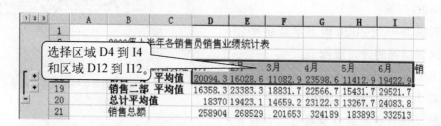

图6-3-16　选择创建图表的数据

选择菜单"插入"→"图表"，图表类型为"折线图"。

选择系列产生在"行"中。

图表的标题为"销售一部上半年销售情况统计图"，不显示图例。

图表作为其中的对象插入在当前工作表中，结果如图6-3-17所示。

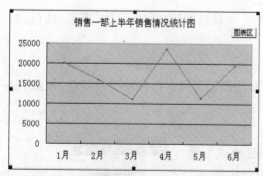

图6-3-17　销售一部上半年销售情况统计图

③ 设置统计图各部分的格式

双击图表的任何部分，进入图表修改状态，就可以改变该部分的格式。

例如：双击"绘图区"，进入"绘图区格式"设置窗口，如图6-3-18所示。

绘图区的背景颜色改成了淡黄色。

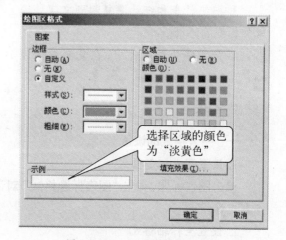

图6-3-18　"绘图区格式"对话框

根据自己的设计，设置图表各部分的格式。

④ 讨论

从上面创建的折线统计图中，可以得到什么信息？

请说出上面创建的折线统计图的各个部分的名称。

3. 创建2000年上半年各销售部门销售情况变化趋势的统计图

① 同时选择销售一部和销售二部的汇总数据，选择区域B4到B19，按住［CTRL］

键,再选择区域D4到I19;

　　② 图表类型选择折线统计图;

　　③ 创建2000年上半年各销售部门销售情况变化趋势的统计图。

　　④ 设定统计图的折线颜色与粗细、统计图的背景颜色、标题的格式等。结果如图6-3-19所示。

五、撰写一份2000年上半年各个销售部门销售情况的分析报告

　　1. 启动文字处理软件。

　　2. 输入报告标题:"2000年上半年各个销售部门销售情况的分析报告",并设定标题的字符格式。

　　3. 把统计表和统计图复制到文字处理软件标题的下面。

　　4. 在文字处理软件中,在复制的图表

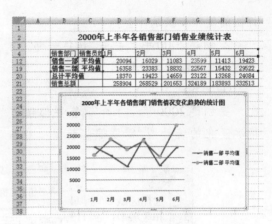

图6-3-19　各销售部门销售业绩分析报告

下面,输入各个销售部门每个月人均销售平均值的文字分析。

　　结果可参见图6-3-19所示,建议自行设计与撰写分析报告。

知识链接 ～～～～～～～～～～～～～～～～～～～～～～

一、图表格式的设置

1. 设置图表标题格式

双击图表标题,弹出"图表标题格式"对话框。可设置标题文字的字体、字号、颜色、对齐方式等。

2. 设置坐标轴格式

双击分类轴或数值轴,弹出"坐标轴格式"对话框。可设置坐标轴线条颜色、粗细、刻度,坐标刻度的字体、字号等。

3. 设置图表背景

右击图表背景,在弹出的菜单中选择"图表区格式",弹出"图表区格式"对话框。可设置背景颜色、填充效果等。

4. 重新定义图表

将鼠标指针移到数据图区域右击,弹出快捷菜单,如图6-3-20所示。

选择"图表类型",重新选择图表类型。

选择"数据源",重新选定数据源区域。

选择"图表选项"命令,重新设置图表选项,修改图表标题等。

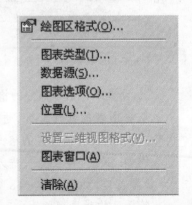

图6-3-20　数据图表的快捷菜单

选择"位置"命令，重新设置图表放置的位置。

5. 添加数据

选择"图表"菜单中的"添加数据"命令，向图表添加数据。

6. 图表的编辑

① 移动图表。选定图表后，拖动图表将其放置于适当的位置后释放按键。

② 改变图表大小。选定图表后，拖动图表边框上的尺寸控制点可调整图表的大小。

③ 删除图表。选定图表后，按[Delete]键，可把图表删除。

三、数据的筛选

数据筛选是按给定的条件从工作表中筛选出符合条件的记录，而其他不符合条件的记录则被隐藏起来。单击列表按钮可选择筛选条件，之后显示出满足条件的记录，未满足条件的记录则被隐藏。

自定义筛选条件，单击列表按钮，在列表中选择"自定义"条件，则弹出"自定义自动筛选方式"对话框，如图6-3-21所示。

选择筛选条件后单击"确定"，即可显示满足条件的记录，不满足条件记录被隐藏。

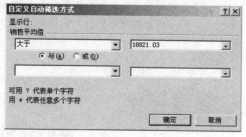

图6-3-21 "自定义自动筛选方式"对话框

点 拨

1. 在用公式进行统计时，公式有时并不唯一。

2. 折线统计图能清晰地反映事物的发展趋势。

3. 为了使创建的统计图表更加清晰、美观，可以设置图表中元素的格式。

4. 分类汇总可以把数据先按某个关键字进行分类，再按照求和、求平均值等进行数据的汇总。

5. 在计算机中，不同软件之间可以进行信息的复制。

6. 使用信息技术来完成任务时，有时可以灵活运用多个软件来完成某项任务。

7. 在学习过程中，许多内容需要自己探索，培养探索精神和创新精神。在活动过程中，经常需要小组成员的共同努力，来完成某项任务。

自主实践活动

学校运动会比赛成绩统计

学校举行了运动会，运动会结束后要对成绩进行统计与分析。运动会的各项比赛在不同的地点进行，运动成绩由不同的工作人员分别录入，然后把所有的比赛成绩汇总在一起，运用文字处理软件制作运动会成绩的分析报告。

制作要求：

1. 分析报告中要阐述哪些同学获得了单项第一名。

2. 不少同学获得了好成绩，为各自的班级争得了荣誉，其所属的班级得到了相应的团体积分，计算每个班级的团体积分，并制作每个班级团体积分的三维条形统计图。

3. 分析报告中要有统计表和统计图，统计表和统计图要进行格式设置，使得结果美观。

4. 分析报告中要配上文字描述，对运动会成绩进行分析。分析报告要主题鲜明、版面清晰、布局合理。

光 盘

打开光盘中"\项目六\活动三\材料\学校运动会成绩.doc"文件，根据文件中给出的数据，完成任务。

活动四　各销售部门不同商品月销售情况的汇总与分析

活动要求与样例

2003年10月创新集团公司各销售部门商品销售的情况如表6-4-1，在表中，按照日期依次记录了各个销售部门销售商品的情况，包括销售部门、销售日期、商品名称、商品的品牌以及销售金额。

表6-4-1

销售部门	日期	商品名称	品牌	销售金额
销售一部	1	笔记本电脑	TCL	￥102,000.00
销售二部	1	喷墨打印机	HP	￥5,250.00
销售三部	1	台式机	联想	￥170,000.00
销售四部	1	数码相机	富士	￥67,850.00
销售二部	1	服务器	联想	￥53,400.00
……	……	……	……	……

为了更加详细而又清晰地了解公司商品的销售情况，更为了公司领导正确合理分析销售问题，需要对每个销售部门、每种商品和每种品牌的销售情况进行统计与分析，从而能直观清晰地了解每个销售部门的销售额情况；能了解每种商品的销售情况，也能方便地了解每种品牌的销售情况；能通过统计图直观地反映每个销售部门、每种商品和每种品牌的销售情况。参考样例如图6-4-1所示。

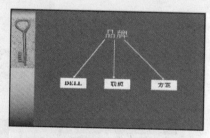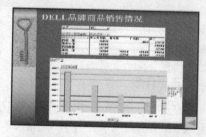
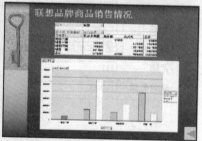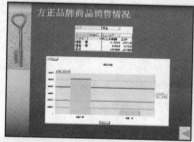

图6-4-1　各种品牌销售情况演示文稿的样例

活动分析

一、活动计划

1. 讨论查找满足条件的数据记录

如何方便地了解某一个销售部门、某一种商品、某一种品牌的销售情况？

2. 学习数据记录清单查找满足条件的记录

3. 讨论汇总统计

如何分别统计每个部门、每种商品、每种品牌的销售情况？如何同时汇总统计每个部门、每种商品、每种品牌的销售情况？

4. 学习数据透视表

通过"数据透视表"来同时汇总统计每个部门、每种商品、每种品牌的销售情况，并设置数据透视表的格式。

5. 学习通过数据透视表创建数据透视图

根据数据透视表直接生成数据透视图，并可以设置数据图的格式。

6. 撰写多媒体分析报告

制作多媒体演示文稿,说明每种品牌、每件商品、每个部门的销售汇总情况。

二、相关技能

1. 数据记录清单。

2. 数据透视表的创建与编辑。

3. 通过数据透视表创建数据透视图。

方法与步骤

一、打开工作表文件

启动电子表格程序,打开学生光盘的"商品销售表.xls"文件,文件中存放有2003年10月集团公司各销售部门商品销售统计表。

光 盘

参考数据见学生光盘的"\项目六\活动四\材料\商品销售表.xls"文件。

二、查找数据表中满足条件的记录

1. 通过"排序"操作查找商品名称为"笔记本电脑"的销售情况

应该根据"商品名称"为主要关键字进行排序。

① 选择区域B4到F47。

② 选择菜单_____

_____。

③ "主要关键字"选择为:_____

_____。

④ 根据排序结果,完成下列内容:

哪些日期销售过笔记本电脑?

销售一部销售笔记本电脑的情况如何?

2. 通过"记录单"操作来查找商品名称为"笔记本电脑"的销售情况

① 选择区域B4到F47。

② 选择菜单"数据"→"记录单"。在"Sheet1"对话框中选择"条件"按钮,如图6-4-2所示。

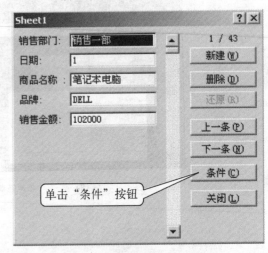

图6-4-2 "记录单"对话框1

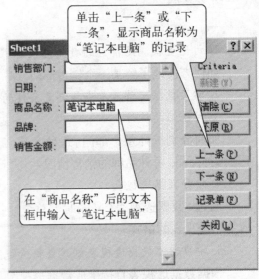

图6-4-3 "记录单"对话框2

③ 输入查找的条件。在"商品名称"后文本框中输入"笔记本电脑"。

④ 根据查找结果，完成下列内容：

哪些日期销售过笔记本电脑？

销售一部销售笔记本电脑的情况如何？

3. 比较两种查询的方法，结果相同吗？哪种方法比较方便？

4. 通过记录单来查找一个月中销售金额"大于100 000元"的销售记录。

① 选择区域B4到F47。

② 选择菜单"数据"→"记录单"。

③ 单击"条件"按钮。

④ 在销售金额后面的文本框中输入">100 000"，按回车键，找出销售金额大于100 000元的销售记录，单击"下一条"按钮，继续往后找。

销售金额大于100 000元的销售记录有哪些？

三、根据销售部门、商品名称、品牌等来汇总销售数据

使用分类汇总只能根据某一个字段进行分类汇总，也就是要么根据销售部门进行分类汇总，要么根据商品名称进行分类汇总，要么根据商品的品牌进行分类汇总，不能同时根据几个字段进行分类汇总。使用"数据透视表"，同时根据销售部门、商品名称、商品品牌进行分类汇总。

1. 创建数据透视表

① 在商品销售表.xls表中选择区域B4到F47。

② 选择菜单"数据"→"数据透视表和图表报告"。弹出"数据透视表和数据透视图向导—3步骤之1"对话框，如图6-4-4所示。根据向导，创建数据透视表，结果如图6-4-8所示。

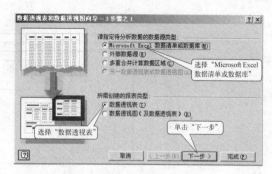

图6-4-4　数据透视表和数据透视图向导-3步骤之1

③ 单击图6-4-5中"下一步"按钮，则有图6-4-6对话框。

④ 在图6-4-6中选择"新建工作表"，单击"完成"按钮，则出现图6-4-7对话框。

⑤ 在图6-4-7中将"销售部门"拖入左边框内，将"商品名称"拖入第3行框内，将"销售金额"拖入中间，参见图6-4-7。

⑥ 完成的透视表如图6-4-8所示。

讨论：

四个部门商品"笔记本电脑"的销售情况如何？

"销售三部"销售"笔记本电脑"和"喷墨打印机"的销售情况如何？

图6-4-5　数据透视表和数据透视图向导-3步骤之2

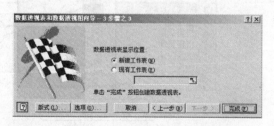

图6-4-6　数据透视表和数据透视图向导-3步骤之3

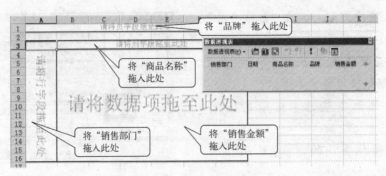

图6-4-7　空白数据透视表

品牌	（全部） ▾					
求和项:销售金额	商品名称 ▾					
销售部门 ▾	笔记本电脑	服务器	喷墨打印机	数码相机	台式机	总计
销售二部	883980	53400	57180	56880	14400	1065840
销售三部	402680		11680	141400	573200	1128960
销售四部	287500		34750	84850	231400	638500
销售一部	571250	167850	55200		234500	1028800
总计	2145410	221250	158810	283130	1053500	3862100

图6-4-8　品牌销售情况的数据透视表

2. 使用数据透视表查看某种品牌产品的销售情况

从数据透视表中了解"DELL"品牌产品的销售情况,如图6-4-9所示。

点拨

数据透视表能够将筛选、排序和分类汇总等操作依次完成,并生成汇总表格。通过数据透视表,能根据销售部门、商品名称、品牌同时进行分类汇总。

结果显示DELL品牌的产品销售情况,如图6-4-10所示。

讨论: DELL品牌包括哪些商品? 销售一部DELL品牌的销售情况如何?

在数据表中查找其他品牌的商品和部门销售情况。

四、通过数据透视图来进一步分析销售情况

创建公司所有品牌、所有商品、各销售部门销售情况的统计图。

1. 在数据透视表中,单击"品牌"后面的三角形,在列表中选择"全部",显示所

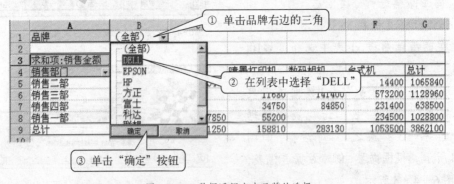

图6-4-9　数据透视表中品牌的选择

	A	B	C	D	E
1	品牌	DELL ▼			
2					
3	求和项:销售金额	商品名称 ▼			
4	销售部门 ▼	笔记本电脑	服务器	台式机	总计
5	销售二部	364830		14400	379230
6	销售三部	249480			249480
7	销售四部	167500			167500
8	销售一部	102000	167850	129500	399350
9	总计	883810	167850	143900	1195560

图 6-4-10 Dell品牌销售情况的数据透视表

有品牌的商品各部门销售汇总情况。

2. 鼠标右击数据透视表的任何位置，弹出快捷菜单，选择"数据透视图"。

3. 根据数据透视表自动创建数据透视图，如图6-4-11所示。

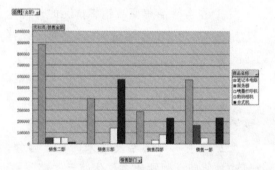

图6-4-11 所有品牌销售情况的数据透视图

根据数据透视图进行讨论：

① 哪个销售部门哪种商品销售金额最高？

② 销售三部哪种商品的销售金额最高？

4. 创建DELL品牌的商品各销售部门销售情况的统计图。

① 单击数据透视图左上角"品牌"右边的三角形。

② 在"品牌"列表中选择"DELL"，单击确定。

③ 数据透视图更改为DELL品牌商品各销售部门销售情况的统计图，如图6-4-12所示。

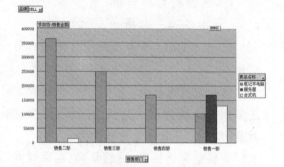

图6-4-12 DELL品牌销售情况的数据透视图

讨论：

在各个销售部门销售的所有DELL品牌商品中，哪个销售部门的哪种商品销售金额最高？

五、制作"各种品牌商品销售情况"的多媒体演示文稿

1. 讨论

在给出的统计表中，商品的品牌有哪几种？

2. 根据数据透视表和数据透视图，了解各种品牌商品销售情况。

3. 设计多媒体演示文稿。

例如：通过多媒体演示文稿，介绍三种品牌的商品的销售情况，幻灯片首页设计成如图6-4-13所示，单击"DELL"，切换到单独的一张幻灯片，显示DELL品牌商品销售情况的数据透视表和数据透视图；单击"联想"，切换到单独的一张幻灯片，显示联想品牌商品销售情况的数据透视表和

图6-4-13　幻灯片首页的设计

数据透视图。

　　4. 制作多媒体演示文稿,表示各种品牌商品销售情况。

　　① 选择幻灯片模板,制作第一张幻灯片,如图6-4-14所示。

　　② 制作DELL品牌商品销售情况的幻灯片。

　　选择数据透视表,通过复制、粘贴的方法复制到多媒体演示文稿中,然后设置该对象的格式,其背景设置成白色。

　　选择数据透视图,通过复制、粘贴的方

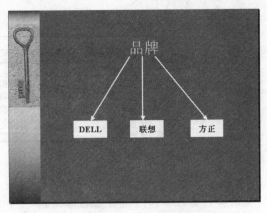

图6-4-14　幻灯片首页

法复制到多媒体演示文稿中,然后设置该对象的格式,其背景也设置成白色,结果如图6-4-15所示。

　　③ 在各种品牌商品销售情况的幻灯片上加上"后退"动作按钮,并设置其超级链接到第一张幻灯片。

六、开展交流与讨论

　　1. 把自己制作的多媒体演示文稿通过电子邮件发送给教师和其他同学。

　　2. 收看其他同学发过来的电子邮件,浏览其他同学创建的多媒体演示文稿。

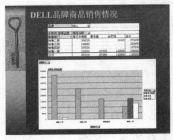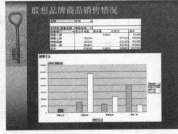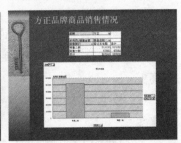

图6-4-15　品牌销售情况的多媒体演示文稿

 知识链接

一、数据记录单

1. 选择数据区域。

2. 选择菜单"数据"→"记录单",如图6-4-16所示。

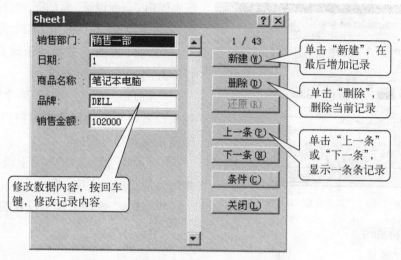

图6-4-16 "记录单"对话框

3. 单击条件按钮, 可进行条件查询。

如: 查找销售金额小于10 000元的记录, 在销售金额后面的文本框中输入 "<10 000"。
在查找时可以使用通配符来表示条件, 如表6-4-2所示。

表6-4-2

通 配 符	含 义
?（问号）	表示任何单个字符。例如, 用sm?th可以查找 "smith" 和 "smyth" 等。
*（星号）	表示任意一个字符。例如, 用*east可以查找 "Notheast" 和 "Southeast" 等。

二、数据透视表

在实际工作中, 常常需要按多个字段进行数据的汇总, 用分类汇总的方法进行处理就比较困难, 为此, Excel提供了一个强有力的工具——数据透视表来解决这类问题。

创建的数据透视表可以根据需要进行修改。

创建数据透视表时, Excel会自动打开 "数据透视表" 工具栏。也可选择菜单 "视图" →"工具栏" → "数据透视表", 打开该工具栏, 如图6-4-17所示。

在该工具栏上, 打开 "数据透视表" 列表, 选择 "向导" 选项, 可重新选择要创建的报表类型、数据源区域等, 还可更新数据、定义计算公式、增减透视表中数据等。

数据透视表					×
数据透视表(P) ▾					
销售部门	日期	商品名称	品牌	销售金额	⬆
					⬇

图6-4-17 数据透视表工具栏

三、页面布局

1. 页面设置

页面设置工作是通过 "页面设置" 对话框来实现的。打开 "文件" 菜单, 选择页面设置, 系

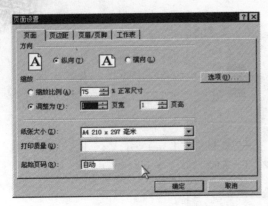

图6-4-18 "页面设置"对话框

统将弹出"页面设置"对话框，如图6-4-18所示。"页面设置"对话框包括四个选项卡：

"页面"选项卡主要用于设置纸张大小、打印方向。

"页边距"和"工作表"两个选项卡主要用来设置每页四边留多少空白以及是否要打印网格线和行号列标。

"页眉/页脚"选项卡用于设置每页都出现的页眉页脚的文字。

"工作表"选项卡用于设置需要打印的区域、打印的标题等。

2. 打印预览

一般在打印工作表之前都会先预览一下，这样可以防止打印出来的工作表不符合要求，单击工具栏上的"打印预览"按钮，就可切换到"打印预览"窗口。

3. 打印工作表

当通过"打印预览"确认工作表的编排不再有问题后，可单击"格式工具栏"上的"打印"按钮，则开始工作表的最后打印。

点拨

1. 电子表格软件中的"分类汇总"功能只能根据单个字段来分类，要能根据多个字段同时进行分类汇总，需要使用电子表格软件的"数据透视表和图表报告"功能。"数据透视表"能够将数据的筛选、排序和分类汇总等操作一次完成，并生成汇总表格。

2. 根据数据透视表能方便地创建数据透视图。

3. 不同的软件其作用是不一样的，有时要根据解决问题的需要，综合运用各个软件来完成任务。

自主实践活动

学生成绩的统计

某学校2006级部分学生期中考试的成绩存在"成绩.xls"文件中，请帮助老师对成绩进行分析，以多媒体演示文稿的形式形成2006级学生期中考试的成绩分析报告。完成的作品以"成绩分析报告.PPT"为文件名保存。

制作要求：

1. 统计每个学生的考试成绩总分，并设定表格的格式，使其美观、直观。

2. 制作数据透视表，通过透视表能直观地看到每一类专业、每一门学科及总分、男女各自的平均成绩等情况。

3. 根据数据透视表创建学生期中考试成绩的数据透视图，并设置透视图的格式。

4. 以多媒体演示文稿的形式创建学生期中考试成绩的分析报告，分析报告中要有数据透视表和数据透视图，并对不同专业的学生，根据不同的学科、男女分别显示统计出的平均分，需要加上文字分析，并设置多媒体演示文稿的格式。

打开光盘中"\项目六\活动四\材料\考试成绩.xls"文件，根据文件中给出的数据，完成任务。

归纳与小结

通过电子表格进行数据加工和表达的一般过程表述如下：

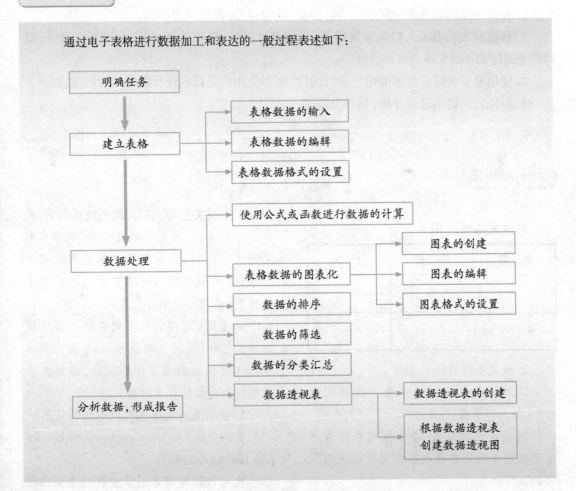

综合活动与评估 上海人口发展的统计与分析

活动要求

上海作为我国的一个重要城市，已经取得了社会经济发展的巨大成就，要成为世界级的城市，人口是一个重要的因素，人口是城市发展的基础，人口数量、人口结构、人口分布与城市经济发展规划、社会事业进步、环境保护等有着十分密切的关系。因此，只有正确认识和控制上海的人口规模和素质等，才能加快向世界级城市发展目标的实现。

活动分析

1. 小组合作讨论并明确人口问题的研究内容。

2. 查找和筛选有关人口问题的信息，培养获取信息、筛选信息的能力。

3. 根据获取的有关人口问题的信息，合理设计表格、整理信息，培养合理规划表格、整理信息的能力。

4. 使用电子表格对整理的信息进行统计，培养使用信息技术进行数据处理的能力。

5. 对统计的结果进行分析，培养分析能力。

方法与步骤

一、讨论

1. 确定小组成员

姓　名	特　长	分　工

2. 确定小组的研究主题

人口问题主要包括哪几个方面的内容？（如人口数量、……）

根据讨论的结果，各小组结合组内学生的兴趣等确定自己小组研究有关上海人口的主题。

二、有关上海人口问题的统计与分析

小组合作，自主实践与探索，制作有关上海人口规模、人口年龄结构或人口空间分布、人均绿化覆盖率等方面的统计表和统计图，并进行分析。

这里以"上海各区县近年来人口规模的统计与分析"为主题展开，各小组应根据自己选定的主题展开综合活动，通过电子表格软件进行统计与分析。

1. 获取上海近年来人口规模的信息

资源：http: //www.popinfo.gov.cn/popinfo/pop_docrkxx.nsf/tjsj

也可以通过搜索引擎查找这方面的信

息：www.baidu.com

www.google.com

2. 设计反映上海各区县近年来人口规

模的表格，并在表格中填入具体数据

参考如下表格：

上海各区县近年来人口自然变动情况表

年份	地区	人口数	出生数	出生率%	死亡数	死亡率%	自然增长数	自然增长率%
2000年	黄浦区							
2000年	杨浦区							
2000年	卢湾区							
2000年	徐汇区							
……	……							
2001年	黄浦区							
……	……							
2002年								
……	……							
2003年	……							

3. 使用电子表格统计反映上海近年来人口规模

出生率的计算方法：_____。

死亡率的计算方法：_____。

自然增长数的计算方法：_____。

自然增长率的计算方法：_____。

4. 有关人口数据的排序、筛选和分类汇总

① 把"上海各区县近年来人口自然变动情况表"中的数据按年份排序，同一年份的各区县的数据按自然增长率的大小排列。

出生率最高的是_____区（县）。

死亡率最低的是_____区（县）。

自然增长率最大的是_____区（县）。

② 使用电子表格软件的什么功能，能尽快在"上海各区县近年来人口自然变动情况表"中找出浦东新区近年来人口变动的数据？浦东新区近年来人口变动的数据是什么？

③ 把上海各区县近年来人口自然变动情况表中的数据按年份进行汇总，计算出各个年份全市的人口总数、出生总数、死亡总数。

_____年全市人口总数：_____。

全市出生总数：_____。

全市死亡总数：_____。

④ 分别计算全市各年份的出生率、死亡率、自然增长率。

_____年 全市出生率：_____。

全市死亡率：_____。

全市自然增长率：_____。

5. 制作统计图表来进一步直观地反映近年来上海全市人口规模的变化情况

要表达上海市近年来人口数量的变化趋势情况，应选择什么类型的统计图？

6. 根据统计图表进行分析

① 讨论：什么是人口密度？如何计算人口密度？

② 查找有关世界主要城市人口密度的信息，把上海的人口密度情况与这些城市的人口密度情况进行比较。

③ 讨论：上海的人口规模到底应该增长到什么水平？

④ 制作上海人口规模的统计分析报告，报告要有统计表、统计图，还要加上文字分析。

评 估

一、综合活动的评估

根据综合实践活动，完成下面的评估检查表，先在小组范围内学生自我评估，再由教师对学生进行评估。

综合活动评估表

学生姓名：_____　　日期：_____

学　习　目　标		自　评		教　师　评	
		继续学习	已掌握	继续学习	已掌握
1. 网上获取和筛选信息的能力	使用搜索引擎查找信息				
	根据网址浏览获取信息				
2. 根据问题的要求，规划表格的能力					
3. 综合学科应用的能力					
4. 恰当选择信息处理工具的能力	认识电子表格软件				
5. 工作表基本操作	工作表的认识				
	单元格数据的编辑				
	公式的使用				
	函数的使用				
6. 表格的格式化	字符的字体、字的大小与颜色				
	数据的显示格式				
	表格的边框与底纹				
	数据的对齐方式				
7. 根据实际需要，选择恰当的统计图表类型的能力					

学　习　目　标		自　　评		教　师　评	
		继续学习	已掌握	继续学习	已掌握
8. 图表的操作	图表的建立				
	图表的编辑				
9. 数据的排序					
10. 数据的筛选	数据的自动筛选				
	数据的高级筛选				
11. 数据的分类汇总					
12. 对数据统计结果进行分析的能力	根据统计图表进行有关的分析				
13. 综合运用多个软件解决问题的能力	撰写统计分析报告				
14. 分析问题、解决问题的能力					

二、整个项目的评估

复习整个项目的学习内容，完成下面的评估表。

整个项目学生学习评估表

学生姓名：＿＿＿＿＿＿＿＿＿＿＿＿＿＿＿＿

在整个项目的所有活动中喜爱的活动：＿＿＿＿＿＿＿＿＿＿＿＿＿

1. 在"产品销售的统计与分析"项目中最喜欢的一件作品是什么？为什么？
＿＿＿＿＿＿＿＿＿＿＿＿＿＿＿＿＿＿＿＿＿＿＿＿＿＿＿＿＿＿

2. 这个学习活动包括以下技术领域

　　□ 电子表格　　　　□ 文字处理　　　　□ 图像处理

　　□ 因特网　　　　　□ 程序设计　　　　□ 数据库

　　□ 多媒体演示文稿　□ 网页制作

3. 为了完成这个活动，自己所必须学习的哪项技能最有挑战性？为什么？
＿＿＿＿＿＿＿＿＿＿＿＿＿＿＿＿＿＿＿＿＿＿＿＿＿＿＿＿＿＿

4. 为了完成这个活动，自己所必须学习的哪项技能最有趣？为什么？
＿＿＿＿＿＿＿＿＿＿＿＿＿＿＿＿＿＿＿＿＿＿＿＿＿＿＿＿＿＿

5. 为了完成这个活动，自己所必须学习的哪项技能最有用？为什么？
＿＿＿＿＿＿＿＿＿＿＿＿＿＿＿＿＿＿＿＿＿＿＿＿＿＿＿＿＿＿

（续　表）

6. 比较文字处理软件、电子表格处理软件、多媒体演示文稿制作软件，它们各使用了哪几方面的信息处理？

_____

7. 请举例说明在什么情况下使用文字处理软件？在什么情况下使用电子表格处理软件？在什么情况下使用多媒体演示文稿制作软件？

_____

8. 请举例说明在什么情况下需要综合使用不同信息处理软件来解决问题？

_____

项目七　网页设计与制作

——旅游活动的实施

情景描述

　　我们伟大的祖国是一个美丽而又幅员辽阔，极具旅游资源的国家。能够有更多的机会去饱览祖国的大好河山，拥抱美丽的大自然是人们的一种美好追求。

　　创新集团公司有着良好的企业文化，为了进一步提高员工的工作积极性，使员工之间相互了解，提高合作能力，人事部门准备组织部分员工开展旅游活动。

　　通过设计网页把本次旅游的照片、录像作为资料进行保存，使每一次的旅游学习活动成为培育单位企业文化的好教材。本项目中所有活动需要的素材及样张均参见所附光盘。

活动一　制订旅游计划

活动要求与样例

　　十月金秋是旅游的好季节，创新集团上海分公司人事部要组织部门员工进行一次旅游活动，为了不影响部门工作的开展，此次旅游的时间不能超过七天。为了旅游回来后第二天能够正常工作，还必须考虑旅游活动的最后一天员工们的体力分配状况。

　　为这次旅游活动制订一个具体的计划，并制作成网页通过单位网站发布出来，让单位员工浏览单位网站就能了解到这次旅游活动的日程安排。

　　请制作一个旅游计划的网页，并放在单位网站上。

　　时间：10月份

　　出发地：上海

　　人数：男（11人）女（6人）

　　参考样例见图7-1-1。

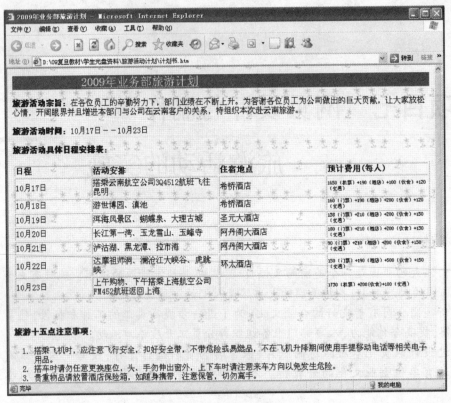

图 7-1-1　旅游活动计划网页样例

活动分析

一、活动计划

1. 旅游项目网站的整体规划

本活动是整个旅游项目的开始,我们在制作网站之前必须对整个项目网站进行一个整体的规划,这样有助于我们顺利地完成整个项目。

2. 旅游计划的制订

在小组内讨论交流制订好的旅游计划非常有必要,它能帮助我们修改和完善我们的旅游计划。

3. 旅游计划网页的设计

网页设计是一项非常个性化的工作,设计时应考虑大部分浏览者的使用习惯。

4. 旅游计划网页的制作

按照自己设计好的思路去制作旅游计划网页。

5. 简单的页面美化

我们要学习一些简单的页面美化技能,它会使我们的网页更有吸引力。

6. 预览整体效果并保存

二、相关技能

1. 网页的新建。

2. 网页中内容的输入。

3. 网页中表格的插入。

4. 网页中的复制、粘贴。

5. 水平线的插入。

6. 时间标记的插入。

7. 字幕效果的制作。

8. 文字格式设置（字体、字形、字号、颜色、效果）。

9. 项目符号的添加。

10. 页面背景的设置。

方法与步骤

一、旅游项目网站的整体规划

1. 网站的设计

网站是一系列具有相关的主题、相似的设计等共性的链接文件的组合。在制作一个网站前，首先要确定网站的主题，然后根据网站的主题确定网站框架结构和网站风格，规划网站要从首页开始，分层次逐级划分。

图7-1-2　旅游活动项目网站框架结构

2. 建立旅游项目网站文件夹

收集的素材文件要分层次、分类别进行存放，这样便于网站的管理。按照网站结构图建立旅游活动的相关文件夹。

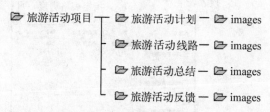

图7-1-3　旅游项目网站文件夹

二、旅游计划的制订

制订一份合理而又周全的旅游计划，必须要对旅游当地的各种情况有比较深入的了解。例如对当地近期的天气情况、交通状况、历史文化、风俗习惯等做一个全方位的分析。根据自己选择的旅游目的地，有针对性地进行资源的收集与整理。

1. 网络资源：天气情况www.cma.gov.cn（中国气象局）

国内旅游www.cnta.com（中国旅游网）

2. 也可以通过搜索引擎查找这方面的信息: www.baidu.com

www.google.com

3. 一份旅游计划一般包含: 旅游活动的目标、时间、具体的日程安排以及旅游时的注意事项等要素。

三、旅游计划网页的设计

1. 合理设计各网页元素在页面中的布局

在旅游计划书网页中主要有标题、宗旨、活动时间、日程安排表、旅游注意事项、水平线、发布时间等。网页布局时要使网页内容分布比较合理，能够使浏览者一目了然，符合浏览者的浏览习惯。

2. 正确处理页面中的色彩搭配

色彩的和谐搭配是网页吸引人的关键。旅游计划书网页主要是文字内容，在处理页面颜色时不宜过深。

四、旅游计划网页的制作

1. 新建网页 (New Page)

打开FrontPage2003，选择菜单"文件"→"新建"，单击任务窗格"空白网页"链接完成新建网页，如图7-1-4所示。

图7-1-4 新建空白网页

2. 旅游计划内容的输入

在空白网页上，输入旅游活动计划的具体内容，如图7-1-5所示。

图7-1-5 输入旅游计划内容

提 醒

在输入内容的时候，光标到了窗口的右边界，不必按"回车"来换行，软件会自动换行。只有在要分段的时候，才需要按"回车"键。

3. 旅游活动计划具体日程安排表的输入

① 设计旅游活动日程安排表。

根据需要设计出旅游活动的日程安排表，行数: ＿＿＿，列数: ＿＿＿。

② 在网页中创建表格 (Table)。

选择菜单"表格"→"插入"→"表格"，如图7-1-6所示。设置正确的"行数"和"列数"，表格宽度按"百分比"设置为100。

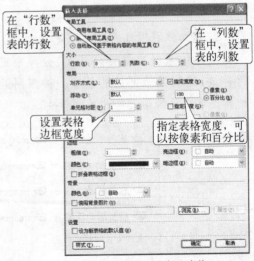

图7-1-6 插入表格

光 盘

旅游计划页面中的具体内容参考光盘"项目七\样例\旅游活动计划\计划书.htm"。

③ 在表格中输入日程安排表的具体内容。

4. 复制旅游注意事项

① 打开光盘"项目七\素材\旅游活动计划\计划书.doc"。

② 选中旅游活动中要注意的内容。

③ 单击工具栏中的"复制"按钮。

④ 光标定位在新建网页的日程安排表下方。

⑤ 单击工具栏中的"粘贴"按钮。效果如图7-1-7所示。

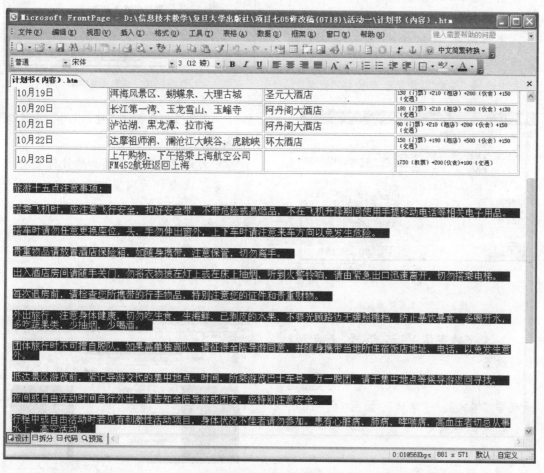

图7-1-7　网页效果图

5. 插入水平线(Horizontal Line)

为了使层次分明,插入一条水平线。选择菜单"插入"→"水平线"。

6. 插入时间标记

在旅游计划书网页的最后,插入网页的创建时间。选择菜单"插入"→"日期和时间",如图7-1-8所示。

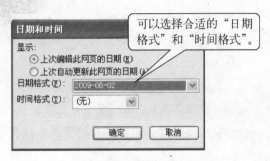

图7-1-8 插入时间标记

五、简单的页面美化

1. 将标题制作成字幕效果

选中标题,选择菜单"插入"→"Web组件"→"字幕",如图7-1-9所示。在表现方式中选择"交替",背景颜色选择"红色"。

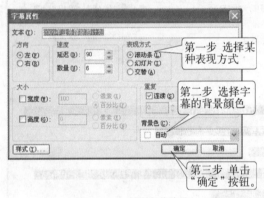

图7-1-9 制作字幕效果

2. 文字的字体、字形、字号、颜色、效果的设置

① 标题内容的格式。选中标题,选择菜单"格式"→"字体",如图7-1-10所示。在颜色中选择"红色",在效果中选择"下划线"。

② 设置栏目名称的字体。选中要编辑的文字,选择菜单"格式"→"字体",如图7-1-10所示。在字体中选择"黑体",字形选择"加粗"。

③ 设置旅游日程安排表中栏目内容的字体。选中内容,选择菜单"格式"→"字

图7-1-10 设置文字字体

体",如图7-1-10所示。在"大小"中选择"12磅"。

3. 为旅游注意事项添加项目符号

为了让设计的网页中内容层次分明,结构清晰,应该在某些内容上添加项目符号。选中所有旅游注意事项的内容,选择菜单"格式"→"项目符号",如图7-1-11所示。

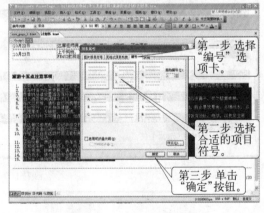

图7-1-11 添加项目符号

4. 页面背景的设置

设置页面背景,往往会为整个页面的

美化起到画龙点睛的作用。选择菜单"格式"→"背景",如图7-1-12所示。

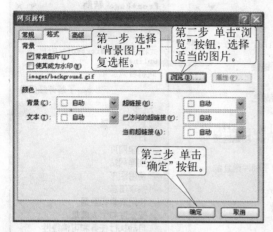

图7-1-12 设置页面背景

六、预览整体效果并保存

选择工具栏上的"预览"按钮,浏览网页的整体效果。最后,单击工具栏上的"保存"按钮,保存制作的网页。

光 盘

旅游计划书样张可参考光盘"项目七\样例\旅游活动计划\计划书.htm"。

七、交流与分享

把设计好的"旅游计划书"网页文件,通过适当的传输方式发送给教师和其他同学,如电子邮件、网上邻居共享等,在组内或班级内介绍自己设计的旅游计划。

通过听取其他同学的旅游计划介绍,做出适当评价;认真倾听他人对自己计划书的意见和建议,修改自己的计划书。

知识链接

一、基本概念

站点(Web Site):制作网页之初,要先建立站点。站点实际上是一个文件夹,用于保存我们要在网上发布的网页及一些相关图形、声音等文件,即站点是一些相关网页的集合。

主页(HomePage):在浏览器的地址栏中键入网址,按回车键后,进入某个站点浏览,浏览器中显示的第一个网页画面称为该站点的主页,也称为首页。主页是站点的大门,通过主页连接到站点中其他各网页,主页是整个站点的"门面"和入口。

网页:通过浏览器在网上看到的每一幅画面就是一个网页。

HTML(HyperText Mark-up Language)即超文本标记语言或超文本链接标示语言,是目前网络上应用最为广泛的语言,也是构成网页文档的主要语言。HTML文本是由HTML命令组成的描述性文本,HTML命令包含说明文字、图形、动画、声音、表格、链接等。HTML的结构包括头部(Head)、主体(Body)两大部分,其中头部描述浏览器所需的信息,而主体则包含所要说明的具体内容。

另外,HTML是网络的通用语言,一种简单、通用的全置标记语言。它允许网页制作人建立文本与图片相结合的复杂页面,这些页面可以被网上任何其他人浏览到,无论使用的是什么类型的电脑或浏览器。

二、使用FrontPage帮助

在我们使用FrontPage遇到问题时,我们可以使用"Microsoft Office FrontPage帮助",方法是选择菜单"帮助"→"Microsoft Office FrontPage帮助",或用快捷键F1,打开如图7-1-

13所示的"FrontPage帮助"窗格,可以使用关键字搜索和目录搜索。

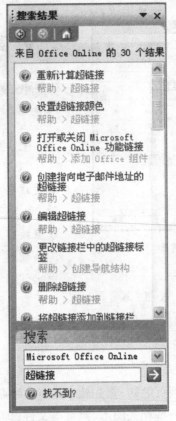

图7-1-13　"FrontPage帮助"窗格　　　图7-1-14　"搜索结果"任务窗格　　　图7-1-15　FrontPage目录搜索

1. 使用关键字搜索

如果你知道自己要查找问题的主题和关键字,可以使用关键字搜索功能迅速在帮助库中查找自己所需的内容,方法是在搜索框内输入需要查找的关键字,单击"搜索"按钮,进行搜索,搜索结果按与问题的相关程度在"搜索结果"任务窗格中列出,如图7-1-14所示。

2. 使用目录搜索

当你不能确认自己的搜索主题或关键字时,可以使用目录搜索,如图7-1-15所示。该搜索方法可以帮助你浏览帮助的目录库,通过单击目录库中相关的帮助主题进入相应的内容浏览。

自主实践活动

活动任务:

为了营造一个具有艺术氛围的学校文化,丰富全体同学的课余生活,发现更多有艺术特长的同学。通过举办学校艺术周活动,陶冶学生热爱学习、热爱生活、热爱艺术的高尚情操,推进学校艺术教育的发展,同时提供同学们一个相互交流、相互学习的机会,学校决定2009年12月21日—12月26日为学校艺术周。

请你帮助学校制作一份艺术周活动计划的网页,让全校师生通过浏览网页了解艺术周的活动安排情况。

设计要求:

① 网页色彩搭配协调,版面布局合理、有新意。

② 计划书内容翔实,文字大小、颜色安排合理。

制作要求:

① 新建艺术周计划书网页,使用网页背景图片对网页进行修饰。

② 网页中标题用字幕方式呈现。

③ 设置网页中文字的字体、大小、颜色。

④ 网页中应通过表格体现活动周的具体日程安排。

活动二　设计旅游活动线路

活动要求与样例

制作由多个旅游景点网页组成的旅游线路安排网站,将它发布在单位的网站上,让参加这次旅游活动的员工可以通过网站浏览到本次旅游活动的线路安排,参加活动的公司员工可以根据线路安排做一些必要的准备工作。参考样例见图7-2-1。

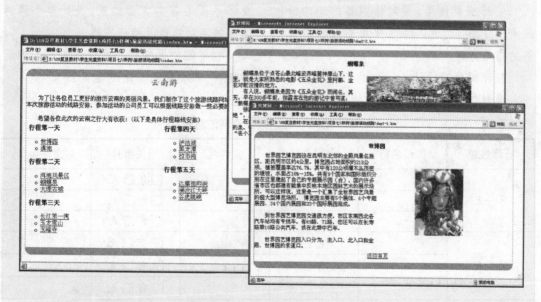

图7-2-1　旅游活动线路网站样例

活动分析

一、活动计划

1. 旅游活动线路设计。

利用因特网搜集整理旅游线路资料,在小组内讨论交流制定好的旅游线路。

2. 网页布局设计。

成功的网页布局能方便浏览者,因此网页布局必须合理。

3. 制作网页首页、页面及网页超链接。

二、相关技能

1. 网页布局设计。

2. 新建站点。

3. 布局表格和单元格的使用。

4. 单元格格式设置。

5. 网页中图片的插入。

6. 超链接的制作。

方法与步骤

一、旅游活动线路设计

1. 旅游线路资料的搜集整理

安排旅游线路,要对旅游目的地的情况有所了解,通过因特网搜集整理旅游线路的相关资料。

2. 旅游线路设计

通过搜集的有关旅游目的地的资料,可以了解到旅游景点的具体情况。下一步将综合景点地理位置、天气情况、旅游者的身体承受力等各方面因素,设计整个旅游的具体活动路线及酒店安排。

利用因特网搜索到的旅游景点各方面的资料,归类整理。完成表7-2-1。

表7-2-1　旅游线路资料汇总表

行程线路	景点名称	介绍资料	文件名	相关照片	文件名
第一天		□有 □无		□有 □无	
		□有 □无		□有 □无	
		□有 □无		□有 □无	
第二天		□有 □无		□有 □无	
		□有 □无		□有 □无	
		□有 □无		□有 □无	
……		□有 □无		□有 □无	
		□有 □无		□有 □无	
		□有 □无		□有 □无	

二、网页布局的设计

整理好旅游景点的图片和文字资料后,就要设计网站的基本架构和网页的呈现方式,每个人的设计可能各不相同。

1. 网页关系图

制作旅游活动线路景点介绍网页,应该有一个网站的基本架构,也就是说怎样通过链接将所有的网页连接在一起。首页可以连接到任何一个景点网页,而任何一个景点网页也可以返回到首页,如图7-2-2所示。

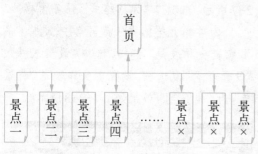

图7-2-2 网页关系图

光盘

具体效果可以参考光盘"项目七\样例\旅游活动线路 \ index.htm"。

2. 页面布局设计

图片和文本是网页的两大构成元素,如何处理好图片和文本的位置是整个页面布局的关键。在旅游活动线路网站中有两种页面布局,一种是首页的布局,另一种是景点介绍页面的布局。每个人的设计是各不相同的,这里只是选用最简单的布局,如图7-2-3所示。

在制作网页过程中要合理进行页面的布局,需要借助布局表格和单元格定位文本和图像。

首页布局

景点介绍页面布局

图7-2-3 页面布局设计

三、网站首页的制作

1. 新建站点

① 打开FrontPage2003,选择菜单"文件"→"新建",出现任务窗格,选择"新建网站"下的"由一个网页组成的网站"链接,出现如图7-2-4所示。

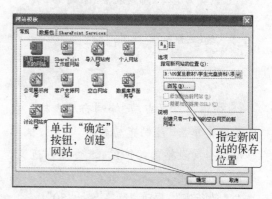

图7-2-4 设置网页模板

② 选择"浏览"按钮,制定网站位置为"旅游活动线路"文件夹,单击"确定"按钮,FrontPage2003自动在文件夹下创建网站常规文件夹和index.htm首页。

2. 布局首页

① 打开首页index.htm，选择菜单"表格"→"布局表格和单元格"，出现"布局表格和单元格"任务窗格，如图7-2-5所示。

② 在表格布局列表框中选择"整页"布局模版，单击该模版，在网页中创建了一个布局表格，如图7-2-5所示。

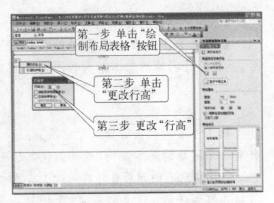

图7-2-6　绘制布局表格

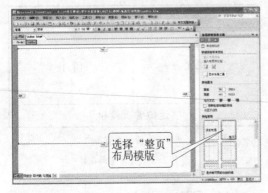

图7-2-5　设置网页布局模板

在创建布局表格前，一般先要设置网页大小，选择的布局模版会根据网页大小设置布局表格。在这个网站中我们选择网页大小为800×600，方法是选择菜单"视图"→"网页大小"。

窗格中，单击"单元格格式"链接，如图7-2-7所示，出现"单元格格式"任务窗格。

② 在单元格格式任务窗格中，选择"单元格表头和表尾"链接，选中"设置表头"、"设置表尾"复选框，设置表头和表尾"背景色"为"酸橙色"，效果如图7-2-8所示。

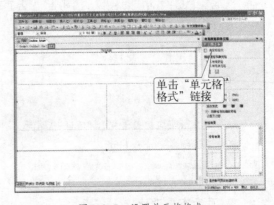

图7-2-7　设置单元格格式

③ 根据首页布局，绘制布局表格。在任务窗格单击"绘制布局表格"按钮，鼠标移动至布局表格起始位置，进行鼠标拖曳，绘制布局表格，效果如图7-2-6所示。单击"更改行高"，更改"行高"为"50"。

④ 重复步骤③，将首页布局通过"绘制布局表格"实现，整体效果如图7-2-6所示。

3. 设置单元格格式

① 选择网页中最外围的表格，在任务

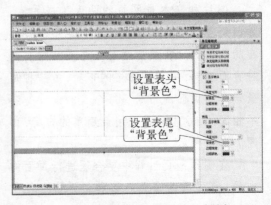

图7-2-8　设置单元格表头和表尾背景色

③ 在单元格格式任务窗格中,选择"单元格角部和阴影"链接,设置角部"颜色"和角部"边框颜色"为"酸橙色",应用中单击"所有角部"按钮,效果如图7-2-9所示。

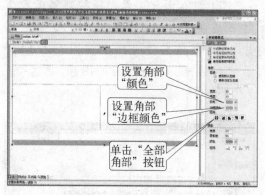

图7-2-9 设置单元格角部颜色

④ 在单元格格式任务窗格中,选择"单元格属性和边框"链接,设置边框"颜色"为"酸橙色",应用中单击"所有边框"按钮。

4. 输入首页内容

① 在最上面的表格中输入网站标题,设定标题的字体、字号、颜色等。

② 在第二个表格行中输入旅游活动简介。

③ 在第三个表格行的左右两个单元格中输入旅游活动行程安排。

5. 保存首页

单击工具栏上的"保存"按钮。弹出"保存嵌入式文件"对话框,如图7-2-10所示。选择"更改文件夹"按钮,弹出"更改文件夹"对话框,选择"images"文件夹,单击"确定"按钮。

提 醒

单元格格式中的角部圆角,将以嵌入式图片文件保存在网站"images"文件夹内。

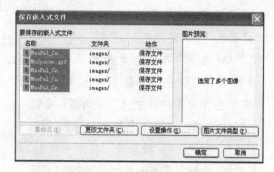

图7-2-10 保存嵌入式文件

四、旅游线路介绍页面的制作

1. 新建网页

选择菜单"文件"→"新建",单击任务窗格"空白网页"链接完成新建网页。

2. 布局网页

① 选择菜单"表格"→"布局表格和单元格",在表格布局列表框中选择"整页"布局模版,单击该模版,在网页中创建了一个布局表格。

② 根据旅游活动线路网页的布局,绘制布局表格。(可参照布局首页的具体操作)具体效果如图7-2-11所示。

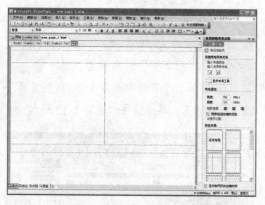

图7-2-11 介绍页面的布局效果图

3. 设置单元格格式

① 选择网页中最外围的表格,在任务窗格中,单击"单元格格式"链接。

② 在单元格格式任务窗格中,选择"单元格表头和表尾"链接,选中"设置表

头"、"设置表尾"复选框,设置表头和表尾"背景色"为"酸橙色"。

③ 选择"单元格角部和阴影"链接,设置角部"颜色"和角部"边框颜色"为"酸橙色",应用中单击"所有角部"按钮。

④ 选择"单元格属性和边框"链接,设置边框"颜色"为"酸橙色",应用中单击"所有边框"按钮。具体效果如图7-2-12所示。

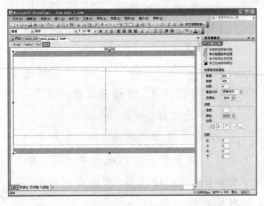

图7-2-12 介绍页面单元格格式设置效果图

4. 输入网页内容

① 在最上面的表格中输入景点的标题,设置标题为粗体,居中对齐。

② 在第二个表格行左边单元格,输入收集的景点介绍内容,粘贴在此处,通过"空格键"、"回车键"适当调整文本。

③ 在第三个表格中输入文字"返回首页",设置居中对齐。具体效果如图7-2-13所示。

图7-2-13 网页内容输入后效果图

5. 插入旅游景点图片

① 将网页中使用到的所有图片资料,存放在"旅游活动线路"文件夹下的"images"文件夹中。

② 插入图片。光标移动到第二表格行右边单元格,选择菜单"插入"→"图片"→"来自文件",弹出如图7-2-14所示的对话框。选中相应的图片,单击"插入"按钮。

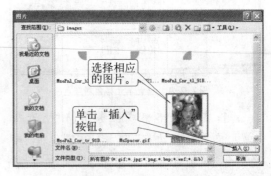

图7-2-14 插入旅游景点图片

③ 改变旅游景点图片大小。因为插入的图片在网页中是以原始尺寸显示的,所以要适当改变图片的大小。单击旅游景点图片,然后拖动图片上的控点调整图片,直到合适的大小。

6. 创建返回首页的超链接

① 选中第三表格行中"返回首页"。

② 选择菜单"插入"→"超链接",进入"插入超链接"对话框,如图7-2-15所示。

图7-2-15 插入超链接

③ 选择"当前文件夹"下的"index.htm"页,单击"确定"按钮。具体效果如图7-2-16所示。

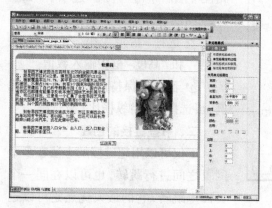

图7-2-16　创建超链接后效果图

通过以上的步骤就建立了旅游线路景点介绍网页与首页之间的超链接。

7. 保存网页

选择菜单"文件"→"保存",保存文件名为"day1-1.htm"旅游线路景点介绍网页。

重复前面的步骤,完成全部旅游线路景点网页的制作。文件名分别为day1-2.htm、day1-3.htm、day2-1.htm……

五、首页超链接的制作

1. 打开首页

选择菜单"文件"→"打开",选择"旅游活动线路"文件夹下"index.htm"。

2. 创建各景点的超链接

选中首页中旅游线路景点的名称,选择菜单"插入"→"超链接",在对话框中选择对应的景点介绍网页文件,单击"确定"。

逐一制作其他旅游线路景点网页的超链接。具体效果如图7-2-17所示。

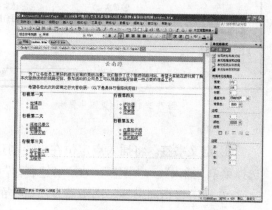

图7-2-17　首页效果图

3. 保存首页

选择菜单"文件"→"保存"。

六、交流与分享

把制作好的旅游活动线路景点介绍网页文件,通过"网上邻居"传到教师机,在组内或班级内进行介绍。浏览其他同学的旅游景点介绍网页,借鉴他们做得好的地方,修改自己的网页。

知识链接

一、剪辑库中图片的添加

1. 添加剪贴画

FrontPage包含剪辑库,您可以预览剪贴画、图片和视频,然后选择运用。

① 在网页视图模式下,将插入点移到要插入图片的位置。

② 选择菜单"插入"→"图片"→"剪贴画"。

③ 浏览剪辑库,查找所需的剪贴画。

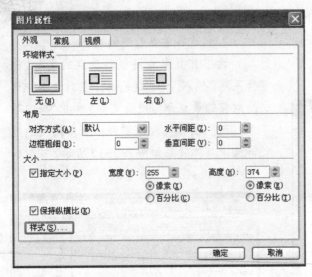

图 7-2-18 设置图片属性

2. 调整图形大小

① 在网页视图模式下，鼠标右击插入的图片，在快捷菜单中选择"图片属性"，然后单击"外观"选项卡，如图 7-2-18 所示。

② 选择"指定大小"复选框，在"宽度"和"高度"框中输入数值。

③ 若想要保持高度与宽度的比例，可选择"保持纵横比"复选框。

二、书签链接的创建

不仅可以用超链接的方法在多个网页之间进行跳转，也可以在同一个页面里跳转，它的最大优点是可以迅速跳到网页的某部分。

① 定义书签。将插入点定位在想要创建书签的地方，或者选择想要指定书签的文本。选择菜单"插入"→"书签"。在"书签名称"框中，键入书签的名称。

② 超链接指向书签。选中需要超链接的文本，选择菜单"插入"→"超链接"。选择包含书签的网页。在"书签"框上，单击要将其作为目的端的书签。

三、超链接颜色的设置

在默认情况下，超链接是蓝色的，可以改变超链接的颜色。首先在网页上鼠标右击，选择"网页属性"，进入"网页属性"对话框。选择"格式"选项卡，单击"超链接"下拉列表框，选择绿色，单击"确定"按钮，超链接的颜色就改变成绿色。同样的方法还可以修改"已访问的超链接"和"当前超链接"的颜色。

自主实践活动

活动任务：

学校艺术周为同学们提供了很多丰富多彩的活动项目，每个项目都有具体的要求、规定和奖项设置。请制作一个网站，将这些活动项目介绍给同学们。

设计要求：

① 根据网站内容确定主题，选用适当的网页色调。

② 设计制作四个以上网页，网页分别为艺术周活动主页、具体活动项目介绍网页。

③ 活动项目介绍网页中要求插入能体现活动项目的照片以及对活动项目具体介绍的内容。

④ 浏览比较方便，网页间可以相互跳转。

⑤ 网页色彩搭配协调，版面布局合理、有新意。

制作要求：

① 利用FrontPage中的布局表格对网页中图片及文字等网页元素进行定位。

② 设置各网页中文字的字体、大小、颜色。

③ 通过使用文字或图片的超链接，实现网页间的相互跳转。

④ 通过设置单元格格式为网页制作圆角边框。

活动三　旅游活动的总结

通过七天旅游，饱览了旅游景点的秀美景色，感受了当地的风土人情。利用相机将许多美丽的瞬间变成了永恒，通过摄像机摄录了那充满欢声笑语的快乐时光。

要让七天的经历在单位网站上展示出来，让照片和录像与单位其他员工一起分享！参考样例如图7-3-1所示。

图7-3-1　旅游活动总结网页样例

活动分析

一、活动计划

1. 电子相册的制作

通过一个电子相册软件，将旅游活动的照片制作成新颖、时尚的电子相册放于网页中，供大家浏览欣赏。

2.旅游活动录像的编辑处理

通过常用视频编辑软件完成旅游活动视频的采集、编辑和处理。

3.旅游活动展示页面设计

根据自己的理解,设计旅游活动展示页面。

4.旅游活动展示页面及相关视频的制作

二、相关技能

1.电子相册的制作。

2.视频的简单编辑与处理。

3.网页过渡效果的设置。

4.网页中Flash的插入。

5.网页中视频的插入。

方法与步骤

一、电子相册的制作

1.整理旅游活动中的照片

在制作电子相册之前,先要将一些在旅游活动过程中拍摄的照片输入计算机。

将需要制作的照片保存在文件夹"旅游活动总结"中的"images"文件夹下。

2.电子相册的制作

制作电子相册的软件很多,在制作过程中方法和步骤略有不同,在这里我们选用Flash Slideshow Maker软件。

①添加照片。

打开Flash Slideshow Maker软件,在"文件浏览器"窗格中选择"旅游活动总结"中的"images"文件夹,选中需要的照片,单击"添加"按钮将照片添加到电子相册,软件自动为每张照片设定了默认的停留时间和转场效果。效果如图7-3-2所示。

②选择模板。

单击"模板",打开"模板"窗口。在模板窗格区,单击选中自己喜欢的相册模板,在背景音乐窗格区,单击"添加"按钮,选择电子相册的背景音乐。效果如图7-3-3所示。

图7-3-2 添加活动照片

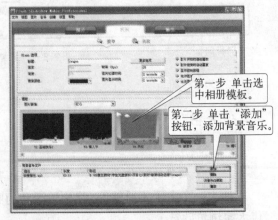

图7-3-3 设置相册模板和背景音乐

③ 制作输出。

单击"输出",打开"输出"窗口。选择"输出目录",单击"制作输出"按钮。软件自动生成电子相册的Flash文件和网页文件。

二、旅游活动录像的编辑处理

旅游过程中秀美景色的录像需要借助网页展示给单位的其他员工欣赏。首先要利用视频采编软件和视频采集卡将录像转换成计算机能处理的视频文件。

视频的采集和编辑软件非常多,目前主流的有品尼高出品的"Pinnacle Studio"、友立出品的"绘声绘影"、Microsoft出品的Windows Movie Maker等等,我们可以利用这些软件将我们在旅游活动中拍摄的录像转换成电脑中的视频文件,并对其加以编辑。最后将剪辑完成的视频文件保存在文件夹"旅游活动总结"下的"images"文件夹下。

三、旅游活动展示页面设计

1. 网页架构

制作成两个页面,第一页为"电子相册"网页,在网页中显示电子相册Flash。第二页为视频网页,在网页中显示编辑后的旅游视频。

2. 可以自己设计网页的页面布局

四、旅游活动相册展示页面的制作

1. 新建网页

选择菜单"文件"→"新建",单击任务窗格"空白网页"链接完成新建网页。

2. 插入布局表格

(具体步骤参照活动二)

3. 输入内容

在表格行第一行输入网页标题,在表格行第二行左单元格中输入文字"相册",右单元格中输入文字"视频"。

4. 插入Flash电子相册

① 将插入点放置到要插入Flash的位置,选择菜单"插入"→"图片"→"Flash影片",如图7-3-4所示。

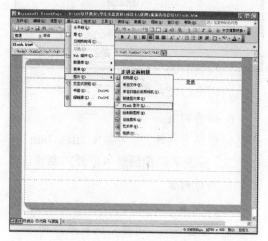

图7-3-4 插入Flash影片

② 弹出"选择文件"对话框,选择"images"文件夹,选中制作好的Flash电子相册文件,单击"插入"按钮,如图7-3-5所示。

图7-3-5 选择Flash文件

③ 在页面视图模式下,拖曳Flash的控点到适当大小。

5. 添加网页过渡效果

选择菜单"格式"→"网页过渡",弹出如图7-3-6所示对话框。设置"事件"为"离开网页","过渡效果"为"圆形收缩",单击"确定"按钮。

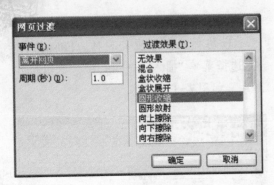

图7-3-6　设置网页过渡效果

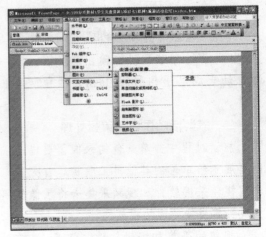

图7-3-7　插入视频

6. 保存网页。

保存网页文件，文件名为"flash.htm"。

五、旅游活动视频展示页面的制作

1. 新建网页

选择菜单"文件"→"新建"，单击任务窗格"空白网页"链接完成新建网页。

2. 插入布局表格

具体步骤参照活动二。

3. 输入内容

在表格行第一行输入网页标题，在表格第二行左单元格中输入文字"相册"，右单元格中输入文字"视频"。

4. 插入视频

① 将插入点放置到要插入视频的位置，选择菜单"插入"→"图片"→"视频"，如图7-3-7所示。

② 弹出"选择文件"对话框，选择"images"文件夹，选中编辑好的视频文件，单击"插入"按钮。

③ 在页面视图模式下，拖曳视频的控点到适当大小。

5. 添加网页过渡效果

① 选择菜单"格式"→"网页过渡"，设置"事件"为"离开网页"，"过渡效果"为"混合"，单击"确定"。

② 保存网页，网页文件名为"video.htm"。

6. 创建超链接

① 选中表格第二行中文字"相册"，选择菜单"插入"→"超链接"，在弹出对话框中，选择"flash.htm"，单击"确定"。

② 选中表格第二行中文字"视频"，选择菜单"插入"→"超链接"，在弹出对话框中，选择"video.htm"，单击"确定"。

③ 保存网页。

对网页"flash.htm"以同样的方法创建超链接，并保存网页。

六、交流与讨论

把制作好的"总结网页"，通过"网上邻居"方式进行共享，并在组内或班级内进行交流和评价。根据同学们提出的修改意见，结合自己的思路，修改网页。

知识链接

一、流媒体

所谓流媒体是指采用流式传输的方式在Internet播放的媒体格式。流媒体又叫流式媒体,它是指商家用一个视频传送服务器把节目当成数据包发出,传送到网络上。用户通过解压设备对这些数据进行解压后,节目就会像发送前那样显示出来。

这个过程的一系列相关的包称为"流"。流媒体实际指的是一种新的媒体传送方式,而非一种新的媒体。流媒体技术全面应用后,人们在网上聊天可直接语音输入;如果想彼此看见对方的容貌、表情,只要双方各有一个摄像头就可以了;在网上看到感兴趣的商品,点击以后,讲解员和商品的影像就会跳出来;更有真实感的影像新闻也会出现。

二、流媒体技术应用

互联网的迅猛发展和普及为流媒体业务发展提供了强大的市场动力,流媒体业务正变得日益流行。流媒体技术广泛用于多媒体新闻发布、在线直播、网络广告、电子商务、视频点播、远程教育、远程医疗、网络电台、实时视频会议等互联网信息服务的方方面面。流媒体技术的应用将为网络信息交流带来革命性的变化,对人们的工作和生活将产生深远的影响。

一个完整的流媒体解决方案应是相关软硬件的完美集成,它大致包括下面几个方面的内容:内容采集、视音频捕获和压缩编码、内容编辑、内容存储和播放、应用服务器内容管理发布及用户管理等。

自主实践活动

背景:短短的艺术周活动很快就结束了,同学们在艺术活动周中都充分展示自己的艺术特长。摄影、摄像小组的老师和同学拍了不少艺术周的照片和录像。学校希望让这些照片和视频在学校网站中展示出来,请你制作视频和照片的展示网页。

设计要求:
① 根据艺术周的活动主题,确定适当的网页色调。
② 设计制作两个以上网页,网页分别为艺术节活动相册、艺术节活动视频录像。
③ 浏览比较方便,网页间可以相互跳转。
④ 网页色彩搭配协调,版面布局合理、有新意。

制作要求:
① 利用FrontPage中的布局表格对网页元素进行定位。
② 利用软件将艺术节活动的照片制作成电子相册。
③ 使用超链接,实现网页间的相互跳转。
④ 网页间的跳转选用不同的网页过渡效果实现。

活动四 旅游活动反馈

为了更好地总结本次旅游活动,单位领导很想了解参加此次旅游的所有员工对这次旅游活动的意见和建议,为下一次组织类似活动积累经验,所以通过单位网站进行旅游活动的在线反馈,从而了解员工对活动的想法。参考样例见图7-4-1所示。

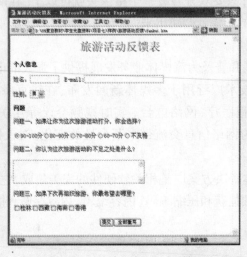

图7-4-1 旅游活动反馈网页样例

活动分析

一、活动计划

1. 旅游活动反馈页面设计

根据反馈表涉及的内容,设计旅游活动反馈页面。

2. 个人信息反馈的添加

收集参加旅游活动反馈人员的基本信息。

3. 问题反馈的添加

收集旅游活动反馈人员,对本次旅游活动满意度情况调研的信息。

4. 网站的发布

将制作完成的网站发布在互联网上。

5. 利用CuteFTP上传网站

利用CuteFTP软件将网站上传于互联网。

二、相关技能

1. 表单的添加。
2. 单行文本框的添加。
3. 下拉菜单的添加。
4. 单选按钮的添加。
5. 滚动文本框的添加。
6. 复选框的添加。
7. Internet站点的发布。
8. IIS本机发布。

方法与步骤

一、旅游活动反馈页面设计

1. 确定反馈内容

在一次旅游活动结束后,对旅游活动的反馈主要涉及旅游活动人员对本次旅游组织情况的满意度、建议等问题。结合小组讨论的结果,确定反馈哪些内容。

2. 页面设计

根据旅游活动反馈所要涉及的内容,将网页分为两部分:一部分为"个人信息";另一部分为"问题"。

二、个人信息反馈的添加

个人信息部分涉及添加表单中的"单行文本框"和"下拉框"。

1. 新建网页

选择菜单"文件"→"新建",单击任务窗格"空白网页"链接完成新建网页。

2. 添加表单

选择菜单"插入"→"表单"→"表单",网页页面中出现了一个空白表单,如图7-4-2所示,系统自动创建一个"提交"和一个"重置"按钮。

提交 重置

图7-4-2　添加表单效果图

3. 输入页面内容

① 光标移至空白表单中,输入页面标题"旅游活动反馈表",选中文字,选择菜单"格式"→"字体",设置"大小"为"18磅","颜色"为"红色",并设置文字"水平居中"。

② 换行后输入"个人信息",选中文字,选择菜单"格式"→"字体",设置文字为粗体。

③ 换行输入"姓名:""E-mail:",换行输入"性别"。效果如图7-4-3所示。

旅游活动反馈表

个人信息

姓名:　E-mail:

性别:

提交 重置

图7-4-3　页面内容效果图

4. 添加文本框表单域。

① 光标移至"姓名:"后,选择菜单"插入"→"表单"→"文本框"。"姓名:"后出现了"文本框",如图7-4-4所示。

② 鼠标双击"文本框"控件,弹出如图7-4-5所示对话框,设置"名称"为"name","宽度"为"10",单击"确定"。

图7-4-4 添加文本框表单域

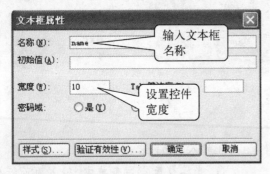

图7-4-5 设置文本框属性

③ 光标移至"E-mail："后，选择菜单"插入"→"表单"→"文本框"。"E-mail："后出现了"文本框"。

④ 鼠标双击"文本框"控件，设置"名称"为"mail"，"宽度"为"30"，单击"确定"。

5. 添加下拉框表单域。

① 光标移至"性别："后，选择菜单"插入"→"表单"→"下拉框"。"性别："后出现了"下拉框"控件。

② 鼠标双击"下拉框"控件，弹出如图7-4-6所示对话框，设置"名称"为

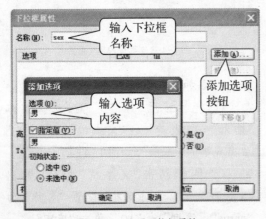

图7-4-6 设置下拉框属性

"sex"。

③ 鼠标单击对话框中的"添加"按钮，弹出如图7-4-6所示对话框，在选项输入框中输入"男"，选定"指定值"，单击"确定"。

④ 鼠标再次单击"添加"按钮，在选项输入框中输入"女"，选定"指定值"，单击"确定"。

三、问题反馈的添加

问题部分涉及添加表单中的"选项按钮"、"文本区"和"复选框"。

1. 添加问题一

① 光标移至"性别"下方，输入"问题"，选中文字，选择菜单"格式"→"字体"，设置文字为粗体。回车换行输入"问题一：如果让你为这次旅游活动打分，你会选择？"

② 回车换行后，选择菜单"插入"→"表单"→"选项按钮"，出现"选项按钮"控件。双击"选项按钮"弹出如图7-4-7所示对话框，在"组名称"中输入"question1"单击"确定"，在"选项按钮"后输入"90—100"。

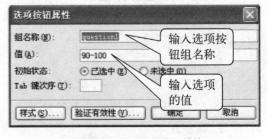

图7-4-7 设置选项按钮属性

③ 重复步骤②插入选项按钮及文字，在"组名称"中全部是"question1"。

2. 添加问题二

① 光标移至"选项按钮"下方，输入"问题二：你认为这次旅游活动的不足之处是什么？"

② 回车换行后，选择菜单"插入"→"表单"→"文本区"，出现"文本区"控件。双击"文本区"，弹出如图7-4-8所示对话框，在"名称"中输入"question2"，设置"宽度"为"50"，"行数"为"4"，单击"确定"。

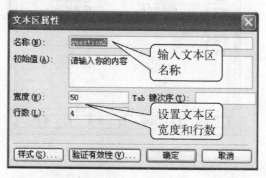

图7-4-8　设置文本区属性

3. 添加问题三

① 光标移至"文本区"下方，输入"问题三：如果下次再组织旅游，你最希望去哪些地方？"

② 回车换行后，选择菜单"插入"→"表单"→"复选框"，出现"复选框"控件。双击"复选框"，弹出如图7-4-9所示对话框，在"名称"中输入"question3_1"单击"确定"，在"复选框"后输入"桂林"。

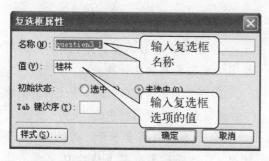

图7-4-9　设置复选框属性

③ 重复步骤②插入复选框及文字，在"名称"中分别输入"question3_2"、"question3_3"、"question3_4"。

4. 保存网页。

选择菜单"文件"→"保存"。

四、网站的发布

1. 网站空间

要将自己的网站发布到因特网上，一定要有一个 Internet 服务提供者（ISP），它最好是拥有安装了 FrontPage 服务器扩展的站点服务器。发布网站还要知道用来发布网站的 ISP 的站点服务器地址，必要时还需知道用户名称和密码。有了因特网上的网站空间，接下来才可以将自己的网站进行发布。

2. 发布网站

为了便于用户发布站点，FrontPage 2003 提供了一个相当方便的网页发布工具，只需完成其中的设置，就可以成功地将自己的网站发布到因特网中。

① 在FrontPage 中，打开想要发布的站点。

② 选择菜单"文件"→"发布网站"，出现如图7-4-10所示"远程网站属性"对话框。

FrontPage2003允许用户以四种方式发布Web网站，在这里我们选用第四种，使

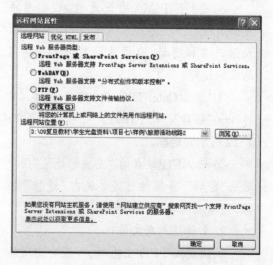

图7-4-10　设置远程网站属性

用文件系统发布Web网站。

③ 选择"文件系统",单击"浏览"按钮,选择网站将要发布的远程网站位置,单击"确定",出现如图7-4-11所示,单击"发布网站"按钮,将网站发布于指定位置。

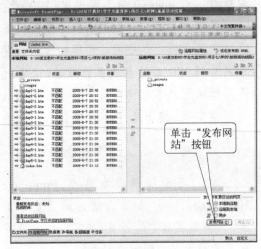

图7-4-11　设置远程网站发布

五、利用CuteFTP上传网站

FTP在Internet上应用比较广泛,常用的有CuteFTP、LeapFTP等。我们这里简单介绍利用CuteFTP实现网站的上传方法。

1. 设定FTP站点

在进行FTP站点的设定前,我们首先要知道网站要上传的服务器的FTP地址,以及用户名和密码,有了这些数据才能完成站点的设定。

① 启动CuteFTP软件,选择菜单"文件"→"新建"→"FTP站点",弹出如图7-4-12所示对话框。

② 输入FTP站点的"主机地址"、"用户名"、"密码"等属性信息,单击"连接"按钮,可以成功与服务器连接。

2. 上传站点及文件

正确连接了FTP主机后,一般会出现站点欢迎信息,按"确定"后就进入CuteFTP

图7-4-12　设置站点属性

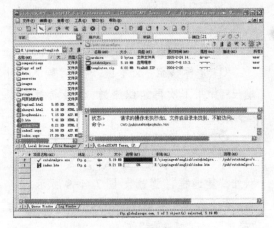

图7-4-13　CuteFTP主窗口

主窗口,如图7-4-13所示。

① 在服务器目录窗口中,选定网站所要上传至服务器的文件夹。

②在本地目录窗口中选择要上传的网站文件或目录,单击工具栏中的"上传"按钮。

③ 列表窗口将会显示"队列"的处理状态,可以查看到准备上传的目录或文件的上传状态。

上传文件或目录时,文件名或目录名相同时会弹出对话框,确认覆盖单击"确定"即可,更新网站时常用这种方法。

六、交流与分享

把制作好的旅游活动反馈网页，通过
"网上邻居"传到教师机，在组内或班级

内进行介绍。浏览其他同学的旅游活动
反馈网页，借鉴他们做得好的地方，修改
自己的网页。

知识链接

一、IIS本机发布

目前很大一部分的WWW服务器都架设在IIS（Internet Information Service，Internet信息服务）之上，在Windows xp系统中，默认的情况下，它们在系统初始安装时都不会安装IIS，因此需要将这些组件添加到系统中去。

① 安装IIS：在控制面板中选择"添加或删除程序"，在"添加/删除程序"对话框中选择"添加/删除Windows组件"选项。出现如图7-4-14所示"Windows组件向导"对话框，选择"安装Internet信息服务（IIS）"。点击"下一步"按钮，并将Windows xp安装光盘放入光驱，安装程序即可将程序文件复制到硬盘中，点击"结束"，即可完成安装。

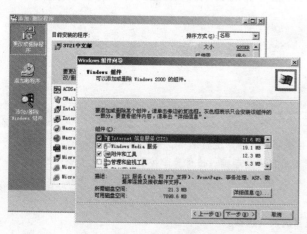

图7-4-14　添加Windows组件向导

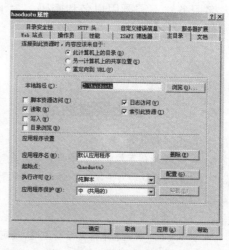

图7-4-15　设置站点属性

② 配置IIS中的Web服务器：点击"开始→程序→管理工具→Internet服务管理器"，出现"Internet信息服务"对话框。右击"默认Web站点"节点，选择"属性"命令。弹出"默认网站属性"对话框，选择"主目录"选项卡，弹出如图7-4-15所示对话框，在"本地路径"框中设置网页在硬盘中的位置，其默认目录为"C:\Inetpub\wwwroot"，也可以点击"浏览"按钮，根据实际情况自己进行设置。

选择"文档"选项卡，弹出属性对话框，设置自己默认的首页网页名称。一般来说网站首页文件的名称都是Index.html、Index.htm或Default.html。在IIS里默认为Default.html，可以点击"添加"按钮，然后在打开的对话框中输入首页文件的名称。

③ 浏览：打开IE浏览器，在地址栏中键入"http://localhost"，即可看到自己指定的主

页已经开始在本机上发布了。其他局域网中的电脑只要在IE地址栏中键入发布电脑的IP地址,同样也可以进行浏览。

二、文件传输协议(FTP)

在Internet上有许多极有价值的信息资料,有着大量的应用程序、图像、声频和视频等资料,这些资料放在Internet各网站上。这些存放资料的网站叫文件服务器。用户可用Internet提供的文件传输协议(File Transfer Protocol)将这些资料从远程文件服务器上传到本地主机磁盘上,这个过程叫下载。相反,用户也可使用文件传输协议将本地机上的信息通过Internet传到远程某主机上(条件是该主机允许用户存放信息),这个反向传输过程叫上传。

Internet上的文件服务器分专用文件服务器和匿名文件服务器。专用文件服务器是各局域网专供某些合法用户使用的资源,用户要想成为它的合法用户,必须经过该服务器管理员的允许,并且获得一个账号,这个账号包括用户名和密码,否则无法访问这个服务器。

许多网站在Internet上建立了匿名服务器,供网民们访问。所谓匿名就是网民访问匿名服务器不需要用户名和密码。为了文件服务器的安全,对这些文件服务器只能下载,不能上传。

自主实践活动

活动任务:

学校的艺术活动周举办得非常成功,但也需要对活动进行总结。特别是听取参与同学的反馈,他们的建议会对下次更好地举办艺术周活动有很大的帮助。请你为学校制作一份艺术周活动的反馈网页。

设计要求:

(1)根据艺术周的活动主题,确定适当的网页色调。

(2)设计制作艺术活动反馈网页,收集相关反馈信息。

制作要求:

利用表单在网页中插入所需的表单域收集相关信息。

归纳与小结

利用网页制作软件进行网站开发的过程与方法如下页流程图所示。

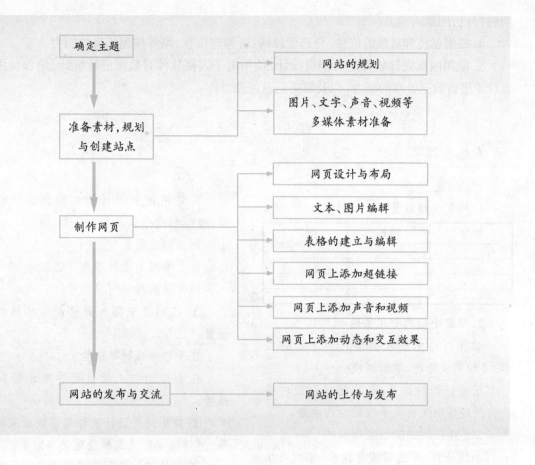

综合活动与评估　学校网站的创建与维护

学校作为教育的主要阵地,担负着教书育人的职责。每个学校都有自己的特点和办学特色,学校的网站除了反映上述内容外,学校的规模、教职工的状况、班级情况、学生人数、教学设施、图书馆信息、招生信息以及联系方式等也要反映出来。还可以在网站中将自己所在班级的某一科成绩按优、良、合格和不合格进行统计,用图表的形式体现出来,以便让更多的人了解学校和自己所在的班级。

活动分析

1. 小组合作讨论学校的情况。

2. 查找有关学校网站的信息,培养获取信息的能力。

3. 将学校各方面的信息统计出来,决定校园的网站应从哪几个方面来考虑,培养提出问题、分析问题的能力。

4. 根据学校和班级的信息，合理设计网页，整理信息，培养整理信息的能力。

5. 使用网页设计软件进行网页设计，使用电子表格软件对数据进行统计，培养使用信息技术进行数据处理的能力，以及解决问题的能力。

方法与步骤

一、讨论

1. 确定小组成员

姓名	特长	分工

2. 确定小组的研究主题

学校网站主要包括哪几个方面的内容？（如学校特色、学校规模……）

根据讨论的结果，各小组结合组内学生的兴趣等确定有关学校网站的主题。

二、学校网站的创建与维护

小组合作，自主实践与探索，学校网站的创建和维护。

这里以"创建网站与网站维护"为主题展开，各小组应根据自己选定的主题展开综合活动，通过网页设计软件进行创建与维护。

1. 浏览一些学校的网站。

资源：http://www.fudan.edu.cn

http://www.bj4hs.edu.cn

也可以通过搜索引擎查找一些学校的网站：www.baidu.com

www.google.com

2. 设计反映学校情况的网页，并在网页中填入具体内容，如：学校介绍、教学设施、教师状况、学生状况、图书馆、班级介绍、在线帮助、联系方式等等。

3. 使用网页设计软件制作出学校网站，包括创建站点及各个网页。

网页的主题是什么？

网页横幅的设计考虑了吗？

网页导航栏如何设计？

① 在网页中插入表格及表格属性的设置。

在表格中设计导航栏。

在表格中插入计数器和电子邮箱的链接。

② 使用网页设计软件可以设置滚动字幕，怎样设置？又怎样设置动态效果？

③ 怎样将扫描图片或用数码相机拍的图片添加到网页的图表中？图片可以是自己所在学校的徽标，插入后，还应注意图片属性的修改。

④ 在网页设计中，表单的作用和目的是什么？通过哪些表单控件设计其内容？

4. 在制作的网站中创建一个讨论式的站点，使用在线帮助，怎样创建讨论式的站点？

5. 网站的发布。

① 讨论：网站设计完成后，如果不发布，访问者可看到吗？

② 网站发布前首先要检查所有的链接，若有问题，则需要维护，怎样检查其链接？

③ 网站怎样发布出去？

评 估

一、综合活动的评估

根据综合实践活动,完成下面的评估检查表,先在小组范围内学生自我评估,再由教师对学生进行评估。

综合活动评估表

学生姓名:_____   日期:_____

学 习 目 标		自 评		教 师 评	
		继续学习	已掌握	继续学习	已掌握
1. 网上获取和筛选信息的能力	使用搜索引擎查找信息				
	根据网址浏览获取信息				
2. 根据需要简单设计排版网页的能力					
3. 综合学科应用的能力					
4. 恰当选择信息处理工具的能力	认识网页制作软件				
5. 网页制作	网页布局的设计				
	文本图片的编辑				
	表格的建立及属性的设置				
	添加链接				
	动态和交互				
	网页的优化				
6. 信息交流	网站的发布				
7. 分析问题、解决问题的能力					

二、整个项目的评估

复习整个项目的学习内容,完成下面的学习评估表。

整个项目学生学习评估表

学生姓名:_____

在整个项目的所有活动中喜爱的活动:_____

1. 在"公司旅游活动的实施"项目中最喜欢的一件作品是什么? 为什么?

_____

_____

_____

（续　表）

2. 这个学习活动包括以下技术领域

☐ 电子表格　　　☐ 文字处理　　　☐ 图像处理

☐ 因特网　　　　☐ 程序设计　　　☐ 数据库

☐ 多媒体演示文稿　☐ 网页制作

3. 为了完成这个活动，自己所必须学习的哪项技能最有挑战性？为什么？

_____

_____

4. 为了完成这个活动，自己对必须学习的哪项技能最有兴趣？为什么？

_____

_____

5. 为了完成这个活动，自己所必须学习的哪项技能最有用？为什么？

_____

_____

6. 比较文字处理软件、电子表格处理软件、多媒体演示文稿制作软件、制作网页软件，它们各使用哪几方面的信息处理？

_____

_____

7. 请举例说明在什么情况下使用文字处理软件？在什么情况下使用电子表格处理软件？在什么情况下使用多媒体演示文稿制作软件？在什么情况下使用制作网页的软件？

_____

_____

8. 请举例说明在什么情况下需要综合使用不同信息处理软件来解决问题？

_____

_____

项目八　网络初步

——简易局域网的构建与应用

情景描述

　　创新集团某销售部中的员工都使用固定的电脑,但是这几台电脑是相互独立的,不能达到有关销售数据共享的要求。作为创新集团技术部的一名员工,需要为销售部建立一个对等网络,实现有关资源的共享。

　　在具体构建计算机网络之前,必须对构建网络的应用背景和所采用的网络结构进行较为透彻的了解,准备好必要的软、硬件和网络设备。通过本项目的完成,我们要学会针对特定的应用背景去选择相应的网络结构,掌握如何把彼此独立的计算机连接在一起构成网络,并在此基础上设置共享资源和实现对这些共享资源的安全访问。

活动一　创建小型办公室对等网络

活动要求

　　创新集团销售部的办公环境是一间约60平方米的办公室,目前有5名员工,共使用4台彼此独立的安装了Windows XP专业版操作系统的个人电脑。为提高办公效率,实现信息资源的共享,现决定将原先彼此独立的个人计算机连接成一个小型计算机网络,进而在该网络上实现文件资料的共享和安全访问,使得该部门的所有员工能使用共享的打印机和Internet连接完成日常工作的打印和上网的需要。

活动分析

解决问题的角度和相关技能

1. 确定网络的结构,准备相关的软硬件设备。
2. 完成网络布线,在没有网卡的计算机上完成网卡的安装。
3. 配置网络组件。
4. 把需要连网的计算机加入到计算机组,完成网络的连通。

方法与步骤

一、确定网络结构，并准备相关网络设备和软硬件资源

1. 为完成本活动必须掌握的网络基础知识

所谓计算机网络就是通过专门的通信线路和网络设备，使用相关的通信规则（协议）将你的计算机与其他计算机连接起来以实现各种资源的共享。这里所谓的各种共享资源既包括软件资源，如计算机上的文件和文件夹；也包括各种硬件资源，如打印机和CD-ROM；亦可包括Internet连接资源的共享，也即网络中的所有计算机使用一条互联网连接和一个ISP（互联网服务供应商）账号访问Internet。

根据网络中计算机彼此之间的关系，计算机网络一般分为两种结构：对等网络和基于服务器的网络。在对等网络中，所有的计算机都是平等的，每个用户自己决定计算机上的哪些资源在网络上共享，在网络上没有负责管理整个网络的网络管理员。而在基于服务器的网络中，一些计算机被指定用于为其他计算机提供服务，并设有负责整个网络管理的网络管理员。两种结构的网络模型分别如图8-1-1、图8-1-2所示。

具体采用何种网络结构由许多因素决定，其中包括要连接的计算机数量、所需的安全等级以及利用网络资源的用户需要等。在下列情况下，采用对等网络结构是一个明智的选择：

① 希望创建一个少于10台计算机的小型网络。

② 所有计算机都位于同一物理位置，如同一小型办公室或家庭。

图8-1-1　对等网结构

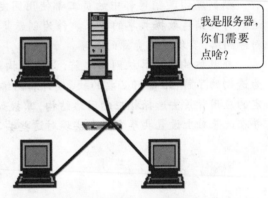

图8-1-2　基于服务器的网络结构

③ 各用户都是各自计算机的管理员，负责自己计算机上的数据安全。使相关资源共享，如文件夹、打印机、Internet连接等以节省开支。

2. 在本活动中所采用的网络结构

根据前面的介绍，该办事机构所需要的网络正符合构建对等网络的要求。其网络的结构如图8-1-3所示。

该网络结构的要点在于：将所有计算机通过网线连接到一个被称为网络集线器（HUB）的中心部件。以网络集线器作为整个网络的通信中心，构成目前最为流行的星型网络结构。该网络结构的主要优点

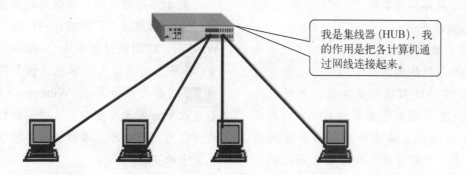

我是集线器（HUB），我的作用是把各计算机通过网线连接起来。

图8-1-3　网络结构图

是：一条网线故障只会影响一台计算机，网络的其他部分不受影响。

需要注意的是：所使用的网络集线器必须要有足够的端口连接所有的计算机。

3. 需要准备的相关网络设备和软硬件

① 一个集线器（HUB）：这是将网络上的所有计算机连接在一起的通信中心。常见集线器如图8-1-4所示。

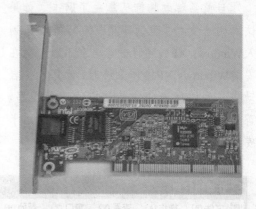

图8-1-5　常见PCI网卡

图8-1-4　常见集线器

② 带有网卡（NIC）的个人电脑：目前品牌电脑的主板上往往已集成了网卡。对于不带网卡的计算机需要另外安装。简单来说网卡就是计算机和网络的接口，计算机就是通过网卡来访问网络的。网卡也称为网络适配器。常见网卡如图8-1-5所示。

③ 网线：一端接网卡，另一端接集线器。目前使用最为广泛的是称为超五类的双绞线。常见超五类网线如图8-1-6所示。

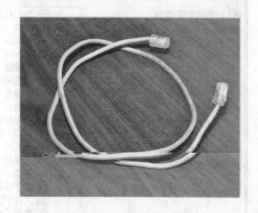

图8-1-6　常见超五类网线

④ 其他外设：如用来共享的打印机、扫描仪等。

⑤ 个人电脑上所采用的操作系统：Windows XP专业版。

二、具体实施步骤

1. 网络布线

① 将集线器放置在离办公室里所有的电脑都比较近的地方。

② 连接计算机和集线器的网线应足够的长（最长距离不能超过100米），并放置在电缆槽内。建议网线两端要标明编号，以便于了解计算机和集线器端口的对应关系。

2. 安装网卡

目前品牌电脑都已集成了网卡。如果该类网卡支持"即插即用"的功能或已列入Windows XP的硬件兼容表（HCL），则在安装Windows XP操作系统时，计算机将自动查找到该网卡并安装相应的驱动程序。否则可通过执行电脑生产商所提供的网卡安装程序来完成网卡的安装。

对于不带网卡的计算机则需要另外安装。首先选择支持"即插即用"或已列入Windows XP的硬件兼容表（HCL）中的网卡；将网卡正确插入计算机主板上的扩展槽里，然后启动计算机，Windows XP将自动查找到该网卡并安装网卡的驱动程序或通过运行网卡生产厂商提供的安装程序完成网卡的安装。

如需人工安装网卡的驱动程序，可按下列操作步骤：

① 在桌面上右击"我的电脑"，在快捷菜单中选择"管理"。如图8-1-7所示。

② 在左侧窗格中单击"设备管理器"，在右侧窗格的设备列表中右击"网络适配器"，在打开的快捷菜单中选择"扫描检测硬件改动"，系统将自动进行硬件检测，找到网卡并安装驱动程序。

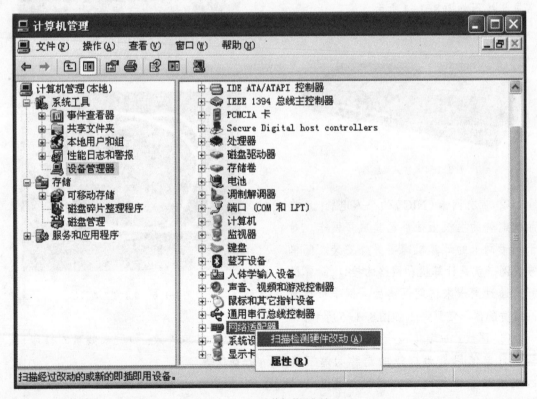

图8-1-7 "计算机管理"界面

3. 配置网络组件

当网卡安装完毕，Windows XP还将自动安装并配置相关的网络组件（相关软件），并创建一个局域网连接，也称为LAN（局域网）连接。以后每次启动计算机，Windows XP会自动启动LAN连接。在任务栏中可以看到表示LAN连接的图标，如图8-1-8所示。

表示 LAN 连接的图标

图 8-1-8　网络连接图标

通过下列操作步骤可查看Windows XP自动安装和配置的网络组件。

① 在桌面上右击"网上邻居"，在快捷菜单中单击"属性"。

② 在打开的"网络和拨号连接"窗口中右击"本地连接"，在快捷菜单中单击"属性"。在打开的"本地连接属性"对话框中可以看到所安装的网络组件。如图8-1-9、8-1-10所示。

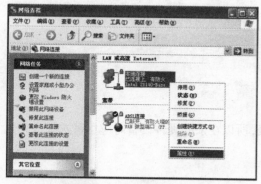

图 8-1-9　网络连接窗口

在本活动中，我们无需重新配置Windows XP自动安装和配置的网络组件。如需人工配置请参考学习指导。

4. 配置工作组

必须给网络中的每台计算机起一个唯一的名字并把它们归类为不同的计算机

图 8-1-10　本地连接对话框

组，以便于网络用户的查找。当用户浏览网页时，他们可以根据计算机组快速找到隶属于该组中的所有计算机。例如可以为公司财务部门的所有计算机建立一个"财务"组；为销售部门的所有计算机建立一个"销售"组。

在本活动中，因为加入网络的计算机数量较少，所以只需建立一个组。在此，可采用系统默认的计算机组workgroup，并使用计算机用户名字的汉语拼音命名他们自己的计算机（这是一个好的习惯）。

需要特别说明的是：给计算机命名的工作在安装操作系统时就已经完成。如果要修改计算机的名字，其具体的操作步骤如下：

① 在桌面上右击"我的电脑"，在快捷菜单中单击"属性"。

② 在打开的"系统特性"窗口中选择"计算机名"选项卡，单击"更改"按钮。如图8-1-11所示。

③ 在"计算机名称更改"窗口中输入新的计算机名字，工作组的名字保持不

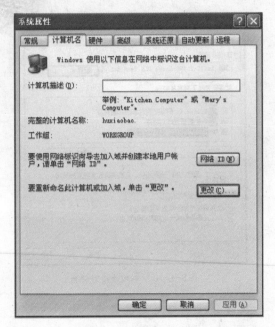

图 8-1-11　系统属性对话框

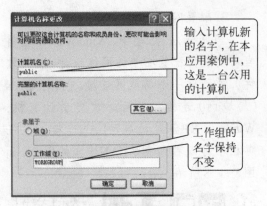

图 8-1-12　计算机名称更改对话框

图 8-1-13　计算机名更改对话框

变，单击"确定"。系统将提示重新启动计
算机，单击"确定"。当计算机重新启动完
毕，则所做更改得以生效。如图 8-1-12、
图 8-1-13 所示。

点 拨

　　在本应用案例中，应检查其他计算
机的命名情况。建议使用计算机用户名
的汉语拼音或形象的名字命名计算机并
加入到同一工作组"workgourp"。

知识链接

一、硬件兼容表（HCL）

　　HCL是Windows XP所支持的硬件设备列表，所以在采购硬件设备时应尽量选择已列入
HCL中的硬件设备。

二、即插即用

　　Intel开发的一组技术规范，采用该规范的硬件设备在安装之时能够被Windows XP自动
检测、配置和安装设备驱动程序。

三、人工配置网络组件

　　当Windows XP专业版完成了网卡安装后，三种网络组件也被缺省地进行了安装和配
置。所谓网络组件就是相关的软件，这些软件使得你所使用的计算机能够访问网络上的共
享资源，同时网络上的其他计算机也能够访问你的计算机上的共享资源并约定使用什么样
的通信规则（协议）进行彼此之间的通信。

这三种网络组件和其作用阐述如下：

● Microsoft网络用户

该组件的作用是使得你所使用的计算机能够访问网络上的共享资源。在完成网卡安装后,已缺省被安装和配置无须改动。

● Microsoft网络的文件和打印机共享

该组件的作用是使得网络上的其他计算机也能够访问你的计算机上的共享资源。在完成网卡安装后,已缺省被安装和配置无须改动。

● Internet协议（TCP/IP）（传输控制协议/网际协议）

这是使用 Windows XP 所组建的计算机网络所使用的默认网络协议。所谓网络协议就是在网络上发送信息的规则和约定。通俗地讲就是网络上的计算机彼此之间进行通信所使用的语言。TCP/IP协议是目前网络通信中最为流行的协议,而且它还是事实上的 Internet 通信标准。

根据TCP/IP协议的规定：必须给网络中的每台计算机上的网卡分配一个唯一的IP地址以示区别。如同我们每一个人有一个独一无二的身份证号码一样。IP地址通常用十进制格式来描述,例如192.168.0.1。

根据TCP/IP协议的规定：IP地址由四个十进制数彼此用“.”分割而成。每个十进制数的取值范围规定如图8-1-14所示。

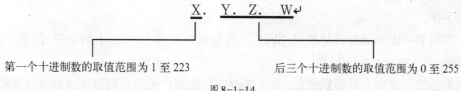

X. Y. Z. W↵

第一个十进制数的取值范围为1至223　　　　后三个十进制数的取值范围为0至255

图8-1-14

根据TCP/IP协议的规定：每一个IP地址包含了个两部分：分别为网络编号（网络ID）和计算机编号（主机ID）。网络编号用于标识拥有该IP地址的计算机处在哪个网络上,而计算机编号用于标识拥有该IP地址的计算机处在该网络上的位置。这如同我们日常生活中的地址,如陆家浜路918号,其中的“陆家浜路”用于标识所处的地段,而“918号”用于标识在该地段中的位置。

TCP/IP协议同时规定：每一个IP地址还必须拥有一个子网掩码用于划分该IP地址的网络编号和计算机编号。对IP地址为192.168.0.1的计算机其缺省的子网掩码为255.255.255.0。计算机通过特定的计算可以知道该IP地址的网络编号为192.168.0,计算机编号为1。需要特别说明的是：在同一网络中的计算机其IP地址的网络编号是相同的,而计算机编号则是各不相同,其实质是它们的子网掩码完全一样,这和同属“陆家浜路”地段不可能有两个“918号”所表述的意思是完全一样的。

在上述活动中,我们不对该组件作人工设置,并不表示在网络中的计算机不需要IP地址,而是采用了操作系统自动分配的IP地址。

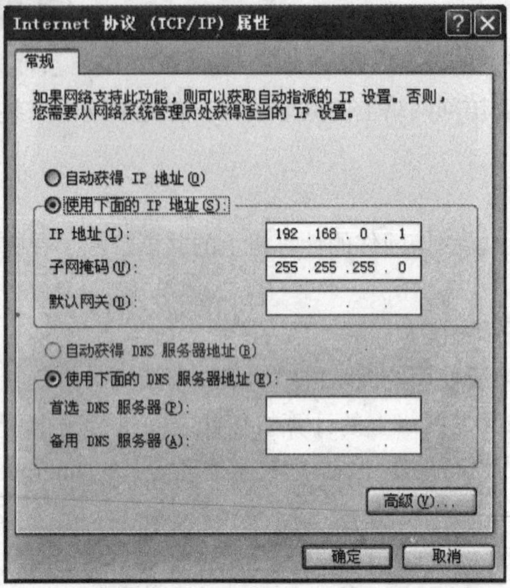

图 8-1-15

在该活动中，也可人工设置IP地址。如把这四台计算机的IP地址分别设置为192.168.0.1至192.168.0.4，子网掩码均设置为255.255.255.0。对于对等网络而言所谓TCP/IP协议的设置其实质主要就是IP地址的设置。该项工作必须分别在每一台联网的计算机上完成。下面以把名字为public的计算机的IP地址设置为192.168.0.1为例，具体说明如何完成计算机IP地址的设置工作。

在如图8-1-10所示的"本地连接属性"对话框中选择"Internet协议（TCP/IP）"，单击"属性"按钮，打开"Internet协议（TCP/IP）属性"对话框，在其中选择"使用下面的IP地址"单选按钮，在IP地址文本框中输入192.168.0.1，子网掩码文本框中输入255.255.255.0，单击"确定"按钮，完成IP地址的设置工作。如图8-1-15所示。

四、计算机和组的命名规定

计算机名一般使用15个或更少的字符。但只能包含0—9的数字、A—Z和a—z的字母以及连字符。

工作组名一定不能和计算机名相同。工作组名可以有15个以上的字符，但是不能包含以下符号：；：" < > * + = \ | ？，

如果你使用中文为计算机命名，有可能造成其他用户无法在网络中找到该计算机。

提　醒

1. 在具体组建一个网络之前，必须对用户的应用背景做透彻的了解，然后确定网络的结构。对10台计算机以下的小型公司、办公室网络要首先考虑采用对等网络结构模型。

2. 在网络的结构模型确定后，应规划好网络布线并准备好相应的硬件设备和软件。在目前的情况下，对等网络所采用的操作系统应采用用户熟悉的MS Windows XP，所选用的硬件设备应已列入Windows XP的硬件兼容表（HCL）中。

3. 网卡的安装和配置是实现网络连接的关键，当网卡安装完毕，可直接使用Windows XP自动安装和配置的网络组件而不需人工配置。

4. 必须给计算机起一个形象的名字，以便于其他用户的查找。建议使用计算机用户名字的汉语拼音命名计算机，并加入到同一工作组中。

5. 必须以本机的系统管理员（在本机上拥有所有权限的用户）身份登录计算机才能做网络连接配置和计算机命名的工作。

自主实践活动

1. 观察学校计算机房的网络设备和网络布线，看看是否有需要改进的地方。

2. 在教师的指导下，使用"添加/删除硬件向导"删除已安装的网卡，然后重新安装网卡，并查看系统自动安装的网络组件。

3. 查看并记录现有的计算机名，然后以自己姓名的汉语拼音命名计算机。并以10台计算机为一组建立计算机组。

4. 恢复计算机的原有设置。

活动二　在对等网络中实现资源的简单共享

活动要求

创新集团销售部已完成了对等网络的组建工作，在该网络上的所有计算机加入同一计算机组workgroup。

经过销售部所有员工的仔细讨论和研究，现决定将计算机public上已建立的"公司资料"文件夹设置为简单共享，公司所有员工可通过网络读取该文件夹中的相关文件，并使用在该计算机上安装的打印机print1。

活动分析

解决问题的角度和相关技能

当你需要访问其他运行Windows XP计算机上的共享资源时，你必须是要访问的这台计算机上的合法用户并具有相应的访问权限。对于简单的共享设置可采用Windows XP默认的"简单文件共享"方式来实现。

1. 在计算机public上确保启用"使用简单文件共享"。

2. 在计算机public上启用系统内置用户"guest"，供网络上的所有用户通过网络访问该计算机。

3. 在计算机public上将"客户资料"文件夹设置为共享。

4. 在计算机public上将已安装的打印机设置为共享，并使得网络中的所有用户可通过网络使用该打印机。

5. 网络用户快速找到所需要的共享资源。

方法与步骤

一、确保启用"简单文件共享"和系统内置用户"guest"

1. 在计算机public上单击"开始"→"控制面板",在控制面板中单击"外观和主题",然后单击"文件夹选项"。如图8-2-1所示。

图8-2-1

2. 在打开的"文件夹选项"窗口中单击"查看"选项卡,并确保选中"使用简单文件共享(推荐)",单击"确定"如图8-2-2所示。

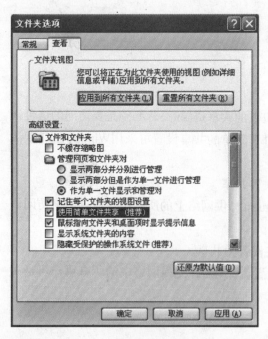

图8-2-2

3. 在桌面上右击"我的电脑",在快捷菜单中选择"管理",在打开的"计算机管理"窗口的右边窗格中展开"本地用户和组",单击"用户"文件夹。在右边窗格的用户列表中右击guest用户账号,在快捷菜单中单击"属性",在Guest属性窗口中取消"账户已停用",再单击"确定"按钮即可。如图8-2-3、8-2-4所示。

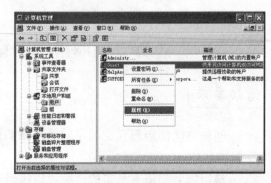

图8-2-3

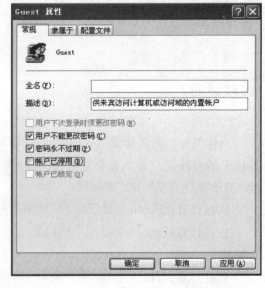

图8-2-4

二、设置文件夹和打印机的共享

1. 设置文件夹共享

① 在"资源管理器"中右键单击要共

享的文件夹,在弹出的快捷菜单中单击"共享和安全"。

② 在"共享"选项卡中选择"在网络上共享这个文件夹",单击"确定"按钮。如图8-2-5所示。

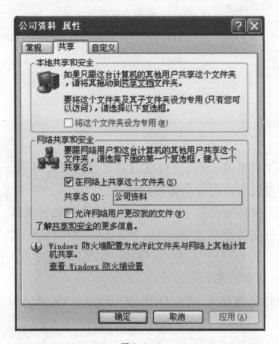

图 8-2-5

2. 设置共享打印机

① 单击"开始"→"打印机和传真",在打开的"打印机和传真"窗口中右击"Print1"图标,在快捷菜单中选择"共享"。如图8-2-6所示。

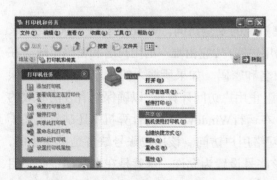

图 8-2-6

② 在打开的"Print1属性"窗口的"共享"选项卡中选中"共享这台打印机"单选按钮,单击"确定"按钮。如图8-2-7所示。

图 8-2-7

三、通过"网上邻居"查找并使用共享资源

文件夹和打印机一旦设置为共享,网络中的其他用户就可以在"网上邻居"中找到并使用这些共享资源。

1. 在资源管理器中展开"网上邻居"→"Microsoft Windows Network"→所在的工作组Workgourp→计算机Public,在右边窗格中即可看到所有在此计算机上共享的文件夹和打印机。如图8-2-8所示。

图 8-2-8

2. 可采用同样的方法在"网上邻居"中找到计算机Public，进而找到共享打印机Print1，双击该打印机，当第一次访问该共享打印机时，系统提示先安装该打印机，如图8-2-9所示，单击"是"按钮，完成共享打印机的安装。

图 8-2-9

点 拨

对共享打印机也必须先安装后使用，采用上述方法可自动完成共享打印机的安装。

知识链接

一、计算机的文件系统和安全性

在本活动中所有计算机都是采用FAT32文件系统，所以文件夹的共享设置较为简单；如果采用NTFS文件系统则可针对不同的用户设置严密的安全访问权限。

所谓文件系统，即在操作系统中负责文件在存储设备上的命名、组织、存储的相关部分。用户对文件和文件夹的所有操作都是通过文件系统来完成的。Windows XP支持的文件系统主要包括以下两类：

1. FAT文件系统（File Allocation Table，文件分配表）

FAT文件系统主要运用于微软早期的操作系统版本，如：DOS、Windows XP，95/98/ME/XP。

2. NTFS（New Technology File System）

从Windows 2000开始及后期的XP、2003、Vista操作系统，NTFS为微软推荐使用的文件系统。就文件和文件夹的安全访问方面，NTFS文件系统提供了其他文件系统无法实现的功能。

但对于简单的网络应用，采用FAT文件系统将简化文件和文件夹的管理及共享设置并得到广泛的应用。

有关NTFS文件系统的相关知识，有兴趣的同学可参见Windows XP专业版的系统帮助。

Windows XP提供了多种手段来实现共享资源的安全访问。Windows XP要求：要登录运行 Windows XP 的计算机，您必须有合法的用户账户，它由唯一的用户名和密码组成。在登录时，Windows XP 将要求输入并验证用户名和密码。如果所输入的用户名或密码错误或用户账户已被禁用或删除，Windows XP 将阻止用户访问计算机，以确保只有合法有效的用户才能访问计算机。但为了方便网络用户，在运行Windows XP的计算机中还缺省定义了一个特殊的用户guest，供无用户名和密码的网络用户访问。该用户账号缺省是被禁止的，当需要允许这类用户访问计算机时，必须把该账号设置为允许。这就是在本活动中必须启用guest的原因，事实上其他用户正是以guest用户身份去访问共享文件夹和打印机。

二、网络中共享文件夹的快速访问

在工作中，如果你需要经常访问网络中某台计算机上的共享文件夹，则可把该共享文件夹映射为网络驱动器。即把该共享文件夹当成自己计算机上的驱动器。在本应用案例中，把计算机public上的共享文件夹"go公司资料"映射为网络驱动器的具体做法如下：

在桌面上右击"我的电脑"，在快捷菜单中选择"映射网络驱动器"，在打开的"映射网络驱动器"对话框中做如图8-2-10所示的设置，单击"完成"即可。

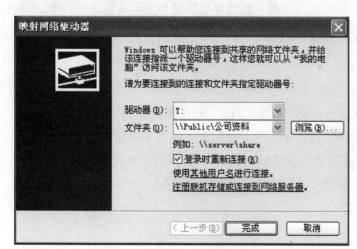

图8-2-10　映射网络驱动器对话框　　　　　　　图8-2-11　pic属性对话框

其中共享文件夹的路径格式为：\\计算机名\共享文件夹的共享名。

提　醒

　　如果在设置文件夹共享对话框中无"在网络上共享这个文件夹"复选框，则该计算机还没有加入到网络中。此时可单击"网络安装向导"链接，然后根据向导将计算机加入网络并启用共享服务。一旦启用了共享服务，即可再次执行共享文件夹的设置。如图8-2-11所示。

自主实践活动

　　1. 创新集团销售部的所有员工均需每天递交相关的工作报告到计算机public，你该如何在计算机public上设置共享文件夹？

　　2. 如果你或你的亲戚朋友家里有一台以上的电脑，但只有一台打印机，你是否能够实现共用该打印机？

活动三 共享ADSL无线上网

活动要求

　　以创新集团销售部的计算机网络为例,我们把几台计算机共享无线路由器上网的方法做一个说明。本活动中使用的是TP-LINK TL-WR340G+ 54M型号的无线路由器,该无线网络名称为"TP-LINK_A801AE",同时其他计算机均须事先安装了无线网卡。

活动分析

　　在本活动中我们的任务大体上为三部分:首先,以一台计算机为例,在安装好无线网卡,同时无线路由器处于工作状态时,在该计算机上要配置无线网卡以便连接到无线路由器上,其次,通过该计算机与配置无线路由器的ADSL连接,第三,介绍有关无线路由器的安全连接问题,如何设置无线路由器基本的连接密码以阻挡不速之客。

方法与步骤

一、无线网卡的安装和配置

　　1. 在安装了无线网卡的计算机上,通过"开始"菜单中的"控制面板"打开"网络连接"设置窗口,如图8-3-1所示,可以看到"无线网络连接"项目,右击打开它的属性窗口如图8-3-2所示。

图8-3-1　网络设置中的"无线网络连接"

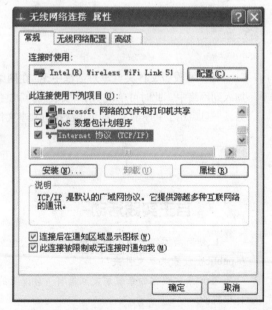

图8-3-2　"TCP/IP协议"的设置

2. 在"网络连接"属性窗口中,选中"Internet协议(TCP/IP)",点选属性按钮,进入IP地址设置窗口,如图8-3-3所示,将IP地址和DNS服务器地址都设置为自动获得,然后点击"确定"。

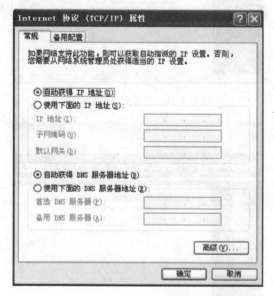

图8-3-3　IP地址设置为自动获取

3. 在设置好无线网卡后,双击windows系统任务栏右下角的无线网络图标,进入"无线网络连接"窗口,如图8-3-4所示,选择我们的无线网络"TP-LINK_A801AE",双击鼠标进入连接状态,如图8-3-5。连接成功后,"TP-LINK_A801AE"显示为已连接上,如图8-3-6所示。

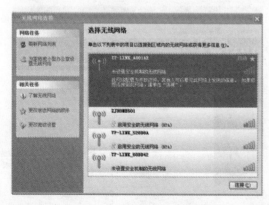

图8-3-4　搜索到的无线网络

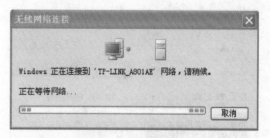

图8-3-5　连接到无线网络

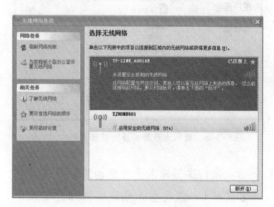

图8-3-6　已经连接上的无线网络

二、建立ADSL连接

1. 继续在前面的计算机上,针对无线路由器设置ADSL连接共享上网。首先打开IE浏览器,输入无线路由器的IP地址"192.168.1.1"(IP地址可能各个路由器不太一样,具体情况请大家参考自己的无线路由器说明书),如图8-3-7所示。

2. 输入IP地址后回车,此时会弹出窗口,系统会要求输入登录密码,如图8-3-8

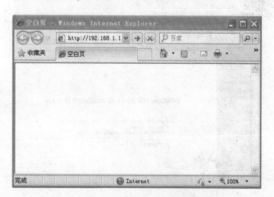

图8-3-7　通过IE连接到无线路由器

图 8-3-8　输入无线路由器的管理员账户、密码

所示。我们这里输入无线路由器的管理员账户和密码（一般会在无线路由器的说明书中交代给用户的），然后点击"确认"按钮。

3. 成功通过管理员身份验证后，会出现如图8-3-9所示的无线路由器设置页面。这里我们点击"设置向导"，按照向导来设置ADSL共享上网。

4. 在如图8-3-10所示的"设置向导"页面中我们阅读完说明文字后直接点击"下一步"按钮。

5. 在如图8-3-11所示的"设置向导"

图 8-3-9　无线路由器设置页面

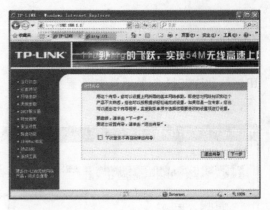

图 8-3-10　利用向导设置ADSL

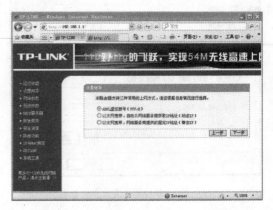

图 8-3-11　设置上网连接方式为ADSL

页面中我们选择"ADSL虚拟拨号"项目，然后点击"下一步"按钮。

6. 在如图8-3-12所示的"设置向导"页面中我们输入ADSL的账户、密码（由电信局获得），然后点击"下一步"按钮。

图 8-3-12　输入ADSL的账户、密码

7. 在如图8-3-13所示的"设置向导"页面中我们设置"无线状态"、"SSID"、"信道"、"模式"等信息后（一般也可以保持默认值），点击"下一步"按钮。

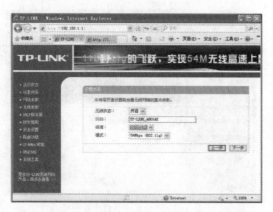

图8-3-13　选择无线路由器的基本参数

8. 如图8-3-14所示的"设置向导"页面中我们点击"完成"按钮即可，至此，我们就基本设置好了ADSL，就可以共享上网了。

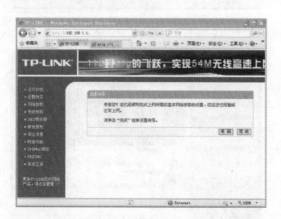

图8-3-14　完成ADSL设置

三、无线路由器的配置

在前面的步骤中设置的共享无线网络是开放的，我们一般不希望外来的计算机连接到我们的网络，那么该怎么办呢？下面我们就无线网络的连接密码设置作个简单介绍。

1. 继续在前面运用的计算机上做实验，在"设置向导"页面中我们点击左侧"无线参数"选项，如图8-3-15所示。

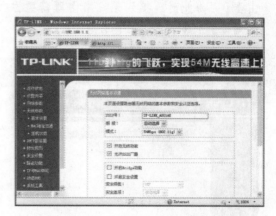

图8-3-15　对无线路由器的基本设置

2. 在如图8-3-16所示的"基本设置"页面中我们设置"安全类型"、"安全选项、"密钥格式"、"密钥"等信息后，点击"保存"按钮，会弹出如图8-3-17所示的提示，继续点击"确定"按钮。

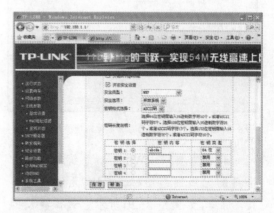

图8-3-16　无线路由器连接密码的设置

图8-3-17　连接密码设置后的提示

3. 在出现如图8-3-18所示的"配置保存成功"页面后,无线路由器会重新启动,从而导致IE浏览器无法连接到无线路由器(因为此时连接到无线路由器需要你刚刚设置的密钥了),如图8-3-19所示。

图8-3-18 保存连接密码设置

图8-3-19 保存连接密码后需要重新连接无线路由器

4. 你需要双击Windows系统任务栏右下角的无线网络图标,进入"无线网络连接"窗口,如图8-3-20所示。选择我们的无线网络"TP-LINK_A801AE",双击鼠标

进入连接状态,此时需要输入连接密钥,如图8-3-21所示,点击"连接"按钮。连接成功后,"TP-LINK_A801AE"显示为已连接上,如图8-3-22所示。

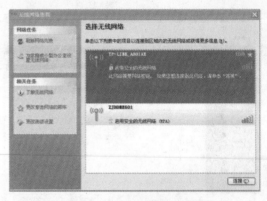

图8-3-20 重新找到无线网络

图8-3-21 输入无线网络的连接密码

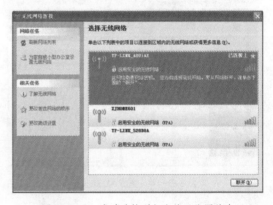

图8-3-22 成功连接到加密的无线网络中

知识链接

一、无线路由器的常用安全设置

越来越多的用户选择无线网络来提高工作的移动性,但无线比有线网络更难保护,因

为有线网络的固定物理访问点数量有限,而无线网络中信号能够达到的任何一点都可能被使用。如何能在不影响网速的情况下对无线网络加密呢? 有如下方法:

1. 禁用DHCP

DHCP功能可以在无线局域网内自动为每台电脑分配IP地址,不需要用户手动设置IP地址、子网掩码以及其他所需要的TCP/IP参数。但是从安全角度来说,如果启用了DHCP功能,那么别人就能很容易使用你的无线网络。因此,禁用DHCP功能对无线网络而言很有必要。在无线路由器的"DHCP服务器"设置项下将DHCP服务器设定为"不启用"即可。

2. 手动输入IP地址

无线网络在关闭了DHCP功能后就需要手动输入IP地址才能够上网,输入一个隐蔽的IP地址段也是加强安全的一种方法。

3. 禁用SSID广播

通常情况下,同一生产商推出的无线路由器或AP都使用了相同的SSID,一旦那些企图非法连接的攻击者利用通用的初始化字符串来连接无线网络,就极易建立起一条非法的连接,给我们的无线网络带来威胁。因此,建议你最好能够将SSID命名为一些较有个性的名字。无线路由器一般都会提供"允许SSID广播"功能。如果你不想让自己的无线网络被别人通过SSID名称搜索到,那么最好"禁止SSID广播"。你的无线网络仍然可以使用,只是不会出现在其他人所搜索到的可用网络列表中。通过禁止SSID广播设置后,无线网络的效率会受到一定的影响,但以此换取安全性的提高还是值得的。

4. 启用MAC地址、IP地址过滤

在无线路由器的设置项中,启用MAC地址过滤功能时,要注意的是,在"过滤规则"中一定要选择"仅允许已设MAC地址列表中已生效的MAC地址访问无线网络"这类的选项。另外,如果在无线局域网中禁用了DHCP功能,那么建议你为每台使用无线服务的电脑都设置一个固定的IP地址,然后将这些IP地址都输入IP地址允许列表中。启用了无线路由器的IP地址过滤功能后,只有IP地址在列表中的用户才能正常访问网络,其他人则无法访问。

二、ADSL modem与无线路由器的连接

这里使用的是中兴通讯的ADSL modem和TP-LINK 的TL-WR340G+ 54M型无线路由器,电话线接入ADSL modem后分离出的宽带信号用网线连接到无线路由器上,再由该路由器发射出来给无线网络用户使用。该连接情况请参见图 8-3-23。

越来越多的用户选择无线网络来提高工作的移动性,但无线比有线网络更难保护,因为有线网络的固定物理访问点数量有限,而

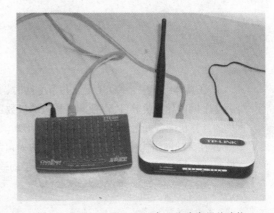

图 8-3-23 ADSL modem与无线路由器的连接

无线网络中信号能够达到的任何一点都可能被使用。如何能在不影响网速的情况下对无线网络加密呢？无线路由器的常用安全设置有如下方法：

1. 禁用DHCP

DHCP功能可以在无线局域网内自动为每台电脑分配IP地址，不需要用户手动设置IP地址、子网掩码以及其他所需要的TCP/IP参数。但是从安全角度来说，如果启用了DHCP功能，那么别人就能很容易使用你的无线网络。因此，禁用DHCP功能对无线网络而言很有必要。在无线路由器的"DHCP服务器"设置项下将DHCP服务器设定为"不启用"即可。

2. 手动输入IP地址

无线网络在关闭了DHCP功能后就需要手动输入IP地址才能够上网，输入一个隐蔽的IP地址段也是加强安全的一种方法。

3. 禁用SSID广播

通常情况下，同一生产商推出的无线路由器或AP都使用了相同的SSID，一旦那些企图非法连接的攻击者利用通用的初始化字符串来连接无线网络，就极易建立起一条非法的连接，给无线网络带来威胁。因此，建议最好能够将SSID命名为一些较有个性的名字。无线路由器一般都会提供"允许SSID广播"功能。如果你不想让自己的无线网络被别人通过SSID名称搜索到，那么最好"禁止SSID广播"，这时无线网络仍然可以使用，只是不会出现在其他人所搜索到的可用网络列表中。通过禁止SSID广播设置后，无线网络的效率虽然会受到一定的影响，但以此换取安全性的提高还是值得的。

4. 启用MAC地址、IP地址过滤

在无线路由器的设置项中，启用MAC地址过滤功能时，要注意的是，在"过滤规则"中一定要选择"仅允许已设MAC地址列表中已生效的MAC地址访问无线网络"这类的选项。另外，如果在无线局域网中禁用了DHCP功能，那么建议你为每台使用无线服务的电脑都设置一个固定的IP地址，然后将这些IP地址都输入IP地址允许列表中。启用了无线路由器的IP地址过滤功能后，只有IP地址在列表中的用户才能正常访问网络，其他人则无法访问。

提 醒

1. 在具体组建一个ADSL无线共享上网时，必须事先在电信局申请好ADSL宽带，并且要规划好共享上网的计算机数目，以便购买相应端口数目的无线路由器，另外还要给所有准备连接到无线网络的计算机配备好无线网卡。

2. 在无线网络构建好以后，一般为了应对可能的外来入侵计算机，必须要修改无线路由器的连接密码，还可以启用地址过滤、禁用DHCP、手动输入IP地址、禁用SSID广播来提高安全性。

自主实践活动

1. 在学校计算机房里安装一个无线路由器,给若干台计算机添加无线网卡,参照本活动通过计算机来连接到无线路由器,并配置无线网络安全参数,使计算机可以通过无线网络互联。

2. 有条件使用ADSL的学校,还可以通过无线路由器设置ADSL账户、密码,实现多台计算机共享上Internet。完成这些设置,实现共享功能。

归纳与小结

构建一个小型办公局域网的过程如下图所示。

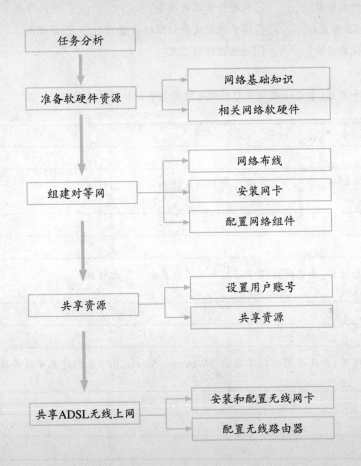

评 估

整个项目的评估

复习整个项目的学习内容,完成下面的学习评估表。

整个项目学生学习评估表

学生姓名:_____

在整个项目的所有活动中感到学习有困难的活动:_____

1. 在"简易局域网的构建"项目中你认为构成对等网络的条件是什么?

_____

_____

_____

2. 这个学习项目包括以下技术领域

□计算机硬件的安装　　　□软硬件资源的共享　　　□网络布线

□Windows XP 专业版　　　□用户的定义和权限的分配　　　□数据库

□计算机系统的安全　　　□网络组件的设置

3. 为了完成整个项目,自己所必须学习的哪项技能最有挑战性? 为什么?

_____

_____

_____

4. 为了完成整个项目,自己所必须学习的哪项技能最有趣? 为什么?

_____

_____

5. 为了完成整个项目,自己所必须学习的哪项技能最有用? 为什么?

_____

_____

_____

6. 通过学习本项目,你是否有兴趣学习使用Windows Server2003来构建基于服务器的局域网?

_____

_____

_____

项目九 程序设计初步

——机器人应用

情景描述

机器人是人类科技与智慧的结晶。机器人学是一门涉及机械、工程、电子、计算机、数学、医学等诸多门学科的综合科学研究。机器人的发展水平反映了人类最新的科研成果，同时，它也是现代工业发展水平的标志。

最新的研究显示，机器人已经可以根据人的意图，通过模仿人类的动作、情感等特征，来完成各种不同的工作，动作可以十分精确。

本项目将通过两个机器人的应用实例，带领读者领略机器人的风采。

活动一 为2010年上海世博会设计引导机器人

活动要求与样例

2010年即将在中国上海举办世博会，届时将吸引来自世界各地和本国数千万的游客聚集上海，参观世界园区的200多个展馆。设想一下，当一名游客来到这个陌生的世博园的情景，最大的愿望莫过于能够安全便捷、高效畅通参观各个展区。因而，本活动要求设计一个引导机器人来帮助游客完成这个心愿，是一个很好的想法。

活动分析

设计引导机器人的目的是能够引导游客科学、安全、便捷地参观各个展区。为此，首要解决的是按路径到达指定的场馆的问题；其他问题如报站、场馆预介绍等可以放在后一步解决；而诸如视觉识别、多车协同等问题则超过了本系统要求而不予考虑。

参考世博园的建设规划图，对各场馆的连接路径进行分析，发现引导机器人设计中有三个关键的路径问题需要解决，它们是走直线方式、过十字交叉方式、进站超车方式。

而其他的路径问题可以用这三种方式的变形解决。如图9-1-1、图9-1-2、图9-1-3所示。

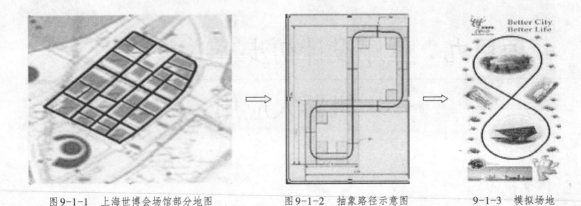

图9-1-1　上海世博会场馆部分地图　　　图9-1-2　抽象路径示意图　　　9-1-3　模拟场地

选择虚拟机器人系统（SVJC）来实现设计目的，如图9-1-4所示。

图9-1-4　SVJC系统虚拟机器人

方法与步骤

一、走直线方式

机器人的直线运动轨迹可以用SVJC系统中的"执行器模块库"来实现。在虚拟环境中共设立了12座换乘站，如图9-1-5、图9-1-6所示。

设定任务：

机器人沿轨迹线内侧行走，并在每个车站停留3秒钟；循环往复。

按照虚拟场地画出的流程图如图9-1-7所示。

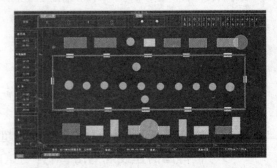

图9-1-5　用SVJC绘制的机器人运行虚拟场景

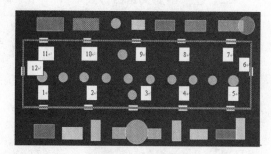

图9-1-6 虚拟地铁站

图9-1-7 流程图

运用SVJC系统根据流程图9-1-7编写程序如图9-1-8所示。

上面的程序其实过于冗长,会占用许多宝贵的计算机资源,也给实际编程带来

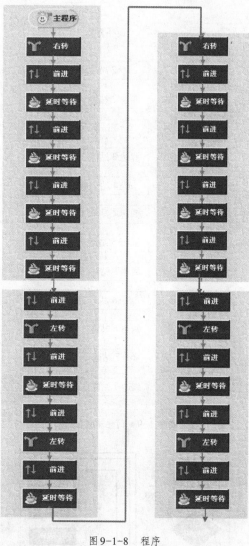

图9-1-8 程序

不便。由于本活动引导机器人的运动有对称性和重复性,因此,可以运用控制模块中的"循环"来简化图9-1-8程序。

本活动中,引导机器人1站到7站与7到12站是对称的;1站到12站重复运行。程序可以简化为如图9-1-9所示,对应的程序如图9-1-10所示。

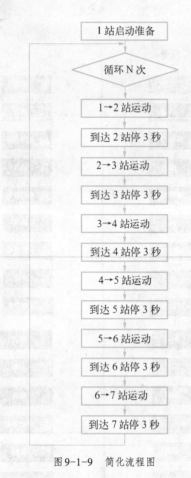

图9-1-9　简化流程图

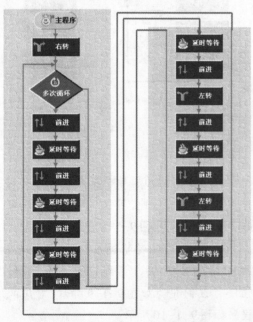

图9-1-10　简化程序

二、过十字交叉路口方式

可以根据十字交叉路口的不同情况用SVJC系统中的"执行器模块库"、"传感器模块库"和"控制模块"来实现。

1. 设定任务

红灯亮时，机器人前进到十字路口停车线停止，等待绿灯，此时，指示牌指示"STOP"；

红灯转黄灯，引导机器人准备启动，指示牌指示"READY TO GO"；

绿灯亮，指示牌指示"START"，机器人过十字路口到对面；

创建虚拟场地，如图9-1-11所示。

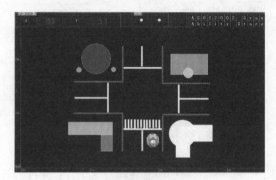

图9-1-11　虚拟场地1

2. 用SVJC系统编写程序如图9-1-12所示

程序中关键参数设置如图9-1-13和图9-1-14所示。

三、进站超车方式

可以根据站台不同情况用SVJC系统中的"执行器模块库"、"传感器模块库"和"控制模块"来实现。

1. 创建虚拟场地如图9-1-15所示

2. 任务设定

在前方机器人已进站等待时，机器人按照预设路径前进，本机器人检测到对方并绕过前方机器人，随后重新回到预设路径前进。

图 9-1-12　程序

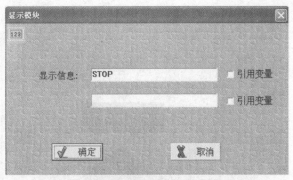

图 9-1-14　参数设置2

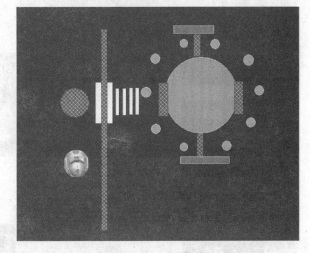

图 9-1-15　虚拟场地2

3. 解决方案

运用"传感器模块"中的红外线传感器进行障碍物识别,发现前方机器人则向左拐弯绕过进站机器人继续前进。如图9-1-16所示。

图 9-1-13　参数设置1

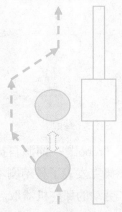

图 9-1-16　传感模拟图

用SVJC系统编写程序如图9-1-17所示。

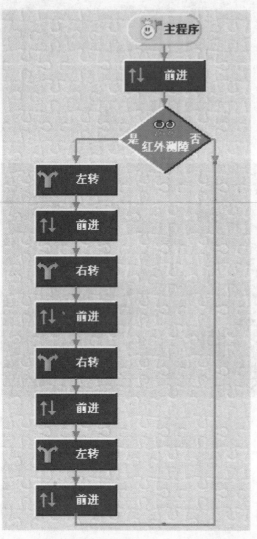

图9-1-17　程序

① 关键参数设置如图9-1-18所示。

图9-1-18　参数设置

② 红外半径=60，如图9-1-19所示。

图9-1-19　半径设置

③ 实际运行如图9-1-20所示。

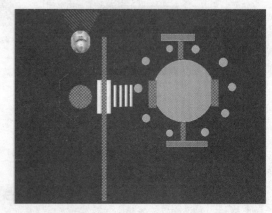

图9-1-20　实际运行图

知识链接

一、机器人的发展

机器人"robot"一词源自捷克语"robota"，意为"强迫劳动"。1920年，捷克著名作家卡雷尔·萨佩克发表了科幻剧本《洛桑万能机器人》。在剧本中，萨佩克把在洛桑万能机器人公司生产劳动的那些机器取名"Robot"，汉语译音为"罗伯特"。

世界上第一台工业机器人的问世只是近几十年的事。20世纪60年代，世界上第一台工业机器人问世之后,不同功能的机器人相继出现并且活跃在不同的领域。随着微电子技术、计算机技术、通信技术的迅速发展以及人类对生命科学的不断探究,机器人技术进入了新的发展阶段,新一代机器人正在诞生,它具有比前者更高的智能。以人工智能决定其行动的智能机器人,在航空航天、军事民用、医疗卫生等许多领域发挥着越来越巨大的作用。

二、什么是传感器

所谓"传感器"是指用来感知内部和外部信息的器件或装置。对于机器人来说,常用的传感器有:

1. 光敏传感器:利用半导体材料的光敏特性制作的电子器件。这种器件能够反映当前光照强弱的变化,加以利用就能实现对外部光强变化的"感知"。

2. 红外传感器:利用一些物体发出红外线的特性而制作的能对红外线的有无、强弱作出反应的电子器件。这种器件能够实现对外部红外线的"感知",如图9-1-21所示。

3. 触碰传感器:利用触碰时的压力作用而制作的能对压力的有无、大小以及方向进行识别的装置和器件。简单的触碰传感器原理是一个"开关",有"触碰"时"开关"接通,电路被接通;无"触碰"时"开关"断开,电路不通。这样,可以实现对外部触碰的"感知"。

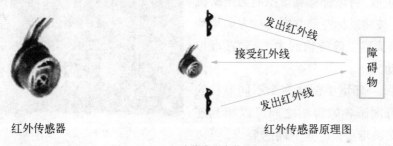

红外传感器　　　　　　　　　　　　红外传感器原理图

图9-1-21　红外传感器实物及原理图

4. 其他:还有声音传感器、位移传感器、超声波传感器、角度传感器、温度传感器、平衡传感器等等,可参阅相关资料。

三、SVJC系统虚拟场地的绘制

1. 进入设置环境的方法

用鼠标双击桌面上的SVJC图标,进入SVJC的"主程序窗口",如图9-1-22所示。

2. 进入场景创建环境

打开主菜单上的"工具"栏,单击"仿真当前程序"或按[S]键,进入创建仿真环境的"选择环境"界面,如图9-1-23所示;在"选择环境"界面中选择"新建环境",进入编辑界面。

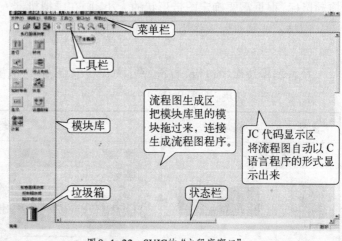

图9-1-22　SVJC的"主程序窗口"

图9-1-23 SVJC的"选择环境"界面

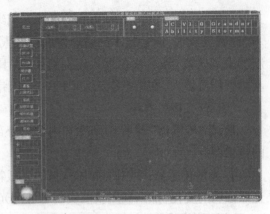

图9-1-24 SVJC的绘制机器人工作环境

3. 绘制机器人工作环境(如图9-1-24所示)

打开"环境设置"→"实体"→"添加障碍物",一种是矩形,一种是圆形。选择好要添加的障碍物形状后,将鼠标移到虚拟能力风暴机器人活动区,按住鼠标左键并向目标方向拖动鼠标,根据需要确定障碍物的大小,画在虚拟机器人的活动区。

可以在同一环境中创建多个不同形状的障碍物,但每次添各障碍物之间可以相互连接,也可以交叉堆叠;根据不同的要求,可以

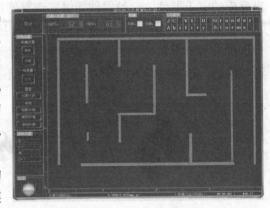

图9-1-25 删除障碍物

组合成各式各样的障碍物场景。选择添加障碍物,可以按不同的形状添加障碍物,选择"删除"后再点击要删除的障碍物即可将其删除。如图9-1-25所示。

打开"环境设置"中的"实体",可以"添加图带",一种是矩形,一种是圆形。选择好要添加的图带形状后,将鼠标移到虚拟能力风暴机器人活动区,按住鼠标左键并向目标方向拖动鼠标,根据需要确定图带形状的大小,画在虚拟机器人的活动区。

图带不能被机器人作为"障碍物"识别。

四、执行器模块

执行器模块库中包括:直行、转向、设置电机、停止电机、延时等待、发音、显示和计算。

1. "直行"模块,如图9-1-26所示

图标	模块名称	设置对话框

图9-1-26 "直行"模块

基本功能：用于控制机器人前进、后退。

参数设置：用鼠标点击"执行器模块库"，选中其中的"直行"模块，按住鼠标左键将模块拖移到流程图生成区并连接在程序中的相应位置。设置时，用鼠标选中"直行"模块，点击鼠标右键，在弹出的对话框中输入移动速度的快慢与时间数值；也可以用鼠标拖动速度选择滑块的方式来改变移动速度的快慢的值。

参数说明：移动速度：当输入值为1—100时，机器人前进速度由慢到快；值为0时，机器人原地不动（停止）；值为-1——-100时，机器人后退速度由慢到快；输入值的绝对值越大，机器人移动速度就越快。

移动时间：在时间输入对话框中输入机器人移动的时间单位为秒；也可以选中时间因子复选框，它可随机产生小于输入值的随机时间。

2. "转向"模块，如图9-1-27所示

图标	模块名称	设置对话框
 转向	 转向	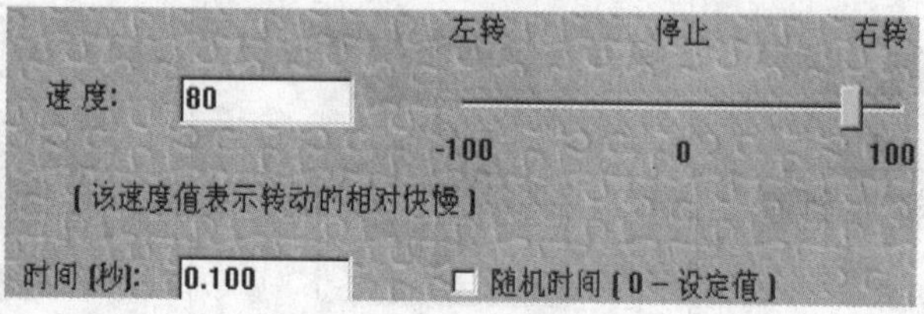 左转　　　　停止　　　　右转 速度：80　　-100　　0　　100 【该速度值表示转动的相对快慢】 时间（秒）：0.100　　□随机时间（0－设定值）

图9-1-27 "转向"模块

功能：主要用于控制机器人转向。

操作：设置时，用鼠标选中"转向"模块，点击鼠标右键在弹出的对话框中输入左/右转速度和时间值。也可以用鼠标拖动转向选择滑块的方式来改变转向的快慢的值。

设置参数说明：

● 转向速度：当输入值为1—100时，机器人右转速度由慢到快；值为0时，机器人原地不动（停止）；值为-1——-100时，机器人左转速度由慢到快；输入值的绝对值越大，机器人转动速度就越快；

● 转向时间：在时间输入对话框中输入机器人转向的时间单位为秒；也可以选中时间因子复选框，它可随机产生小于输入值的随机时间。

3. "延时等待"模块，如图9-1-28所示

图标	模块名称	设置对话框
 延时等待	 延时等待	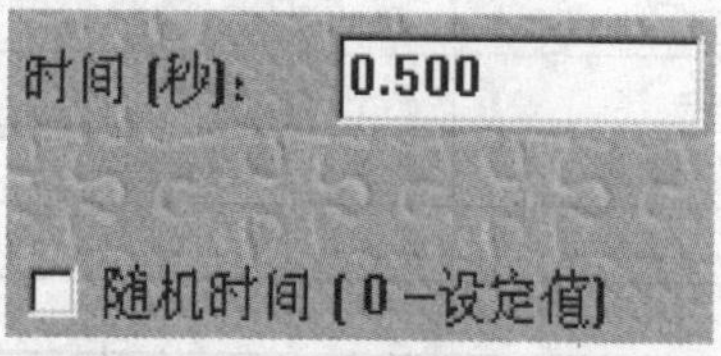 时间（秒）：0.500 □随机时间（0－设定值）

图9-1-28 "延时等待"模块

功能:"延时等待"模块主要是让机器人保持前一个状态一段时间。

操作:用鼠标点击"执行器模块库",选中的"延时等待"模块将其移到流程图生成区并连接在程序中的相应位置。设置时,选中"延时等待"模块并点击鼠标右键,在弹出的对话框中输入"等待时间"参数,以"秒"为时间单位。

设置参数说明:

● 等待时间:在时间输入对话框中输入机器人延时的时间单位为秒;也可以选中随机因子复选框,它可随机产生小于输入值的随机时间。

五、传感器模块

传感器模块包括:红外测障、碰撞检测、亮度检测和地面检测四个程序模块;根据传感器检测到的数值,可以进行赋值或进行条件判断。

例:"红外检测"模块,如图9-1-29所示:

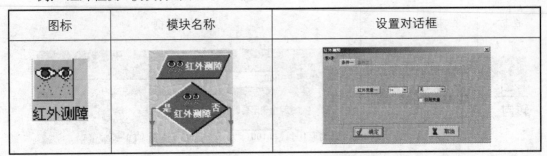

图标	模块名称	设置对话框

图9-1-29 "红外检测"模块

功能:检测机器人左/右/前方是否有障碍物。由红外传感器(包括两个红外发射器和一个红外接收器)组成。

操作:用鼠标点击"传感器模块库",选中"红外检测"模块并将其移到流程图生成区并连接在程序中的相应位置。设置时,选中"红外检测"模块并点击鼠标右键,出现"红外测障模块"设置对话框,默认情况下可以进行赋值;如果选择"检测完后进行条件判断",则可以进行条件判断,在弹出的对话框中输入所需判断条件。

设置参数说明:

● "红外变量一"按钮可以选择检测值存放的变量。

● 第二项是条件比较关系 。第三项是方向判断

第二项	条件比较关系	第三项	障碍可能的位置
"=="	等于	"无"	没有障碍
"!="	不等于	"左"	左边有障碍
		"右"	右边有障碍
		"前"	左右都有障碍

例:"==""左"表示如果检测到左边有障碍,条件为真,则判断成功,执行"是"一侧连

接的模块;其他任何情况条件为假,判断失败,执行"否"一侧连接的模块。

六、控制模块

SVJC在控制模块库中提供了四种控制模块,即"多次循环"、"永远循环"、"条件循环"和"条件判断"模块。

例."多次循环"模块如图9-1-30所示

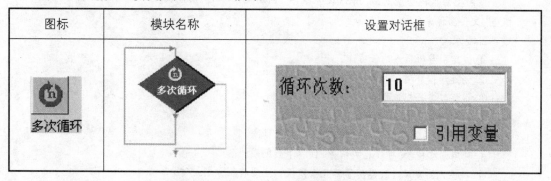

图标	模块名称	设置对话框

图9-1-30 "多次循环"模块及设置示图

功能:允许多次执行同一组程序指令。

操作:用鼠标点击"控制模块库",选中"多次循环"模块移到流程图生成区并连接在程序的相应位置。设置时,选中"多次循环"模块并点击鼠标右键,在弹出的对话框中输入需循环次数值,然后点击"确定"。在"多次循环"流程图中插入需重复处理的其他模块。

实例:让机器人连续唱do re mi 三次。

操作如下,如图9-1-31所示:

步骤1:将"多次循环"模块移到流程图生成区,与主程序相连,设置循环次数为3次;

步骤2:将"发音"模块移入到循环体内部,设置为"do";

步骤3:将"发音"模块移入到循环体内部,设置为"re";

步骤4:将"发音"模块移入到循环体内部,设置为"mi";

步骤5:将"任务结束"模块连接在程序的末尾。

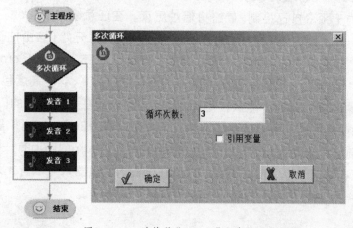

图9-1-31 连续唱"do re mi"程序及设置示图

自主实践活动

1. 创建虚拟环境

按照上海世博会规划图，用SVJC系统的"创建虚拟环境"功能创建一个平面虚拟环境，以"世博会"文件名保存。

2. 要求：

① 设定引导机器人的任务；

② 创建虚拟环境；

③ 根据任务画出流程图；

④ 用SVJC系统编写程序；

⑤ 在SVJC系统虚拟环境中调试程序，实现目的。

3. 利用网络技术，查找相关信息，回答下列问题：

① 机器人的发展大致经历了哪几个阶段？主要特征分别是什么？

② 什么是智能机器人？智能机器人由什么组成？

③ 了解世界最新机器人技术进展状况。

活动二 家庭机器人灭火比赛

活动要求

1. 场地

标准灭火场地如图9-2-1所示，建筑物的墙壁高33 cm，由白色木板制作；走廊和门口宽均为46 cm。门口有一个宽2.5 cm的白色或白漆印迹带子表示房间入口。场地平整。机器人从一个30 cm直径的标有"H"（代表家）的白色圆圈开始，该圆圈在46 cm宽走廊的中心。在标准模式下，机器人必须在圆圈中启动。一旦启动，机器人必须在没有人的干预下自己控制，最终将蜡烛熄灭。在任意模式下，火焰（用蜡烛代替）可能在任意一间房间内，机器人也可以从任意一间房间里开始（这由抽签来决定）。蜡烛安置在一个漆成黄色的半透明木质基座上（7.5 cm×7.5 cm×3.5 cm）。蜡烛白色，直径大约2.5 cm粗。火焰的底部离地面15 cm到20 cm高，这个高度包括了支持蜡烛的木质基座的高度。蜡烛不能放在走廊上，但是可以放在一间房子的门口，这种情况下，机器人的前端在进入房间遇到蜡烛前应至少可以移动33 cm。当机器人发现火焰，在扑灭火焰前必须到距火焰30 cm以内；在距离火焰30 cm的圆上有一条2.5 cm宽的白线，机器人在扑灭火焰之前必须有一部分在圆圈内。机器人可以有3次灭火机会，在这3次灭火中，蜡烛将被等概率的放在4个房间的任何一间。

2. 机器人

机器人的最大尺寸是31 cm×31 cm×31 cm。如果机器人有触角探测物体，这些触角也算做机器人的一部分。假如想在机器人上加旗帜、帽子或其他纯装饰性而没有任何作用的部分，必须保证所加的东西对机器人的运行没有影响。对机器人的重量和建造材料没有限制。

3. 其他

禁止在墙上或地上放置任何标记、灯塔或反射物来帮助机器人导航。在不违反其他规则和规范的情况下对传感器的型号没有限制。机器人可以使用类如水、空气、CO_2等物质来扑灭火焰，不能运用任何破坏性的或危险的方法来熄灭蜡烛，禁止使用任何危险的或可能破坏比赛场地的方法或物

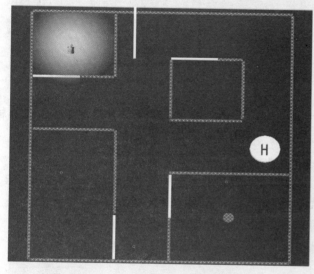

图9-2-1　标准灭火场地示意图

质。比如，机器人不能通过使燃放爆竹产生冲击来使蜡烛熄灭，也不能通过碰倒蜡烛而使蜡烛熄灭。

活动分析

本活动以用SVJC系统制作灭火机器人，并学习相关的机器人控制技术。

1. 根据自己观察到的灭火现象，分析灭火必须完成的基本过程。
2. 分析标准灭火场地的构成有何特点。
3. 设计一种最佳的路线方案，使得机器人在寻找火源时距离最短。
4. 分析采用何种方式、何种模块实现灭火的目的。

方法与步骤

一、方案设计

1. 问题分析

经过分析，要解决的问题是"机器人如何将火灭掉？"由这个目标出发，首先需

要找到火源，而要找到火源就需要先找到房间，要在较短的时间找到房间就要设计好行走的路线方案，并且要少撞墙、擦墙、撞蜡烛等，避免扣分。同时，尽可能采用系

数小、得分多的方式，多得分。

2. 可行性分析

如图9-2-2所示，对图中①②③三个过程分析如下：

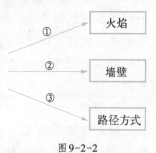

图9-2-2

过程①：灭火过程，包括发现火焰、灭火两个功能。

实现的方法：找到火源可以用光敏感应器、红外传感器等；发现火源后，可以用风扇将火熄灭，或用喷水及灭火液体装置将火熄灭，等等。

过程②：与墙壁碰撞的过程。

方法有多种，如用红外传感器来避开墙或者用碰撞传感器来处理与墙壁的碰撞等，选出最适合自己的方法。

过程③：寻找路径的过程。

路径的算法，总的来说，可以用一般的递归方法，也可以用二插树算法甚至神经网络算法等。比如，可以采用"摸着墙壁走迷宫"的方法，即机器人能够始终识别左边或右边的墙壁，沿着墙壁行走，最终走出迷宫；为了不与墙壁擦碰，可以通过设置机器人左右电机的转速使得机器人走圆弧形，等等。

3. 总体设计

总体设计是用流程图来实现可行性分析中的解决方案。

考虑到四个房间都有可能放置蜡烛，需要寻找一种最佳的路线方案，使得机器人经过四个房间的路径最短。图9-2-3是一种较好的路径最短方案。当机器人经过

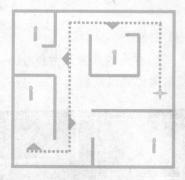

图9-2-3　最短路径方案

房间门口时（在黑箭头的地方）应该旋转90度以查看是否有火源。

具体流程图如下：

① 第一层全局流程图，如图9-2-4所示。

② 第二层流程图

处理①流程图如图9-2-5所示。

处理②流程图如图9-2-6所示。

图9-2-4　第一层流程图

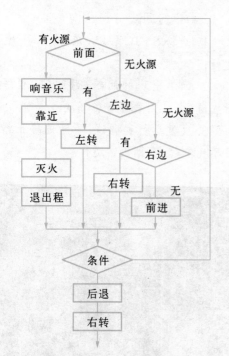

图 9-2-5　第二层处理①流程图

处理③流程图如图 9-2-7 所示。

处理④流程图如图 9-2-8 所示。

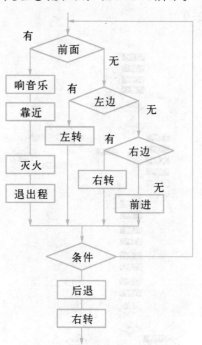

图 9-2-7　第二层处理③流程图

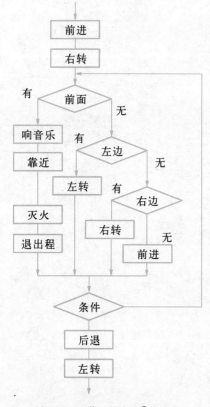

图 9-2-6　第二层处理②流程图

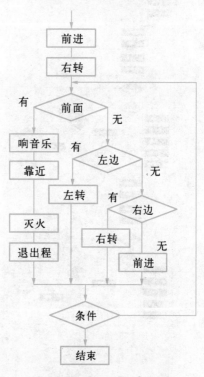

图 9-2-8　第二层处理④流程图

二、程序设计

依照以上流程图把方案变为程序如图9-2-9所示。

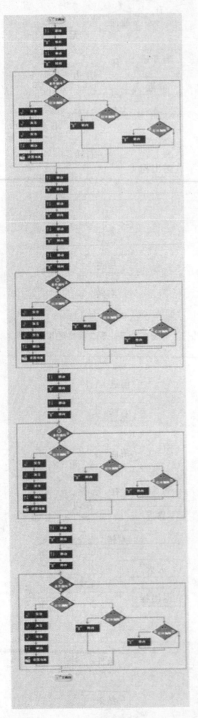

图9-2-9　程序

三、运行调试

1. 进入SVJC系统，在仿真环境内运行；

2. 记录出现的问题，返回到"程序运行主窗口"中对程序进行修改；

3. 反复运行和调试，不断的修正错误或不良参数，直到正常运行。

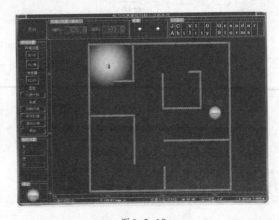

图9-2-10

一、灭火机器人比赛介绍

机器人灭火专项竞赛非常活跃,由著名的美国三一学院的Jake. Mendelsohn创立了这一比赛,目前已成为美国规模最大的机器人比赛。每年四月在美国康洲首府哈特福特三一学院举行,每次比赛都吸引了来自世界各国的数百支队伍参赛。初中生、高中生、大学生、研究生、专业机器人专家均可参加这个国际比赛,我国选手在历次参赛均有上佳的表现。在国内, 2000年由广茂达公司引入该比赛,至今为止,"广茂达杯""中国智能机器人竞赛"之灭火比赛已在全国举行了四届,激发了一大批青少年对机器人的兴趣,且规模不断壮大。2003年11月在上海举行的"第四届中国智能机器人大赛"吸引了来自全国十多个省市自治区直辖市的近五百支队伍参加比赛,全国有近二千万大、中、小学生参加了这项活动。

二、灭火比赛规则

分高中生、初中生的初级组和其他人的高级组。两组运行规则和评分规则相同。机器人通过编号来确定比赛先后次序。前一个机器人开始比赛之后,后一个参赛者有1分钟时间进入赛场并启动自己的机器人。1分钟内没有准备好的机器人将丧失这次测试机会,但不影响剩下的比赛机会。机器人准备好之后应该确定蜡烛和家具的位置并放好。参赛者应示意裁判如何开动机器人,然后由裁判来启动机器人。机器人找到蜡烛的最大时间限制是6分钟。在6分钟之后测试将被终止。回家模式下机器人回家的最大时间是3分钟。如果机器人在测试中进入转圈状态,并且转了5个同样的圈,则这次测试将被终止。任何时候机器人超过1分钟没有移动,则测试将被终止。机器人如果被终止则测试将得不到分数。上述原因导致测试终止不影响机器人下一轮测试。

三、成绩评定

1. 得分

在一次比赛中,机器人必须扑灭蜡烛才能计分。在3次测试中挑选最好的2次来计分以确定胜利者。最后分数是机器人表现最好的两次的时间之和;得分最低的机器人是优胜者。机器人必须在3次尝试中成功2次才能有资格获奖。若只有1次成功,成绩再好,也不能得奖。为区别于不同的运行方式的难度,使成绩的评定更加合理,对机器人不同的运行模式设置不同的难度系数——模式系数;为区别于不同的房间的难度,对机器人在不同的房间灭火以及为灭火而经过不同的房间设置不同的难度系数——房间系数;标准模式最简单,得分系数为1;声音模式用3.5 kHz声音激活机器人,得分系数为0.95;返回模式要求机器人返回代表家的圈内,得分系数为0.8;家具模式中房间中有家具,得分系数为0.5。对时间分数、房间系数和模式系数相乘得到本次灭火测试的得分。机器人可以在每次测试中使用不同的模式。各种模式难度不一。

时间分数就是在它们实际运行时间(单位: 秒)上加处罚时间。

2. 扣分

机器人碰撞墙壁一次加5分,多次碰撞累积计算。接触墙壁并沿着墙壁滑动30 cm加1

分。若已扑灭蜡烛，机器人在回到原始出发点的路上撞到墙壁将不受处罚。触碰或接触蜡烛，一次加50分。碰倒蜡烛则本次测试无成绩。

3. 奖励

任何在3次灭火行动中都成功的机器人将在其最后分数中减少10%。

自主实践活动

参考本活动，编写一个机器人灭火的程序并在SVJC系统中调试，最终实现灭火。

图书在版编目（CIP）数据

信息技术基础/谢忠新主编. —3 版. —上海：复旦大学出版社，2010.1
ISBN 978-7-309-07002-6

Ⅰ. 信… Ⅱ. 谢… Ⅲ. 电子计算机-专业学校-教材 Ⅳ. TP3

中国版本图书馆 CIP 数据核字（2009）第 226724 号

信息技术基础（第三版）
谢忠新 主编

出版发行　复旦大学出版社　　　上海市国权路 579 号　邮编 200433
　　　　　　86-21-65642857（门市零售）
　　　　　　86-21-65100562（团体订购）　　86-21-65109143（外埠邮购）
　　　　　　fupnet@fudanpress.com　http://www.fudanpress.com

责任编辑　黄　乐
出 品 人　贺圣遂

印　　刷　上海江杨印刷厂
开　　本　787×1092　　1/16
印　　张　18.75
字　　数　434 千
版　　次　2010 年 1 月第三版第一次印刷
印　　数　1—10 100

书　　号　ISBN 978-7-309-07002-6/T·352
定　　价　37.00 元